LE DERNIER ÉTÉ DE KLINGSOR

ÉGALEMENT PARU AUX ÉDITIONS CALMANN-LÉVY :

LETTRES (1900-1962)

romans

LE LOUP DES STEPPES
PETER CAMENZIND
L'ORNIÈRE
GERTRUDE
LE VOYAGE EN ORIENT
Préface d'André Gide
LE JEU DES PERLES DE VERRE
ROSSHALDE
KNULP
NARCISSE ET GOLDMUND

nouvelles

ENFANCE D'UN MAGICIEN
LES FRÈRES DU SOLEIL
LE DERNIER ÉTÉ DE KLINGSOR
BERTHOLD
LA LEÇON INTERROMPUE
UNE PETITE VILLE D'AUTREFOIS
LA CONVERSION DE CASANOVA
LE POÈTE CHINOIS
FIANÇAILLES

DANS LA COLLECTION PRESSES POCKET :

LE LOUP DES STEPPES
LE VOYAGE EN ORIENT
NARCISSE ET GOLDMUND
ENFANCE D'UN MAGICIEN
ROSSHALDE
LES FRÈRES DU SOLEIL
LA CONVERSION DE CASANOVA
L'ORNIÈRE

HERMANN HESSE

LE DERNIER ÉTÉ DE KLINGSOR

nouvelles

Traduit de l'allemand
par Edmond BEAUJON

CALMANN-LÉVY

ISBN 2-266-02015-3

LA SCIERIE DU MARBRIER

Titre original :
DIE MARMORSÄGE

C'ÉTAIT un été d'une telle splendeur que le beau temps ne se comptait plus par journées, mais par semaines. On était encore en juin, et le fourrage venait d'être engrangé.

Pour bien des êtres, il n'existe rien de plus beau qu'un pareil été, lorsque, dans le marais le plus humide, le roseau grésille et que la chaleur vous pénètre jusqu'aux os ; alors, ces fervents sont au comble du bonheur ; leur existence déjà paresseuse devient un vrai pays de Cocagne, félicité inconnue au commun des mortels. Moi aussi, je suis de ceux-là. C'est pourquoi, en ces premiers jours de l'été, je me sentais souverainement bien, en dépit de certaines intermittences, comme on le verra plus loin.

C'était peut-être le mois de juin le plus exubérant que j'eusse vécu ; depuis lors, il n'a jamais eu son égal. Devant la maison de mon cousin, bordant la rue du village, le petit jardin embaumait de sa floraison la plus folle. Les dahlias qui recouvraient la branlante clôture montaient drus et hauts, exhibant leurs boutons arrondis, près d'éclater, dépliant leurs pétales tout neufs, jaunes, rouges, violacés. La giroflée brun de miel flamboyait, comme si elle savait que le temps fût proche où, sa floraison passée, elle céderait la place au foisonnant réséda.

Les balsamines, silencieusement dressées sur leur large tige, les iris graciles et romantiques, les frais buissons rouge vif de roses sauvages, laissaient à peine apparaître la terre nue, comme si le jardin tout entier n'eût été qu'un énorme bouquet débordant d'un vase trop étroit. Dans les plates-bandes, les capucines étaient presque étouffées par les roses, tandis qu'au milieu, la flamme du lis martagon déployait avec hardiesse l'édifice orgueilleux de ses fleurs grassement épanouies. Ce spectacle m'enchantait, mais mon cousin et les gens de la campagne n'y prêtaient guère attention. Pour eux, le jardin ne dispensait quelque joie qu'à l'automne, quand il ne reste, dans les parterres, que les dernières roses, quelques immortelles et des asters.

Pour le moment, c'est aux champs qu'ils passaient leurs journées, de l'aube à la nuit, et ils tombaient de fatigue le soir dans leur lit comme des soldats de plomb jetés ici et là. Et cependant, chaque printemps et chaque automne les voyaient soigner et préparer fidèlement ce jardin qui ne leur était d'aucun rapport et qu'ils regardaient à peine au moment de sa plus grande beauté.

Depuis deux semaines, un ciel d'azur brûlant régnait sur la campagne, pur et riant le matin, envahi dans l'après-midi par des nuages bas, aux rondeurs lentement amoncelées. La nuit, des averses tombaient, ici et là, mais chaque matin, au réveil, tandis que le tonnerre vous grondait encore à l'oreille, la voûte du ciel resplendissait, toute bleue, et l'on était à nouveau inondé de lumière et de chaleur. Joyeux, je retournais, sans me presser, à mon style de vie estivale : courtes marches sur des chemins fendillés par la sécheresse, à travers les champs de blé dont les hauts épis respiraient par vagues embrasées. On y voyait rire le coquelicot, le bluet, la vesce, la nielle, le liseron. Puis, repos interminable dans l'herbe haute, à la lisière des forêts. Au-dessus de ma tête, le scintillement doré du scarabée, le chant des abeilles, le calme des branchages qu'aucun souffle ne remue, se détachant sur le ciel profond. Vers le soir, un délectable et paresseux retour chez moi, à travers une poussière de soleil, un rougeoiement de l'étendue dorée, dans un air tout imprégné de choses mûres, de lassitude et de mugissements mélancoliques.

Et pour finir la journée, de longues heures tièdes jusqu'à minuit, sous l'érable et le tilleul. Je m'installais là, seul ou en compagnie de quelque ami, devant une carafe de vin blanc. Dans la tiédeur de la nuit, nous échangions des propos détendus, jusqu'au moment où le tonnerre se faisait entendre au loin. Précédées de violentes rafales, les larges gouttes s'abattaient voluptueusement et s'écrasaient sans bruit dans l'épaisse poussière.

« Non, mais quel paresseux tu fais ! opinait mon cher cousin d'un air dubitatif. Pourvu que tu ne perdes pas bras et jambes ! » « Ils tiennent bon », disais-je pour le rassurer. Et j'étais satisfait de le voir si fatigué, tout en sueur, courbaturé. Je me sentais dans mon droit ; j'avais derrière moi des examens, une longue suite de mois très durs, marqués par toutes sortes de privations et de sacrifices ; j'en avais eu ma part ! Le cousin Kilian n'était pas non plus homme à contester mon plaisir. Il respectait beaucoup mon savoir, qui m'enveloppait à ses yeux d'un surplis consacré que je disposais de telle sorte que les nombreux trous ne fussent pas trop visibles.

Je me sentais plus d'entrain que jamais. J'errais longuement par les champs et les prairies, à travers les blés, l'herbe fauchée et les hautes tiges de ciguë. Je restais couché, me pénétrant de la douce chaleur comme un reptile, et ces heures de plénitude m'étaient une jouissance. Ah ! ces rumeurs de l'été, exaltantes ou mélancoliques ! Envoûtant comme le bruit de la mer, le chant des cigales inlassablement orchestré bien au-delà de minuit ; le murmure apaisé des épis ondulants ; le grondement continu du tonnerre dans le lointain. Au soir, le vol tournoyant des moucherons et le saisissant appel, là-bas, des faux qu'on enchaple. Soudain, un vent chaud se lève et s'amplifie, puis l'averse s'abat, violente et passionnée.

Ainsi, durant ces semaines bénies, trop vite envolées, toute chose vivante s'épanouit et respire ardemment, vibre et répand ses parfums les plus subtils, brûle d'un feu plus vif et plus intime, tandis que la senteur des tilleuls déverse dans toute la vallée l'abondante douceur de ses ondes. Qui peindra la splendeur colorée des fleurs, leur jaillissement irrésistible parmi les blés mûrs et fatigués ? Elles redoublent d'ardeur et de fièvre, à l'instant que la faucille s'apprête à les trancher d'une caresse !

J'avais vingt-quatre ans. J'étais satisfait du monde et de moi-même ; la vie se résumait pour moi en un art d'aimer, que j'exerçais avant tout d'un point de vue esthétique. Seul l'amour m'imposait sa loi en dehors de toute intervention de ma volonté, d'après des règles immémoriales. Mais personne n'aurait osé m'en faire la remarque ! Ayant traversé les doutes et les hésitations inévitables, j'avais élaboré une philosophie pleinement ouverte à l'existence ; après bien des expériences pénibles, j'en étais arrivé à voir les choses avec objectivité et d'un œil serein, me semblait-il. En outre, j'avais réussi mes examens, j'avais en poche un joli pécule et deux mois de vacances en perspective.

Apparemment, toute vie humaine passe par ces moments-là. Une voie bien aplanie se déroule à l'infini, sans obstacles ; point de nuages au ciel, point de flaques sur la route. On vole de cime en cime et l'on se persuade aisément qu'il n'existe en somme ni chance ni hasard, mais que l'on a honnêtement mérité et gagné le tout, simplement parce qu'on était le type désigné pour cela. Et l'on n'a pas tort : c'est à cette conviction que tient le bonheur des princes légendaires et celui des moineaux picorant le fumier, bonheur éphémère s'il en est !

De ces deux beaux mois de vacances, quelques jours, déjà, m'avaient glissé entre les doigts. Décontracté, nonchalant, j'errais par monts et par vaux, un cigare à la bouche, une fleur au chapeau, une livre de cerises et un honnête bouquin en poche. J'échangeais des propos raisonnables avec les propriétaires, adressais quelque parole amicale, ici et là, aux paysans dans les champs, acceptais de grand cœur toute invitation à telle festivité, grande ou petite, à toute réunion, ripaille, baptême ou nocturne beuverie. Vers le soir, j'allais à l'occasion boire un verre avec le pasteur, ou bien j'allais pêcher la truite avec des chefs de fabrique et des inspecteurs des Eaux. Mon maintien était d'une gaieté modérée, et je me rengorgeais à part moi quand l'un de ces gros messieurs pleins d'expérience me traitait en égal et s'abstenait de toute allusion à mon extrême jeunesse.

En réalité, seul mon aspect extérieur était ridiculement jeune. Depuis quelque temps, je me sentais définitivement sorti de l'enfance. C'était du passé. J'étais un homme. Je goûtais cette impression de maturité pleinement et sans arrière-pensée. Je comparais la vie à un cheval, un cheval indompté et vigoureux qu'il fallait traiter comme le cavalier en use avec sa monture : hardiment mais avec prudence.

La campagne s'étendait dans la splendeur de l'été ; les blés commençaient à mûrir ; l'air était encore pénétré des senteurs du foin et les feuillages montraient encore leurs teintes claires et vives. Les enfants apportaient du pain et du cidre dans les champs ; les paysans se hâtaient joyeusement, et, le soir, des rangées de jeunes filles parcouraient la rue principale, où leurs rires éclataient sans raison. Spontanément, elles entonnaient en chœur quelque mélodie populaire bien sentimentale, et, du haut de ma sagesse virile, je les regardais avec bienveillance. Je consentais de grand cœur à la joie de ces enfants, de ces paysans, de ces jeunes filles et me croyais tout à fait à l'unisson.

***

Dans le vallon boisé et frais du Sattelbach où la rivière, à peu près tous les cent pas, fait tourner la roue d'un moulin, se trouvait un atelier de sciage de marbre assez important : entrepôt, scierie, système d'écluses, cour, maison d'habitation et jardinet, le tout d'un aspect plaisant, simple, solide, bien entretenu, mais pas trop neuf. Là, des blocs de marbre étaient sciés en plaques ou en disques, lavés et polis lentement, méthodiquement selon les règles d'un métier paisible et propre qui réjouissait le regard du passant.

C'était étrange et charmant de découvrir cette scierie au milieu de l'étroite et tortueuse vallée, parmi les sapins, les hêtres, les minces rubans de prairie. La cour était remplie de gros blocs de marbre, blancs, gris bleuté, ou veinés de diverses couleurs, de plaques de toute dimension, prêtes à l'emploi, de fragments détachés pendant la taille, et d'une fine et brillante poussière. Lorsque, pour la première fois, je quittai cette cour où j'étais venu en curieux, j'emportai dans ma poche un petit morceau de marbre blanc, poli d'un côté seulement. Je le conservai des années et il me servit de presse-papiers sur ma table de travail.

Le propriétaire de cette taillerie s'appelait Lampart, et il me parut être l'un des originaux les plus caractérisés qui vécussent dans cette contrée fertile. Il était veuf depuis longtemps. Sa singularité d'aspect me semblait provenir à la fois de son existence solitaire et de son étrange profession qui le privait de contacts avec la vie courante et les gens de son entourage. Il passait pour fort bien nanti, sans que personne eût la moindre précision à ce sujet, car un pareil commerce était inconnu dans la région, et l'on n'avait aucune idée de ce qu'il pouvait rapporter.

Je n'aurais pas pu dire en quoi consistait sa singularité, mais le fait est qu'on n'abordait pas M. Lampart comme n'importe qui. Si l'on allait le voir, on était bien accueilli, cependant, il ne rendait jamais la visite. S'il apparaissait, rarement, à quelque fête de village, à une partie de chasse, à une séance municipale, il était fort bien reçu, mais on se sentait embarrassé en sa présence, un peu comme devant un ermite sorti de sa forêt, sous le couvert de laquelle il ne tardera pas à rentrer.

Interrogé sur la marche de ses affaires : « Merci, ça se maintient », disait-il, et il ne posait à son tour nulle question. Lui demandait-on s'il avait souffert de la récente inondation, ou de la sécheresse, il répondait : « Merci, pas spécialement », sans ajouter : « Et chez vous ? » En l'observant, on sentait que cet homme avait eu bien des soucis et qu'il en avait peut-être encore, mais que son habitude était de ne les partager avec personne. Cet été-là, je pris très souvent le chemin de la scierie. Il m'arriva plus d'une fois d'entrer pour un quart d'heure, au hasard de la promenade, dans la cour et dans la pénombre de l'atelier, où les rubans d'acier luisant montaient et descendaient en cadence ; des grains de sable crissaient en s'écoulant, tandis que des hommes silencieux vaquaient à leur besogne et que, sous le sol de planches, l'eau clapotait. Je regardais les roues et les courroies, m'asseyais sur un bloc de pierre, poussais de la semelle un rondin de bois, ici et là, ou bien je faisais crisser sous mes pas les éclats de marbre, tout en écoutant le bruit de l'eau. Un cigare aux lèvres, je goûtais un bref instant le calme et la fraîcheur, puis reprenais ma route. Le maître, je ne le rencontrais presque jamais. Si je voulais le voir, et je le voulus plusieurs fois, il me fallait pénétrer dans la petite maison toujours endormie, où je traînais mes bottes dans le corridor et donnais un coup de toux. Enfin, M. Lampart ou sa fille survenait, m'ouvrait la porte de la salle et m'offrait une chaise et un verre de vin.

Une fois assis à la table massive, je buvais à petits coups, sans trop savoir que faire de mes mains ; un long moment s'écoulait avant que la conversation s'engage. Ni le maître de la maison ni sa fille, qui étaient rarement là tous les deux en même temps, ne se décidaient à rompre la glace et j'avais l'impression qu'aucun des habituels sujets de conversation ne pouvait convenir ici. Après une bonne demi-heure, quand enfin l'entretien s'était noué, mon verre, par malheur, était vide. On ne m'en offrait pas un second, que je n'osais demander, évidemment, et comme je trouvais désagréable de rester devant un verre vide, je me levais, serrais la main de mon hôte et prenais mon chapeau.

Quant à la fille, rien ne me frappa d'abord en elle que sa ressemblance avec son père. Aussi grande que lui, droite et foncée de cheveux comme lui, elle avait ses yeux noirs sans éclat, son nez droit aux arêtes bien dessinées, sa bouche au contour sévère. Elle avait également son allure, si tant est qu'une femme puisse avoir l'allure d'un homme, et la même voix sérieuse et nette. Son geste, en vous tendant la main, était le même que celui de son père. Elle attendait comme lui qu'on lui adressât la parole et répondait à d'indifférentes formules de politesse avec la même brièveté objective mêlée d'étonnement.

Ce type de beauté, assez commun dans les provinces de l'Allemagne méridionale, est caractérisé par une force tranquille, une stature majestueuse et un teint chaudement coloré. Au début, je l'avais regardée seulement comme on regarde un joli portrait, mais l'assurance et la maturité de la jeune fille m'attiraient de plus en plus. Ainsi commença mon amour, puis il grandit, devint une passion comme je n'en avais jamais éprouvé jusqu'alors. Elle serait bien vite devenue manifeste, si le comportement modéré de la jeune fille et l'atmosphère de fraîcheur apaisante qui régnait dans la maison ne m'eussent imprimé comme une légère paralysie et maintenu sur mes gardes.

Assis en face d'elle ou de son père, je sentais ma flamme se réduire à l'état de veilleuse, que je dissimulais avec prudence. Cette chambre ne ressemblait en rien à une scène sur laquelle un brillant damoiseau se jetterait aux genoux de sa belle : ellc évoquait bien davantage quelque lieu consacré à la modération et au dévouement, où prédominent des forces tranquilles et où s'écoule une existence chargée de responsabilités.

Malgré tout, je devinais que l'existence quotidienne de cette jeune fille dissimulait, sous un calme apparent, une plénitude de vie réprimée, une sensibilité qui ne se trahissaient que rarement, par un geste rapide ou l'éclair d'un regard, quand la conversation s'animait. Plus d'une fois, je me demandai à quoi pouvait bien ressembler, dans son tréfonds, cette belle et sévère jeune fille. Était-elle passionnée, mélancolique ou réellement indifférente ? De toute manière, l'impression qu'elle donnait ne correspondait pas tout à fait à sa vraie nature. Je m'étonnais de son jugement si libre, de sa conduite si indépendante, car son père exerçait sur elle un pouvoir illimité, et j'entrevoyais que, dès l'enfance, il avait dompté et modelé de force, mais non sans amour, la personnalité de sa fille.

Lorsque je les voyais ensemble, c'était très rare, je croyais percevoir par sympathie cette influence tyrannique peut-être involontaire et j'avais l'obscur sentiment qu'il y aurait un jour entre eux, inévitablement, un dur et mortel combat. Si, de surcroît, je venais à penser que j'en serais peut-être l'enjeu, mon cœur battait plus fort et je ne pouvais réprimer un léger effroi.

Alors que mon amitié avec M. Lampart ne faisait aucun progrès, je pouvais, en revanche, me féliciter de mes rapports avec Gustave Becker, le régisseur du domaine de Rippach. Depuis peu, nous avions en effet « trinqué » à l'amitié commune, après d'interminables causeries, et je n'en étais pas peu fier, malgré la désapprobation catégorique de mon cousin.

Becker était un homme instruit, d'environ trente-deux ans, un gaillard rempli d'expérience et d'astuce. J'acceptais sans me vexer son sourire ironique lorsque j'énonçais quelque docte propos, car il gratifiait du même sourire des gens beaucoup plus âgés et plus importants que moi. Il pouvait se le permettre ; en fait, il n'était pas seulement le chef indépendant et peut-être le futur acquéreur d'un très vaste domaine, mais il était aussi nettement supérieur à la plupart des gens de son entourage. On en parlait comme d'un gars diaboliquement avisé, mais on ne l'aimait guère. Je m'imaginai qu'il se sentait isolé dans son milieu et que, pour cette raison, il se montrait d'autant plus expansif avec moi.

A vrai dire, c'était plutôt un rabat-joie. Il me faisait douter de mes propres sentences sur la vie et les hommes, sans prononcer un seul mot, rien que par sa façon cruelle de ricaner. Parfois, il allait jusqu'à se moquer ouvertement de toute sagesse universelle.

Un soir, je siégeais avec Gustave Becker devant un verre de bière, dans le jardin de *l'Aigle*. A notre table, en bordure de la prairie, nous étions tranquilles et tout à fait entre nous. C'était une de ces soirées chaudes et sèches où tout est imprégné d'une poussière dorée. L'odeur des tilleuls était presque écœurante et la lumière du jour ne semblait ni grandir ni décroître.

— A propos, tu connais bien le scieur de marbre, là-bas dans la vallée du Sattelbach ? demandai-je à mon ami. Sans lever la tête, car il bourrait sa pipe, il fit un signe de tête affirmatif. Dis-moi donc, quelle espèce d'homme est-ce là ?

Becker se mit à rire et remit sa blague à tabac dans la poche de son gilet.

— C'est quelqu'un de très intelligent, dit-il enfin. Et c'est pourquoi il tient toujours sa gueule fermée. En quoi est-ce qu'il t'intéresse ?

— En rien. Une idée seulement. Il fait tout de même une impression bizarre.

— Les gens capables donnent toujours cette impression. Tout le monde ne peut pas en faire autant.

— A part ça, rien ? Tu ne sais rien sur lui ?

— Sa fille est jolie.

— D'accord. Il ne s'agit pas de cela. Pourquoi ne vient-il jamais voir personne ?

— Qu'est-ce qui l'y oblige ?

— Oh, peu importe. Je pensais qu'il y avait eu peut-être quelque chose de spécial dans sa vie, je ne sais pas quoi.

— Ha ! Ha ! Dans le genre romantique ? Je vois : moulin solitaire, marbre, ermite voué au silence, félicité d'une existence ensevelie ! Je regrette, il n'y a rien de tout cela. C'est un excellent homme d'affaires.

— Tu en es sûr ?

— C'est sa marotte. Il ne pense qu'à l'argent.

Il se leva pour partir ; il avait encore à faire. Il paya son bock et prit directement par la prairie fauchée. Il avait disparu derrière le coteau, que la fumée de sa pipe était encore visible, rabattue par le vent.

A l'écurie, les vaches repues commençaient à mugir ; dans la rue du village, surgissaient quelques promeneurs, au terme d'une journée de travail. Lorsqu'un instant plus tard je regardai autour de moi, les montagnes étaient déjà bleu-noir et le ciel ne rougeoyait plus, mais, dans l'azur teinté de vert, on devinait l'apparition de la première étoile.

Mon bref entretien avec le régisseur avait légèrement ébranlé mon orgueil. Blessé dans mon amour-propre, en dépit de la belle soirée d'été, je sentis s'ouvrir brusquement l'écluse de mes sentiments et mon amour pour la fille du marbrier m'envahit avec force : je vis clairement qu'il n'y a pas de jeu possible avec les passions. Je vidai encore quelques demis, et, lorsque les étoiles eurent réellement paru, tandis que s'élevaient de la rue les accents naïfs d'une mélodie populaire, j'abandonnai sur le banc ma sagesse et mon chapeau et je m'enfonçai lentement dans les champs obscurs, laissant couler librement mes pleurs.

Cependant, je regardais la campagne estivale se déployer, les champs fuir jusqu'à l'horizon et se soulever en une vague puissante et douce. D'un côté, la forêt endormie bruissait à perte de vue ; derrière moi, le village était à peine visible : quelques petites lumières, de rares échos lointains, étouffés. Le ciel, la campagne, la forêt, le village se mêlaient aux senteurs des prairies, au chant persistant des grillons, se fondaient en une harmonie qui m'enveloppait doucement, tantôt joyeuse, tantôt triste. Seules, les étoiles brillaient paisiblement, immobiles dans la demi-obscurité de la voûte céleste.

Un désir secret, lancinant, une sorte de regret nostalgique se débattait en moi ; était-ce un élan vers des joies et des souffrances inconnues, ou le besoin de retourner au pays de mon enfance, de m'accouder à la barrière du jardin paternel, d'entendre une fois encore la voix de mes parents défunts, le jappement de notre chien, mort lui aussi, et d'épuiser mon chagrin à force de pleurer ? Je n'en savais rien. Insensiblement, je me retrouvai en pleine forêt, écartant les branches hostiles dans la touffeur nocturne, jusqu'au moment où s'ouvrit devant moi une large clairière. Alors je restai longtemps immobile entre les hauts sapins qui dominent la vallée du Sattelbach.

En bas s'étendait la propriété des Lampart avec ses entassements de marbres livides et son étroit barrage où l'eau bouillonne obscurément. Puis, la honte me prit et je retournai chez moi rapidement à travers champs.

Le jour suivant, Gustave Becker m'avait extorqué mon secret.

— Ne me raconte pas tant d'histoires ! me dit-il, tu t'es amouraché de la fille Lampart, c'est tout simple. Et après ? A ton âge, cette aventure ne sera pas la dernière.

Mon orgueil fut de nouveau piqué au vif.

— Non, mon cher ! lui dis-je, tu ne m'as pas compris, ce genre d'amourettes n'est plus pour moi ; j'ai tout bien considéré et je pense qu'en aucun cas je ne pourrais faire un meilleur mariage.

— Te marier ? Becker riait. Tu es charmant, mon petit.

Je me fâchai tout rouge, mais sans quitter la place. Au contraire, je m'embarquai dans le récit détaillé de mes réflexions et de mes plans au sujet d'Hélène.

— Tu oublies l'essentiel, déclara-t-il d'un ton sérieux, en appuyant sur les mots : les Lampart ne sont pas ton affaire ; ce sont des gens de forte encolure. On peut toujours tomber amoureux de n'importe qui, mais on ne doit épouser que celle que l'on saura dominer et avec laquelle on saura observer le *tempo* exact.

Comme j'ouvrais la bouche pour lui répondre avec véhémence, il éclata de rire de nouveau : « Bien du plaisir, mon fils, et bonne chance ! »

A dater de ce jour et pendant une assez longue période, j'abordai maintes fois le sujet avec lui. Comme il pouvait rarement quitter le travail à cette saison, nos conversations se déroulaient presque toujours sur les chemins, à l'écurie ou dans la grange. Et plus je parlais, mieux le projet se dessinait devant moi, clair, harmonieux, sans défauts.

C'est seulement lorsque je me trouvais à la scierie que j'avais un sentiment d'oppression et que je mesurais à quel point le but était encore éloigné de moi. La jeune fille observait toujours la même attitude amicale, relevée d'une légère touche de fermeté virile qui me paraissait délectable et m'intimidait néanmoins. A certains moments, j'imaginais qu'elle avait plaisir à me voir et qu'elle m'aimait secrètement. Elle me scrutait du regard, quelquefois, avec cette attention involontaire et profonde qui trahit l'intérêt et la joie que vous procure tel être ou tel objet. Elle écoutait complaisamment mes beaux discours, mais, dans son arrière-pensée, une autre conception des choses semblait ancrée, inébranlable.

Une fois, elle me dit : « Pour les femmes, ou du moins pour moi, la vie se présente quand même d'une autre façon. Nous sommes forcées d'accomplir et d'admettre bien des choses qu'un homme pourrait faire différemment. »

Je répliquais que chacun de nous tient sa destinée

entre ses mains et que c'est à nous de créer une existence qui soit entièrement notre ouvrage et notre bien. « C'est peut-être possible pour un homme, disait-elle, je n'en sais rien. Mais pour nous, c'est différent : il s'agit bien davantage de faire face raisonnablement à la nécessité que d'avancer sur sa propre voie. » Comme je m'élevais une fois de plus contre de tels principes, développant sur ce thème quelques variations plaisantes, elle s'anima et me lança avec une sorte de passion : « Gardez donc vos croyances et laissez-moi les miennes. Lorsqu'on est libre, ce n'est pas difficile de choisir pour soi-même ce qu'il y a de meilleur dans la vie. Mais qui donc a le choix ? Si aujourd'hui ou demain vous êtes renversé par une voiture et que vous perdez bras et jambes, à quoi vous serviront vos châteaux en Espagne ? A ce moment-là, vous seriez bien content d'avoir appris à ne pas regimber contre l'arrêt du destin. Attrapez donc le bonheur, j'en serais ravie pour vous, attrapez-le seulement ! »

Elle n'avait jamais été aussi animée. Ensuite, elle demeura silencieuse, eut un étrange sourire et ne me retint pas lorsque je me levai et pris congé d'elle. Ses paroles me préoccupèrent et elles me traversaient l'esprit à des moments tout à fait inopportuns. Je méditais d'examiner la situation avec mon ami, à la ferme de Rippach. Mais, chaque fois, j'en perdais l'envie en affrontant le regard glacé de Becker, que soulignait son rictus ironique.

Pour finir, il arriva ceci : à mesure que mes conversations avec Mlle Lampart devenaient plus personnelles et plus intéressantes, j'inclinais davantage à n'en rien dire au régisseur. Ce dernier, pour sa part, ne vit jamais rien de sérieux dans cette affaire. Tout au plus me demandait-il, de temps à autre, si vraiment je fréquentais avec assiduité la scierie du marbrier. Il me taquinait un peu et prenait les choses du bon côté, selon sa nature.

Un jour, j'eus la surprise de le rencontrer à l'ermitage des Lampart. Quand j'y entrai, il était assis dans la grande salle en compagnie du maître de la maison, devant un verre de vin, comme le veut l'usage. Ce verre une fois vidé, j'eus la satisfaction de voir qu'à lui non plus on n'en offrait pas un second. Il se leva bientôt, et, comme Lampart semblait occupé et que sa fille n'était pas là, je me décidai :

— Qu'est-ce qui t'amène ici ? lui demandai-je quand nous fûmes sur la route. Tu sembles connaître fort bien les Lampart.

— Assez bien.

— Tu as des affaires en train avec lui ?

— Oui, des affaires d'argent. Et la bichette n'était pas là aujourd'hui ? Tu n'as pas prolongé ta visite !

— Ça suffit !

J'en étais arrivé à me sentir tout à fait en confiance avec la jeune fille, sans rien laisser paraître, sauf à mon insu, de ma passion grandissante. Soudainement et contre toute attente, elle prit une autre attitude qui ne tarda pas à m'enlever mes dernières espérances. Elle n'avait pas l'air vraiment gêné, mais elle semblait vouloir rétablir entre nous d'anciens rapports d'étranger à étranger, en s'efforçant de maintenir nos entretiens sur des sujets extérieurs, d'intérêt général. Elle était décidée à ne pas laisser se développer le penchant qu'elle avait eu pour moi.

Je me torturais l'esprit, courais les bois, échafaudais mille suppositions absurdes qui me rendaient encore plus incertain de la conduite à tenir à son égard. Je me laissai aller à cette incertitude misérable, à ce doute cruel qui tournait en dérision toute ma philosophie du bonheur. Entre-temps, plus de la moitié des vacances s'était écoulée et je commençais à compter les jours. La jalousie et le désespoir s'emparaient de moi, quand je pensais à ceux que j'avais gaspillés, comme si chacun d'eux eût été le jour décisif, à jamais perdu.

Au beau milieu de mon désarroi, il y eut enfin un jour de répit pendant lequel je repris haleine, presque effrayé de voir soudain la partie gagnée et la porte du bonheur entrouverte devant moi. En passant, j'avais vu Hélène dans son jardin, debout parmi les hauts bouquets de dahlias. J'entre aussitôt, la salue et l'aide à fixer quelque tuteur sous un arbuste et à l'attacher. Je restai un quart d'heure, tout au plus. Mon intrusion l'a surprise ; elle est plus troublée et craintive que jamais.

Sous sa réserve, il y a quelque chose que je crois déchiffrer comme un clair message : elle m'aime ! J'en ai la certitude. Aussitôt, je me sens confiant, heureux. J'observe tendrement, presque avec compassion, cette grande et belle jeune fille ; pour ménager son embarras, je fais comme si je ne voyais rien, et, après quelques instants, prenant un parti héroïque, je lui tends la main et reprends ma route, sans même jeter un seul regard en arrière.

Elle m'aimait ! Tous mes sens me le disaient. L'avenir m'appartenait. La journée était splendide. A force de tourments et d'alertes, j'avais momentanément perdu le sens de la beauté des saisons : je ne voyais rien pendant mes courses errantes. A présent, la lumière vibrait à nouveau à travers la forêt, le ruisseau était noir, brun et argenté, les jupes des femmes éclataient d'une joyeuse note rouge ou bleue. Mon bonheur était si recueilli que je n'aurais pu courir après un papillon. Je grimpai à l'heure la plus chaude jusqu'au plateau qui domine le versant de la forêt ; là, je m'allongeai, parcourant du regard l'étendue fertile où les bosquets dessinaient au loin leurs rondeurs, et me livrai entièrement au soleil du milieu du jour, en paix avec moi-même, en communion avec la beauté du monde.

Il était bon que cette journée d'élection fût entièrement consacrée au rêve et à la poésie. Le soir, au jardin de *l'Aigle,* je vidai une carafe de vin rouge, et du meilleur.

Lorsque, le lendemain, j'arrivai à la scierie, tout était pareillement froid. Au premier regard jeté sur la chambre, les meubles et l'impassible Hélène, ma résolution et ma joie conquérante s'évanouirent. Je restai là, pauvre voyageur assis sur l'escalier, puis je m'enfuis comme un chien mouillé, hurlant la faim et la misère. Il ne s'était rien passé du tout. Hélène s'était pourtant montrée très amicale, mais, sur ce qui s'était dit la veille, pas un mot.

A partir de ce jour-là et malgré un certain pressentiment du bonheur, les choses se gâtèrent sérieusement pour moi. La mélancolie me consumait, telle une faim dévorante ; finis le sommeil, la paix de l'âme ; le monde sombrait autour de moi ; coupé de tout, emprisonné dans la solitude et le silence, je ne percevais rien d'autre que les cris plus ou moins distincts de ma souffrance. Je rêvais que la belle et grave jeune fille s'approchait de moi, se blottissait contre ma poitrine ; puis, en larmes et plein de rage, j'étreignais le vide et rôdais nuit et jour autour du moulin où je n'osais même plus entrer.

C'est en vain que je supportais les sermons ironiques et platement désabusés du régisseur ; en vain que je courais interminablement la campagne par une chaleur torride ; en vain que je me trempais dans l'eau glacée des torrents, jusqu'à en claquer des dents. Je ne fus pas plus avancé, lorsqu'un samedi soir, je me mêlai à une rixe de village d'où je sortis couvert de bosses.

Le temps fuyait comme l'onde. Plus que quatorze jours de vacances ! Plus que douze ! Plus que dix ! J'allai deux fois encore à la scierie ; la première, je n'y trouvai que le père. Je l'accompagnai jusqu'à la scie et regardai, hébété, comment on insère un nouveau bloc dans la machine. M. Lampart passa dans l'entrepôt pour quelque besogne, et, comme il ne revenait pas tout de suite, je m'esquivai, résolu à ne jamais revenir. Cependant, deux jours après, j'étais de nouveau là. Hélène me reçut comme d'habitude ; je ne pouvais détacher d'elle mon regard. Mon humeur inquiète et agitée me poussa à débiter pêle-mêle force plaisanteries, dictons et anecdotes, ce qui l'irrita visiblement.

— Pourquoi êtes-vous comme ça aujourd'hui ? demanda-t-elle enfin, et son regard était si beau et si franc que le cœur m'en battit.

— Comment suis-je donc ? demandai-je, et le diable voulut que j'essaie de rire. Cette gaieté forcée lui déplut ; elle haussa les épaules et parut triste. Un instant, je devinai qu'elle avait eu un sentiment pour moi, qu'elle avait voulu le combattre et qu'elle en éprouvait de la peine. Je me tus, oppressé, durant une minute, puis le diable surgit à nouveau ; je repris mon stupide bavardage dont chaque mot me faisait mal et devait la vexer. J'étais assez jeune et assez sot pour goûter comme un spectacle ma souffrance et mes extravagantes niaiseries. Avec un entêtement puéril, j'élargissais à plaisir le fossé entre elle et moi, quand j'aurais mieux fait de tenir ma langue et d'implorer son pardon. Dans ma précipitation, j'avalai de travers une gorgée de vin, je dus tousser et quittai enfin la maison plus misérable que jamais.

Il ne me restait que huit jours de vacances. L'été avait si bien commencé, plein de ferveur et d'allégresse ! A présent, ma joie s'était évanouie ; que pouvais-je faire pendant ces huit jours ? Ma décision était prise : demain je partirais. Mais auparavant, je devais retourner chez elle. Il le fallait absolument ; je devais la voir une fois encore dans la noblesse et la force de sa beauté et lui dire : « Je t'aime : pourquoi t'es-tu jouée de moi ? »

Tout d'abord, j'allai à la ferme de Rippach afin d'y rencontrer Becker, que j'avais un peu négligé ces derniers temps. Il était là, dans la grande salle dénudée, devant un pupitre ridiculement étroit sur lequel il écrivait.

— Je viens te dire adieu, lui dis-je. Je pars probablement demain. Il faut se remettre sérieusement au travail.

A ma grande surprise, le régisseur s'abstint de toute moquerie. Il me donna seulement une tape sur l'épaule et me dit avec un sourire teinté de pitié :

— Bien, bien. Que Dieu te bénisse, jeune homme !

Comme j'allais sortir, il me fit rentrer dans la chambre.

— Écoute, me dit-il, tu me fais de la peine ; je le savais d'avance que ça ne marcherait pas avec la jeune fille ; t'es-tu assez vanté de faire la leçon aux autres ! Maintenant, tiens-toi ferme, et gare la culbute !

Cela se passait le matin. L'après-midi, je grimpai au-dessus de la gorge du Sattelbach. Assis dans la mousse, je contemplai à mes pieds la rivière, la scierie, la maison des Lampart. J'avais tout le temps de prendre congé, de rêver, et surtout de réfléchir aux paroles de Becker. Douloureusement, mon regard se posait au fond de la vallée sur les quelques toits dispersés là-bas, sur la rivière étincelante et la route où le vent soulevait un léger nuage de poussière. Je pressentis que je ne reviendrais pas ici de longtemps, alors qu'en ce même lieu la rivière, le moulin et les hommes poursuivraient le cours de leur existence. Un jour, peut-être, Hélène regrettera-t-elle sa résignation et son fatalisme tranquille, pour enfin saisir dans sa force le bonheur ou la souffrance à quoi elle aspire, et s'en rassasier ? Peut-être, qui sait ? mon chemin, se dégageant des défilés et des vallons sinueux, débouchera-t-il, lui aussi, dans quelque lointain pays de la sérénité ? Qui sait ?

Je n'y croyais pas. Pour la première fois, une passion véritable s'était emparée de moi et je ne me connaissais aucun pouvoir assez fort ni assez généreux pour la surmonter. Je m'avisai qu'il valait mieux m'en aller sans revoir Hélène. C'était le meilleur parti, à coup sûr. Je saluai, d'un signe de tête, la maison et le jardin, décidai de ne plus chercher à la revoir, et restai ainsi jusqu'au soir, prolongeant à plaisir mes adieux. Tout en rêvant, je redescendis le sentier de la forêt, trébuchant sur les pierres et les aspérités du chemin, lorsque je fus brusquement tiré de mon engourdissement : je sentis craquer sous mes pieds les éclats de marbre qui parsemaient la cour. Je me trouvai soudain devant la porte dont je m'étais promis que mon regard ni ma main ne sauraient plus rien. Il était trop tard.

Sans savoir comment j'étais entré, je me trouvai assis à la table, à l'heure du crépuscule. Hélène était en face de moi, le dos à la fenêtre. Elle se taisait, le regard dirigé vers la chambre. Il me semblait être assis là depuis des heures, en silence. Effrayé, je sentis tout à coup que j'étais là pour la dernière fois.

— Oui, lui dis-je, je viens vous faire mes adieux. Les vacances sont finies.

— Ah !

Le silence retomba. On entendait les ouvriers aller et venir dans l'entrepôt ; sur la route, un attelage lourdement chargé roulait lentement ; son bruit se prolongea jusqu'au tournant, puis s'effaça. Je l'eusse écouté longtemps encore, très longtemps. D'un bond, je fus debout. Il fallait partir. J'allai à la fenêtre. Elle se leva aussi et me regarda. Ses yeux me fixaient avec gravité. Un long moment, leur regard soutint le mien.

— Vous rappelez-vous, lui dis-je, un jour, au jardin ?

— Oui, je me souviens.

— Hélène, j'ai cru, à ce moment-là, que vous m'aimiez. Maintenant, je dois partir.

Elle retint ma main dans la sienne et m'attira vers la fenêtre.

— Laissez-moi vous regarder une fois encore, me dit-elle, et, de sa main droite, elle me fit lever un peu la tête. Alors elle approcha ses yeux des miens et me pénétra d'un regard extraordinairement ferme, impassible. Son visage était tout près du mien et je ne pus faire autrement qu'appliquer mes lèvres sur les siennes. Elle ferma les yeux et me rendit mon baiser. Je la saisis dans mes bras et murmurai :

— Mon trésor, pourquoi aujourd'hui seulement ?

— Tais-toi ! reprit-elle. Va-t'en et reviens dans une heure. J'ai quelque chose à régler là-bas chez nos ouvriers. Mon père est absent aujourd'hui.

Je m'éloignai d'un pas léger, descendant la vallée à travers d'étranges régions inconnues, pleines de brillantes fantasmagories, où je ne percevais plus que par instants et comme en rêve la rumeur du Sattelbach. Ma pensée poursuivait des choses très éloignées et sans substance, de petites scènes comiques ou touchantes de ma première enfance, de menus épisodes à peine esquissés hors des brumes, disparus avant même que je les reconnusse. Je fredonnais en marchant quelque pauvre rengaine. Je m'égarais ainsi en des espaces peu familiers, jusqu'au moment où une douce et chaude atmosphère me pénétra : devant mon esprit se dessinait l'imposante silhouette d'Hélène. Je repris mes sens. Je m'aperçus que j'avais longuement descendu la vallée et que la nuit était tombée. En hâte, je fis allégrement demi-tour.

Elle m'attendait. J'entrai dans la maison, puis dans la chambre, où tous deux nous nous assîmes sur le bord de la table. Les mains enlacées, nous ne disions rien. L'air était tiède et sombre. Une fenêtre était ouverte : tout en haut, par-dessus la forêt, un mince trait de ciel pâle inscrivait sa lueur derrière les pointes des sapins. Nos doigts se prenaient, se quittaient ; à chacune de ces douces pressions, une vague de bonheur me submergeait.

— Hélène !

— Oui...

— C'est toi !

Nos mains se cherchaient puis s'immobilisaient dans leur étreinte. J'avais le regard fixé sur la pâle trouée du ciel, lorsque, en me retournant, je vis Hélène regarder aussi de ce côté et j'aperçus dans ses yeux le reflet de la faible lueur, tandis que deux grosses larmes immobiles perlaient à ses paupières. J'y posai longuement mes lèvres, surpris de leur saveur froide et salée. Elle m'attira contre elle, m'embrassa avec fougue, et se leva.

— Il est temps, il te faut partir.

Quand nous fûmes devant la porte, elle m'embrassa soudain une dernière fois, avec une violence passionnée, et se prit à trembler si fort que j'en fus tout ému. D'une voix étouffée, à peine perceptible, elle ajouta :

— Va donc ! Entends-tu ? Va, maintenant ! Et, quand je fus dehors :

— Adieu, ne reviens jamais ! Adieu !

Avant que j'eusse pu répondre, elle avait refermé la porte. Mon angoisse et mon incertitude furent moins fortes que mon bonheur. Il m'accompagnait sur le chemin du retour comme un frémissement d'ailes. Mon pas résonnait fortement, sans que d'ailleurs je l'entendisse. Une fois dans ma chambre, je me déshabillai et j'allai me poster en chemise à la fenêtre.

Que ne donnerais-je pas pour revivre une telle nuit ! Un vent tiède m'effleurait comme une main maternelle ; devant la fenêtre, les grands marronniers arrondissaient leur masse obscure et bruissante. On respirait à travers la nuit une légère senteur champêtre ; à l'horizon, les éclairs de chaleur parcouraient de leur vibration métallique le ciel menaçant. Le tonnerre grondait sourdement au loin, rumeur étrange et faible, comme si, quelque part, les forêts et les montagnes s'agitaient dans leur sommeil et balbutiaient en rêve de vagues paroles.

J'étais heureux comme un roi (1). Mon âme se dilatait voluptueusement, jaillissante comme un chant d'amour infini qui se perdait à travers la campagne endormie, jusqu'aux nuages mordorés à l'horizon, effleurée par la cime des arbres doucement arrondis dans l'obscurité et par le sommet des collines, comme sous la caresse d'une main amoureuse.

Les mots ne sont ici d'aucun secours, mais la chose vit toujours en moi, intacte, et, si c'était possible, je pourrais encore décrire exactement chaque ondulation du terrain dans l'obscurité, chaque bruissement à la cime des arbres, ainsi que le réseau des veines fulgurantes dessiné au loin par l'éclair, ou la cadence mystérieuse des coups de tonnerre. Non, cela est indescriptible. On n'exprime pas ce qu'il y a de plus beau, de plus intime, de plus précieux. Me sera-t-il donné de vivre une fois encore une telle nuit ?

Si je n'avais déjà pris congé du régisseur Becker, je serais sûrement allé le voir le lendemain matin. J'errai donc par le village et j'écrivis une longue lettre à Hélène ; je lui annonçais ma visite pour le soir et lui faisais toutes sortes de propositions, lui expliquant en détail ma situation et mes projets. Je lui demandais si elle était d'avis que je parle au plus tôt à son père, ou si nous allions attendre encore un peu, jusqu'au jour où j'aurais une réponse décisive touchant la place que j'avais en vue et le proche avenir qui en dépendait.

Le soir, j'allai chez elle. Son père était encore absent ; depuis quelques jours, il s'était rendu chez l'un de ses fournisseurs qui habitait la région. J'embrassai ma belle, je l'entraînai dans la chambre en l'interrogeant sur ma lettre. Oui, elle l'avait reçue. Qu'en pensait-elle ? Elle se tut, me lança un regard suppliant. Comme j'insistais, elle posa sa main sur ma bouche, me donna un baiser sur le front et soupira si tristement que j'en fus désemparé. Je la questionnai avec tendresse, mais elle secouait la

(1) Cette courte phrase ne traduit rien de plus que le *sentiment* exprimé, dans le texte original, en quelques lignes où l'image du roi s'enrichit d'évocations médiévales (château, jardin de délices), le tout constituant une métaphore proprement germanique, qu'on a renoncé à transférer ici *(N.d.T.)*.

tête. Puis, un sourire doux et subtil se fit jour à travers sa douleur ; elle m'entoura de ses bras, blottie à mon côté comme la veille, abandonnée, silencieuse. Elle s'appuyait contre moi, et j'inclinai sa tête sur ma poitrine. Je l'embrassai longuement sur les cheveux, le front, les joues et la nuque, sans plus penser à rien, éperdu...

Soudain, je me redressai :

— Eh bien ! dois-je parler demain à ton père, oui ou non ?

— Non, dit-elle, surtout pas.

— Pourquoi donc ? As-tu peur ?

Elle secoua la tête.

— Alors pourquoi ?

— Laisse-moi tranquille ! Laisse-moi donc ! Plus un mot là-dessus ! Nous avons encore un quart d'heure à nous.

Nous restions là, silencieusement enlacés. Tandis qu'elle se serrait contre moi, retenant son souffle à chaque caresse, toute frémissante, je me sentais gagné par son angoisse et sa tristesse. J'essayais de m'en défendre en lui disant d'avoir confiance en moi, en notre bonheur.

— Oui, oui, approuvait-elle. Inutile d'en parler. Nous sommes heureux dans cette minute, bien sûr.

Elle m'embrassa à plusieurs reprises dans un élan de muette ardeur, puis s'abandonna, épuisée, soutenue par mon bras.

Il fallut se séparer. Sur le seuil, elle me passa la main dans les cheveux et me dit à mi-voix :

— Adieu, mon trésor ! Ne viens pas demain. Ne reviens plus jamais, je t'en prie ! Tu vois bien que cela me rend malheureuse.

Le cœur torturé, je regagnai mon logis et passai le restant de la nuit à me creuser la cervelle. Pourquoi refusait-elle de me croire et d'être heureuse ? J'en revenais à ce qu'elle me disait voici quelques semaines : « Nous autres femmes, nous ne sommes pas aussi libres que vous. On doit accepter le sort qui vous est destiné. »

Quel pouvait être le sort qui l'attendait ? Cela, il fallait absolument que je le sache. C'est pourquoi je lui envoyai dans la matinée un billet, puis j'allai attendre derrière l'entrepôt, près des blocs de marbre, la fin de la journée de travail et le départ des ouvriers.

Il était tard quand elle vint, hésitante, au rendez-vous.

— Pourquoi es-tu venu ? En voilà assez, maintenant. Mon père est à la maison.

— Non, lui dis-je, tu vas me dire tout de suite ce que tu as sur le cœur, tout ce que tu penses. Je ne m'en irai pas avant.

Hélène me regarda calmement, aussi pâle que les plaques de marbre devant lesquelles elle se tenait.

— Ne me tourmente pas ! murmura-t-elle, faiblement. Je ne puis rien te dire et je ne le veux pas. Je te répète une seule chose : pars, aujourd'hui ou demain, et oublie tout. Je ne peux être à toi.

Malgré la douceur de cette soirée de juillet, elle semblait avoir froid, elle frissonnait. Jamais je n'avais ressenti pareil tourment ; je ne pouvais m'en aller ainsi.

— Dis-moi tout maintenant ! répétai-je. Il faut que je sache. Son regard plein de reproches me mettait au supplice, mais je ne pouvais agir autrement.

— Parle ! lui dis-je non sans rudesse, sinon je vais trouver ton père à l'instant.

Elle se ressaisit, contrariée, et sa pâleur, dans la demi-clarté du crépuscule, était d'une beauté funèbre et grandiose. Elle parla sans passion, d'une voix plus ferme :

— Eh bien ! je ne suis pas libre, et tu ne peux pas m'avoir. La place est prise par un autre. Est-ce assez clair ?

— Non, lui dis-je, c'est trop peu. L'aimes-tu, cet autre ? L'aimes-tu plus que moi ?

— Oh ! toi ! s'écria-t-elle avec violence. Non, non, ce n'est pas lui que j'aime, certes non ! Mais je suis sa promise, et il n'y a rien à changer à cela.

— Pourquoi donc, s'il ne te plaît pas ?

— A ce moment-là, je ne savais rien de toi. Il me plaisait. Ce n'est pas que je l'aimais, enfin c'était quelqu'un d'assez bien, et je ne connaissais personne d'autre. Alors j'ai dit oui, et maintenant c'est ainsi et pas autrement.

— Mais non, Hélène, on peut toujours revenir en arrière.

— Oui, bien sûr, mais il ne s'agit pas de lui, il s'agit de mon père : je ne peux pas lui manquer de parole.

— Je lui expliquerai.

— Enfant que tu es ! Tu ne comprends donc rien ?

Je la regardai. C'est tout juste si elle ne riait pas.

— Je suis vendue, et c'est mon père qui m'a vendue avec mon consentement, pour de l'argent. Le mariage aura lieu cet hiver.

Elle se tourna, fit quelques pas, puis revint à moi.

— Courage, mon ami ! me dit-elle ; il ne faut pas revenir, il ne faut pas.

— Comme ça, pour de l'argent ?

La question m'échappa malgré moi. Elle haussa les épaules.

— Qu'importe ? Mon père ne pourra se dédire ; il est aussi engagé que moi. Tu ne le connais pas. Si je manque à ma parole, il y aura un malheur. Ainsi, sois sage, sois raisonnable, enfant que tu es !

Soudain, elle éclata :

— Essaie de comprendre, toi, et ne m'achève pas ! Dans cette minute, je puis encore agir comme je le dois. Mais si tu me touches encore une seule fois, je ne réponds plus de rien. Je ne peux plus te donner un seul baiser, sans quoi nous sommes tous perdus.

Un instant, le silence fut si total qu'on entendait le père aller et venir dans la maison, de l'autre côté.

— Je ne puis rien décider aujourd'hui, répondis-je. Dis-moi encore une chose : qui est-ce ?

— L'autre ? Non. Il vaut mieux que tu ne le saches pas. Oh ! ne reviens plus, pour l'amour de moi !

Elle rentra chez elle. Je la suivis du regard. Je voulais partir, mais j'en fus incapable et m'assis sur les pierres froides et blanches, attentif au bruit de l'eau, ne percevant plus rien d'autre que le glissement continu de sa fuite. C'était comme si, près de moi, s'écoulaient ma vie et la vie d'Hélène, comme si d'innombrables destinées couraient vers la gorge, en aval, à travers la nuit, avec indifférence et sans mot dire, comme l'eau de la rivière...

Mort de fatigue, je rentrai tard à la maison, m'endormis, et, dès mon lever, le lendemain matin, décidai de faire mes paquets. Une fois de plus, j'oubliai ma résolution et repris mes flâneries en forêt après le petit déjeuner. Je ne pouvais en venir à aucune conclusion. Les pensées montaient en moi comme des bulles échappées d'une eau tranquille, puis crevaient dès qu'elles devenaient visibles.

Ainsi, tout est fini maintenant, me disais-je de temps à autre, mais cette pensée n'avait aucune réalité, ne représentait rien à mes yeux. Ce n'était que des mots. J'en pouvais tirer un certain soulagement, mais je n'en étais pas plus avancé pour autant.

Au cours de l'après-midi, l'amour sans espoir se réveilla douloureusement et menaça d'anéantir en moi toute volonté. Cet état d'esprit ne valait rien pour la réflexion saine et lucide, et, au lieu de me maîtriser et de me donner une heure pour réfléchir, je me livrai à mon emportement ; j'allai me poster près de la scierie, et j'attendis là le moment où je vis M. Lampart quitter sa demeure, remonter la vallée par la grande route et disparaître en direction du village.

Alors je m'approchai.

Lorsque j'entrai, Hélène poussa un cri et me regarda, blessée au vif :

— Pourquoi, gémit-elle, pourquoi venir encore ?

J'étais décontenancé, honteux ; jamais je ne m'étais senti si misérable. J'avais encore la main sur la poignée de la porte, mais aucune retraite n'était plus possible et je m'approchai lentement d'elle, dont le regard fixé sur moi disait l'angoisse et la souffrance.

— Pardonne-moi, Hélène, dis-je enfin. Elle secoua la tête plusieurs fois, baissa les yeux, les releva, répétant : « Pourquoi ? C'est donc toi, toi ? » Ses traits, ses gestes étaient ceux d'une personne plus âgée, plus mûre qu'elle n'était ; près d'elle, je me sentais presque un enfant.

— Alors ?... demanda-t-elle, et elle s'efforçait de sourire.

— Dis-moi encore quelque chose, implorai-je, le cœur serré, pour que je puisse m'en aller.

Ses traits se contractèrent, et je crus qu'elle allait éclater en pleurs. Mais elle eut un léger rire, imprévisible, dont je ne puis traduire la douceur, puisée dans un cœur torturé. Elle s'était ressaisie et murmura :

— Viens donc ! Pourquoi restes-tu planté là comme un piquet ?

Je n'eus qu'un pas à faire pour la prendre dans mes bras. Nous nous tînmes étroitement enlacés, et tandis que chez moi la volupté se mêlait de plus en plus à l'angoisse, à la peur et au besoin de pleurer, elle se faisait plus enjouée, me caressant comme un enfant, m'appelant de petits noms fantaisistes et tendres, mordillant mes mains, inépuisable en menues folies amoureuses.

En moi, un profond sentiment d'angoisse luttait contre la passion grandissante. Je ne pouvais proférer une parole et tenais Hélène serrée contre moi, pendant que son humeur folâtre et finalement son rire m'enveloppaient de caresses et d'agaceries.

— Allons, sois plus gai, espèce de glaçon ! me lançait-elle en me tirant la moustache.

Anxieux, je l'interrogeai :

— Tu crois que, malgré tout, on aura encore du bon temps, même si tu ne peux pas être à moi ?

Elle saisit ma tête entre ses mains, me regarda dans les yeux et dit :

— Oui, tout ira bien.

— Je peux donc rester et venir parler demain à ton père ?

— Oui, mon pauvre garçon, tu peux faire tout ce que tu voudras. Tu peux même venir en habit de cérémonie, si tu en possèdes un. De toute façon, c'est demain dimanche.

— Justement, j'en ai un, lui dis-je en riant, et, soudain, je fus pris d'une gaieté si juvénile que je l'entraînai avec moi dans la chambre où nous fîmes quelques tours de valse. Nous allons échouer sur l'angle de la table où je la prends sur mes genoux. Elle appuie son front contre ma joue et je plonge avec ravissement ma main dans sa lourde et sombre chevelure. Puis, elle se redresse, arrange ses cheveux, et, me menaçant du doigt, elle dit à haute voix : « Mon père peut entrer d'un moment à l'autre : nous sommes fous ! »

Elle me donna encore un baiser, puis un second, mit à mon chapeau un brin de réséda, qu'elle cueillit dans le bouquet posé sur le rebord de la fenêtre. Le soir venait.

Comme c'était samedi, je trouvai à *l'Aigle* nombreuse compagnie ; je vidai une chope, fis une partie de quilles et rentrai de bonne heure chez moi. Là, je sortis de l'armoire ma redingote, la disposai sur le dossier de la chaise et la contemplai un moment, satisfait. Elle était pour ainsi dire neuve, ayant été achetée pour mes examens et presque jamais portée depuis. Son drap noir et brillant n'éveillait en moi que des pensées de respectabilité et des souvenirs de solennelles réjouissances.

Au lieu de me mettre au lit, je m'assis pour réfléchir à ce que je dirais le lendemain au père d'Hélène. J'essayai de me représenter exactement la manière dont je m'avancerais au-devant de lui, avec modestie, mais non sans dignité ; quelles seraient ses objections et mes répliques à ces objections ; bref, nos arguments respectifs et jusqu'à notre mimique. Je prononçai quelques phrases à haute voix, accompagnées des gestes appropriés, tout à fait comme un prédicateur qui s'entraîne, et jusque dans mon lit, succombant au sommeil, je déclamai quelques bribes de mon futur discours.

Le dimanche matin arriva.

Pour me concentrer tranquillement une dernière fois, je restai au lit jusqu'à l'heure où l'on sonne les cloches. Pendant que les fidèles étaient à l'église, je passai mon habit de gala, aussi soigneusement que le jour de mes examens. Je me rasai, bus ma tasse de lait. Le cœur battant, ne tenant plus en place, j'attendis que le service divin fût terminé. Au dernier coup de cloche, je me mis en route lentement, plein de gravité, et pris le chemin qui descend la vallée du Sattelbach, en tâchant d'éviter les endroits trop poussiéreux. La chaleur se faisait déjà sentir et, malgré toutes mes précautions, je transpirais doucement sous mon habit et mon col empesé.

Quand je parvins à la scierie, j'eus la désagréable

surprise de voir des gens du village stationner sur le chemin et dans la cour, attendant on ne sait quoi. Ils parlaient à voix basse, par petits groupes, comme on le fait lors d'une vente aux enchères. Je ne demandai cependant à personne ce que tout cela signifiait, et, contournant les groupes, je gagnai la porte d'entrée, étonné, légèrement anxieux, comme dans un rêve inquiétant et bizarre. A peine entré, je me heurte sur le palier au régisseur Becker ; gêné, je le salue brièvement. J'étais ennuyé de le rencontrer, car il devait me croire parti depuis longtemps ; néanmoins, il semblait n'y plus penser du tout. Il avait l'air tendu, fatigué, et sa pâleur me frappa.

— Ah ! te voilà donc, toi aussi ! me dit-il d'un ton plutôt accrbe, en me faisant un petit signe de tête. Je crains, mon très cher, qu'aujourd'hui ta présence ici ne soit pas indispensable.

— Mais M. Lampart est là ? demandai-je.

— Évidemment. Où serait-il donc ?

— Et la demoiselle ?

Il indique la porte de la chambre.

— Elle est ici ?

Becker fait un signe affirmatif, mais, à l'instant où je vais frapper à cette porte, elle s'ouvre ; un homme sort de la chambre, me laissant voir plusieurs personnes assemblées dans la pièce, dont les meubles semblaient avoir été déplacés.

Je demeurai interdit.

— Dis-moi, Becker, qu'est-il arrivé ? Que veulent ces gens ? Et toi, que fais-tu ici ?

Le régisseur se tourna vers moi, me regarda drôlement.

— Tu ne sais donc rien ? me demanda-t-il d'une voix altérée.

— Quoi donc ? Non.

Il se tenait devant moi et son regard me fixait.

— Eh bien ! rentre seulement chez toi, jeune homme ! dit-il à voix basse, avec une certaine douceur. Puis il posa la main sur mon bras. Une nausée me monta à la gorge et une indicible angoisse envahit tous mes membres. Becker me considéra une fois encore et me jeta un coup d'œil étonnamment perspicace.

Dans un souffle, il me demanda :

— As-tu parlé hier avec la jeune fille ?

Comme je rougissais, il fut pris d'une toux violente, et ce fut comme un gémissement.

— Et Hélène ? Où est-elle ? m'écriai-je angoissé.

Becker marchait de long en large et semblait m'avoir oublié. Je m'appuyai à la rampe de l'escalier et je me sentis frôlé par des formes étranges, fantomatiques, qui m'entouraient en ricanant. Enfin, Becker s'approcha de moi et dit : « Viens ! » Il gravit l'escalier jusqu'à l'endroit où il tourne. Là, il s'assit sur une marche ; je pris place à côté de lui, sans prendre garde à ma redingote. Un silence de mort régnait dans la maison lorsque Becker commença à parler :

— Tiens-toi ferme et serre les dents, mon petit ! Hélène Lampart est morte, et nous l'avons ce matin même retirée de la rivière, devant l'écluse d'aval. Du calme ! Pas de défaillance ! Tu n'es pas le seul pour qui cette histoire n'est pas drôle. Fais tes preuves maintenant, et montre-toi véritablement un homme ! A l'heure qu'il est, elle repose, étendue dans la chambre, et elle a retrouvé sa beauté. Mais quand nous sommes allés la chercher là-bas, c'était vilain, tu sais, c'était vilain...

Il n'en put dire davantage et secoua la tête.

— Du calme ! Pas un mot ! Plus tard, on aura tout le temps de causer. L'affaire me touche de plus près que toi... Mais non, laissons cela, je t'expliquerai tout demain.

— Non, lui dis-je. Parle, Becker, je veux tout savoir !

— Soit. Pour les commentaires et le reste, libre à toi de les faire quand tu le voudras. Pour l'instant, je ne te dirai qu'une chose : c'était dans une bonne intention que je t'ai laissé courir ici, chez elle, si longtemps. On ne peut jamais savoir d'avance. Donc, j'étais fiancé avec Hélène, pas encore officiellement, mais...

Sur le moment, je faillis me lever et frapper le

régisseur en plein visage, de toute ma force. Il eut l'air de s'en rendre compte.

— Pas de ça ! dit-il avec calme en me regardant. Je t'ai dit que nous nous expliquerions une autre fois.

Nous étions assis sans mot dire. Toute l'histoire qui s'était déroulée entre Hélène, Becker et moi défilait, claire et rapide devant mes yeux comme une danse macabre. Pourquoi n'avais-je rien su, rien remarqué plus tôt moi-même ? Tout aurait pu être si simple ! Un mot, une allusion, et j'allais mon chemin tout tranquillement, et elle ne serait pas là maintenant, couchée dans la mort.

Ma colère était déjà passée. Je sentais que Becker devait entrevoir la vérité et je comprenais quelle responsabilité pesait sur lui. En toute sécurité, il m'avait laissé m'amuser et la plus grande partie de la faute lui était imputable. Il me restait une question à poser.

— Et toi, Becker, l'aimais-tu ? L'aimais-tu sérieusement ?

Il voulut répondre, mais la voix lui manqua. Il confirma de la tête, deux fois, trois fois. Et c'est seulement lorsque je vis un homme aussi coriace et dur acquiescer de la sorte, la gorge serrée, le visage défait, les muscles convulsés, que je sentis toute l'étendue de ma douleur. Après un long moment, comme je le regardais sans pouvoir retenir mes larmes, il se leva et me tendit la main ; je la pris et la serrai. Lentement, il descendit devant moi l'escalier, ouvrit doucement la porte de la chambre où reposait Hélène et dans laquelle, sous le coup d'une horreur profonde, je pénétrai ce matin-là pour la dernière fois.

ÂME D'ENFANT

Titre original :
KINDERSEELE

Il est des moments privilégiés dans l'existence où tout paraît simple et facile ; insouciant, on entre, on sort, on fait ceci ou cela ; on n'éprouve ni fatigue ni contrainte : apparemment, une chose en vaut une autre. Parfois, au contraire, on sent que rien ne peut être changé, rien n'est naturel, rien ne va de soi ; le moindre geste obéit à quelque arrêt irrévocable du destin.

Les événements de notre vie que nous qualifions d'heureux et que nous racontons volontiers sont presque tous de cette espèce « facile » et nous les oublions aisément. Les autres, qu'il nous coûte d'évoquer, nous ne les oublions jamais, et leur ombre nous suit jusqu'à notre dernier jour.

La maison paternelle se trouvait dans une claire et large rue ; sitôt la porte franchie, on se sentait enveloppé dans la pénombre par un souffle humide et une vague odeur de pierre. Un vestibule haut de plafond, carrelé de brique rouge, vous accueillait, conduisant en pente douce à l'escalier dont les premières marches se trouvaient au fond, dans une demi-obscurité.

Mille fois, j'ai franchi ce seuil sans faire attention à la porte, au vestibule, non plus qu'au carreau et à l'escalier ; pourtant, j'avais toujours eu l'impression d'accéder par là à un autre univers, « notre » univers. Le vestibule sentait la pierre, il était obscur et immense ; au fond, par l'escalier, on échappait à la fraîcheur ténébreuse pour gagner des régions pleines de clarté et de bien-être. Mais auparavant, il fallait traverser le hall et sa solennité crépusculaire : quelque chose qui évoquait le père, la dignité, la puissance et aussi le châtiment, la mauvaise conscience. Maintes fois, j'étais passé par là plein de gaieté ; en revanche, certains jours, d'emblée je me sentais oppressé, tout petit, j'éprouvais une angoisse et cherchais en hâte l'escalier libérateur.

Je rentrai un jour de l'école, je devais avoir onze ans, c'était un de ces jours où le destin vous guette, où le pire peut arriver, car le désarroi et le trouble de notre âme se reflètent sur le monde environnant et le défigurent. Mal à l'aise, pleins d'appréhension, nous cherchons en dehors de nous les prétendus motifs de notre mécontentement ; le monde entier nous paraît mal fait et nous butons à chaque pas contre un obstacle.

Ce jour-là, de bonne heure déjà, un vague sentiment de mauvaise conscience me tourmentait, sans que j'eusse rien fait de particulier. Dieu sait pour quel motif : un mauvais rêve, peut-être ? Ce matin-là, le visage de mon père avait eu une expression douloureuse, pleine de reproches ; le lait du petit déjeuner avait été tiède et fade. A l'école, je ne m'étais pas montré au-dessous de mes moyens, mais tout y avait eu ce goût de mort, de désolation, de découragement que je ne connaissais que trop : une impression d'impuissance et de désespoir qui nous ressasse que le temps n'a pas de fin, que nous resterons éternellement petits et nuls sous la férule de cette inepte et puante école, et que l'existence entière n'est qu'absurdité, ignominie.

De plus, je m'étais querellé le jour même avec mon ami du moment, Oscar Weber, le fils d'un mécanicien de locomotive. Nous étions liés depuis peu, sans que je sache au juste ce qui m'attirait vers lui. Il s'était vanté récemment que son père gagnât sept marks par jour, et j'avais répliqué à tout hasard que le mien en gagnait quatorze. Je lui en avais certainement imposé, car il ne fit aucune objection et ce fut le point de départ de notre entente.

Quelques jours plus tard, j'avais conclu un pacte avec Weber ; nous devions verser nos économies à une caisse commune, afin d'acheter un pistolet. Ce pistolet était exposé dans la vitrine d'un ferronnier : une grosse arme à deux canons d'acier d'un gris bleuté. Weber avait calculé devant moi qu'une période raisonnable d'épargne suffirait à notre acquisition. De l'argent, il y en aurait toujours : il recevait souvent dix pfennigs pour une sortie, ou en guise de pourboire. Quelquefois, on trouvait des sous dans la rue, ou bien des objets qui pouvaient se vendre, comme des fers à cheval, des morceaux de plomb et autres marchandises. Le jour même, il avait déposé une pièce de dix pfennigs dans la caisse, ce qui avait achevé de me convaincre. Désormais, notre plan m'apparaissait réalisable et prometteur.

Quand je pénétrai, ce jour-là, à midi, dans le hall de notre maison où l'atmosphère de cave m'inspirait de sombres pressentiments, relatifs à mille objets pénibles et détestables, y compris l'ordre du monde, j'étais préoccupé par Oscar Weber. Je sentais que je ne l'aimais pas, bien que son visage débonnaire me fût sympathique et me rappelât celui d'une laveuse de ma connaissance. Ce qui m'attirait en lui, ce n'était pas sa personne, mais quelque chose d'autre : sa manière d'être, un caractère qu'il partageait avec presque tous les garçons du même type et de la même origine, et qui était une certaine insolence, un sang-froid à toute épreuve, une familiarité avec les petites combinaisons de la vie pratique, avec l'argent, les magasins, les ateliers, les marchandises et les prix, la cuisine, la lessive et autres choses du même genre.

Les garçons comme Weber, qui ne semblaient pas souffrir des punitions scolaires et se faisaient d'autre part des amitiés parmi les valets, les cochers et les ouvrières de fabrique, étaient autrement armés que moi pour affronter le monde. Ils étaient aussi plus « adultes », ils connaissaient le gain journalier de leur père, et ils savaient sûrement bien d'autres choses encore dont je n'avais aucune idée. Des expressions, des calembours les faisaient rire, qui pour moi ne signifiaient rien. Enfin, ils avaient entre eux une façon de rire, grossière, rude, indéniablement « virile » qui m'était hélas interdite.

Cela ne servait à rien d'être plus intelligent qu'eux à l'école, d'être mieux habillé, peigné, lavé. Au contraire, ces différences même tournaient à leur profit. Des garçons comme Weber me semblaient capables d'entrer sans difficulté dans le « monde », tel qu'il flottait vaguement devant mes yeux dans une lumière crépusculaire et aventureuse, tandis qu'à moi, ce « monde » semblait plus inaccessible que jamais ; aucune de ses portes ne s'ouvrirait devant moi avant d'interminables années d'école, d'examens, d'apprentissage de la vie et d'expériences multiples. Bien entendu, ces garçons-là trouvaient dans la rue des fers à cheval, de l'argent, des morceaux de plomb, se faisaient payer leurs services, s'arrangeaient pour recevoir toutes sortes de cadeaux des commerçants et pour gagner sur tous les tableaux.

Je sentais obscurément que mon amitié pour Weber et sa caisse n'était rien d'autre qu'un désir violent de pénétrer dans ce « monde ». Ce qui m'attirait, chez lui, c'était ce mystère profond auquel il devait de vivre plus proche des adultes, dans un monde moins préservé, plus dépouillé et plus fort que la réalité entrevue dans mes rêves et mes aspirations. Je pressentais cependant que ce camarade allait me décevoir, que j'échouerais dans ma tentative de lui arracher son secret, de lui dérober la clé magique de la vie. Je savais que, dès qu'il m'avait quitté, il rentrait à la maison, plein de lui-même et parfaitement à l'aise ; il sifflait, il était heureux ; nul désir, nul pressentiment ne l'assombrissait. Quand il frayait avec des servantes ou des ouvrières de fabrique et qu'il les voyait mener une existence énigmatique, tantôt merveilleuse, tantôt lamentable, il n'y avait là, pour lui, aucun mystère insondable, rien de terrible ni d'excitant, mais une chose toute naturelle, aussi familière que l'eau pour le canard. Mais moi, je serais toujours en dehors de tout, seul, hésitant, plein de velléités et d'incertitudes.

Enfin, ce jour-là précisément, la vie me semblait de nouveau fade, désespérante ; elle avait un arrière-goût de lundi, jour trois fois plus long que les autres, bien que ce fût un samedi. Damnée existence, à la fois contrariante, mensongère et repoussante. Les adultes faisaient comme si le monde était parfait, comme s'ils étaient des demi-dieux, tandis que nous autres, les garçons, n'étions que le rebut du genre humain. On aspirait avec ferveur à se dépasser, on s'engageait sincèrement, passionnément à apprendre les verbes grecs irréguliers, à ménager ses vêtements, à obéir aux parents, à souffrir en silence, héroïquement, toutes les douleurs et les humiliations. On en revenait toujours à ces exaltations de piété ardente : se consacrer à Dieu, suivre le chemin idéal, pur et noble qui conduit vers les hauteurs, pratiquer la vertu, supporter le mal en silence, aider les autres, mais voilà qu'encore et toujours ce n'était qu'un élan, une tentative, un bref battement d'ailes !

Chaque fois, dans les jours et même les heures qui suivaient, arrivait fatalement quelque chose qui n'aurait pas dû se produire, quelque chose de piteux, d'affligeant, de honteux. Très vite, infailliblement, on retombait, du haut des plus fermes et généreuses résolutions, dans le péché et la gueuserie, dans le quotidien et l'ordinaire.

Comment expliquer que les bonnes résolutions soient reconnues au fond du cœur comme des choses excellentes et belles, alors que l'existence tout entière, y compris le monde des grandes personnes, pue la vulgarité la plus tenace et favorise partout le triomphe de la mesquinerie et de la médiocrité ? Comment se fait-il que l'on puisse, agenouillé sur son lit le matin, ou le soir devant une bougie allumée, faire alliance sacrée avec le bien et la pureté, invoquer Dieu, lancer un défi à tous les vices, et que, quelques heures plus tard, on trahisse comme un misérable ce serment solennel, ne serait-ce qu'en se mêlant à certains fous rires pleins de sous-entendus, en prêtant l'oreille à quelque stupide plaisanterie d'écolier ? Pourquoi ?

Était-ce différent pour les autres ? Les héros, les Grecs et les Romains, les chevaliers, les premiers chrétiens, tous ces hommes étaient-ils meilleurs que moi, sans mauvais instincts, pourvus d'un quelconque organe que je n'avais pas, grâce auquel ils ne retombaient pas de la sphère céleste dans la réalité quotidienne, de la sublimité dans le manquement et la misère ? Le péché originel était-il inconnu à ces héros et à ces saints ? Sainteté et noblesse étaient-elles réservées à quelques rares élus ? Pourquoi, dès lors, cette aspiration passionnée vers la pureté, la bonté, la vertu ? N'était-ce pas une dérision ? Fallait-il admettre que Dieu eût disposé le monde de telle sorte que l'homme ou l'enfant eussent en eux simultanément les instincts les plus élevés et les plus bas et fussent ainsi condamnés à souffrir, à désespérer, à seule fin de proposer au regard de Dieu le divertissant spectacle d'un être comiquement infortuné ? Était-ce le cas ? Et alors, est-ce que le monde tout entier n'était pas une farce diabolique, tout juste bonne à être conspuée ? Dieu n'était-il pas un monstre, un insensé, un pitre imbécile et haïssable ?

Hélas ! Pendant que je me livrais à ces pensées en y trouvant une voluptueuse saveur de révolte, l'anxiété me serrait le cœur : juste châtiment pour le blasphème dont j'étais tout tremblant.

Trente ans après, je vois encore distinctement cette cage d'escalier, les hautes fenêtres aveugles et leur pauvre lumière, les marches de sapin soigneusement récurées, les paliers, la balustrade en bois dur et lisse, polie par mes glissades répétées. Si éloigné que je sois de mon enfance, si légendaire et insaisissable qu'elle m'apparaisse dans l'ensemble, je me souviens parfaitement de tout ce qu'elle comportait déjà de souffrance et de départagement au milieu même du bonheur. Ces tendances, ces dispositions qui existaient dans le cœur de l'enfant devaient s'y graver pour toujours : douter de sa propre valeur ; balancer entre l'amour-propre et le découragement, entre l'idéalisme contempteur du monde et la simple joie des sens. Comme alors, j'ai assimilé maintes fois, par la suite, ces traits de ma nature, tantôt à une vulgaire maladie, tantôt à une distinction personnelle. Parfois, je croyais que Dieu voulait m'acheminer, à travers ces tourments, jusqu'à un état particulier de solitude et de renoncement ; à d'autres instants, je ne découvrais dans tout cela que les signes d'une grande faiblesse psychique, d'une névrose comme des milliers d'êtres humains en traînent péniblement toute leur vie.

Si je devais ramener ce désarroi intérieur et ses

conflits à un sentiment unique, je ne saurais le nommer autrement que : la peur. Peur et insécurité : voilà ce que j'éprouvais durant cette période troublée de mon enfance. Peur de la punition, peur de ma conscience, peur des impulsions de mon âme, sûrement répréhensibles et criminelles.

A l'instant que j'évoque ici, la même angoisse m'envahit à nouveau, lorsqu'en gravissant l'escalier où la lumière devenait de plus en plus vive, j'approchai de la porte vitrée. J'avais l'estomac serré, puis la sensation monta, gagna la gorge, et je crus que j'allais étouffer ou vomir. Dans ces moments-là, j'éprouvais et j'éprouve encore une gêne douloureuse, une crainte à l'idée d'être vu, un besoin de rester seul et de me cacher.

Sous le coup de cette maudite impression, je pénétrai, comme un malfaiteur, dans le corridor, puis dans la salle commune. Je le sentais : les démons étaient lâchés aujourd'hui, quelque chose allait se passer. Je le percevais aussi sûrement que le baromètre enregistre un changement de pression. Allons, ça y était : le diable rôdait dans la maison. Le péché originel était chevillé à mon âme, tandis qu'un esprit, invisible géant, se cachait derrière chaque mur, à la fois Père et Juge. Rien de précis encore : un pressentiment, une dévorante inquiétude.

En de telles situations, le mieux, en général, c'était de se porter malade, de vomir et de se mettre au lit. Alors, on s'en tirait sans dommage. Ma mère ou ma sœur survenait, préparait du thé ; on était l'objet de soins affectueux, on pouvait pleurer ou dormir. Ensuite, on se réveillait guéri, joyeux, dans un monde totalement renouvelé, racheté, lumineux.

Ma mère n'était pas dans la salle à manger, et, à la cuisine, il n'y avait que la bonne. Je décidai de monter chez mon père. On accédait à son cabinet de travail par un étroit escalier. Bien que j'eusse peur de mon père, je trouvais parfois du secours auprès de lui, dont j'avais beaucoup à me faire pardonner. S'il était plus simple de chercher réconfort chez ma mère, la consolation avait plus de prix, venant de mon père : elle impliquait la paix avec la conscience morale, la réconciliation et un nouveau pacte avec les puissances du bien. Après des scènes pénibles, des explications, des aveux et des punitions, il m'était arrivé souvent de sortir ragaillardi et purifié de la chambre paternelle. Non sans correction ni réprimande, certes, mais raffermi par de nouvelles résolutions, encouragé par mon alliance avec le Tout-Puissant contre le Malin. Donc, je décidai d'aller voir mon père et de lui dire que rien n'allait plus.

Je m'engageai dans le petit escalier qui conduisait à son cabinet de travail. A cause de l'odeur du papier peint et du bruit sec des marches de bois creux résonnant sous les pas, cet escalier était, infiniment plus que le corridor, une voie symbolique, une montée vers le destin. J'avais gravi maintes fois ces marches pour d'importants motifs, traînant après moi l'angoisse d'une conscience tourmentée, le cœur plein de défi et de colère aveugle, et il n'était pas rare que je redescendisse libéré, raffermi.

Dans notre demeure, le rez-de-chaussée était le domaine de la mère et de l'enfant : on y respirait un air d'innocence. En haut, régnaient la puissance et l'esprit. C'est là que se trouvaient le tribunal et le temple, le « Royaume du Père ». Haletant légèrement comme toujours, j'appuyai sur l'antique poignée et entrouvris la porte. L'odeur de la chambre d'étude m'était familière : cela sentait les livres et l'encre. Subtilement répandu dans la clarté bleue que laissaient filtrer des rideaux blancs immaculés, derrière des fenêtres mi-closes, on percevait un relent d'eau de Cologne, et, sur le bureau, il y avait une pomme. Mais la chambre était vide.

J'éprouvai à la fois déception et soulagement. Dès l'entrée, j'avais étouffé mes pas en marchant sur la pointe des pieds, comme nous le faisions lorsque nous devions aller là-haut et que mon père dormait ou qu'il avait mal à la tête. A peine eus-je conscience d'observer cette précaution, que mon cœur battit plus vite ; la contraction augmenta dans tous mes membres. Je me glissais, anxieux, à travers la chambre, j'avançais à pas de loup. Déjà, je n'étais plus le visiteur inoffensif ni le solliciteur, mais l'intrus. Plusieurs fois déjà, en l'absence de mon père, je m'étais introduit dans ses deux chambres, j'avais inspecté son royaume intime, et, par deux fois, subtilisé quelque objet.

Ce souvenir prenait vie, s'emparait de mon être, et soudain je n'eus plus de doute : le malheur planait sur moi ; il allait se passer quelque chose ; dès maintenant, j'étais dans la mauvaise voie. Je ne songeai pas à m'enfuir. Ou plutôt, mon impulsion profonde eût été précisément de déguerpir, de redescendre l'escalier, de me réfugier dans ma chambrette ou au jardin, mais je ne le ferais point, je le savais. Je ne pourrais pas le faire. Si seulement mon père pouvait révéler sa présence dans la chambre à côté, apparaître et rompre cet effroyable enchantement qui me tenait captif dans ses liens diaboliques ! Qu'il vienne donc, qu'il me gronde, mais qu'il vienne avant qu'il soit trop tard !

Je toussai légèrement pour m'annoncer. Pas de réponse. J'appelai à voix basse : papa ! Tout était tranquille. Les livres étaient là, silencieusement rangés contre la paroi ; le vent faisait bouger un battant de la fenêtre qui projetait sur le plancher une brève tache lumineuse. Personne ne venait me délivrer, et, en moi-même, je n'éprouvais d'autre liberté que celle d'obéir au démon. Conscient de ma faute, j'avais l'estomac contracté, l'extrémité des doigts glacée, le cœur palpitant. Je ne savais pas du tout ce que j'allais faire, je savais seulement que ce serait quelque chose de mal.

J'arrivai près du bureau, je pris un livre au hasard ; je lus un titre en anglais que je ne compris pas. D'ailleurs, je détestais cette langue : mes parents y avaient recours lorsque nous ne devions pas les comprendre, ou lorsqu'ils se disputaient. Dans une coupe, j'aperçus de menus objets : cure-dents, plumes d'acier, épingles. Je pris deux plumes et les glissai dans ma poche, Dieu sait pourquoi ! Je n'en avais aucun besoin et je ne manquais pas de plumes. Mon geste n'avait d'autre but que d'obéir aveuglément à cette puissance qui m'avait presque étouffé, qui m'avait contraint à faire le mal et à me charger de fautes. Je fouillai dans les papiers de mon père, j'y trouvai une lettre commencée où je lus ces mots : « Nous allons très bien, ainsi que les enfants, grâce à Dieu... » Les caractères latins de l'écriture semblaient autant de regards fixés sur moi. Je passai ensuite à pas feutrés dans la chambre à coucher.

Là se trouvaient son lit de camp à tiges de fer, ses pantoufles brunes ; un mouchoir était plié sur la table de nuit. Je respirais l'atmosphère paternelle dans cette pièce claire et fraîche ; l'image du Père m'apparut distinctement, tandis que dans mon cœur endolori s'affrontaient des sentiments contradictoires de révolte et de vénération. Par moments, je le haïssais et je me rappelais le malin plaisir que j'éprouvais à le voir gisant et silencieux, allongé sur son lit de camp, en proie au mal de tête, soupirant, un linge humide sur le front. Je sentais bien que, lui non plus, le Maître, il n'avait pas une vie facile, qu'à lui non plus, le Grand Dignitaire, lc doute sur soi-même et l'angoisse n'étaient pas épargnés.

Déjà, cette étrange haine s'était dissipée, faisant place à la pitié et à l'attendrissement. Mais, entre-temps, j'avais ouvert l'un des tiroirs de la commode. Il y avait là du linge empilé et un flacon d'eau de Cologne, dont il usait volontiers. Je voulus en respirer le parfum, mais le flacon n'était pas encore ouvert et il était solidement bouché. Je le remis à sa place. Tout près, se trouvait une petite boîte de jus de réglisse. J'en suçai quelques-uns. Je me sentais un peu déçu, désenchanté, et, en même temps, heureux de ne rien découvrir d'autre à prendre. J'allais abandonner la partie, quand j'essayai, par jeu, un autre tiroir. J'avais le cœur plus léger et j'étais résolu à remettre à leur place les deux plumes d'acier dérobées.

Le repentir, le retour dans le droit chemin, le salut enfin, n'étaient-ils pas encore possibles ? La main de Dieu, étendue sur moi, n'était-elle pas plus forte que toutes les tentations ? Vite, un coup d'œil dans le tiroir entrebâillé. Que n'y trouvai-je seulement des chaussettes, des chemises ou de vieux journaux ! Mais là m'attendait la tentation. En une seconde, je sentis à nouveau la crampe maléfique de l'angoisse ; mes mains tremblaient, mon cœur battait à se rompre. Je vis un objet inattendu, fascinant, déposé dans une corbeille de raphia, indienne ou exotique, en forme de coupe :

c'était une couronne de figues sèches saupoudrées de sucre !

Je soulevai cette couronne : elle était étonnamment pesante. J'en retirai deux, puis trois figues, dont l'une passa dans ma bouche et quelques autres disparurent dans ma poche. Ce ne serait donc pas en vain que j'aurais traversé pareilles angoisses et pareilles aventures. Si la délivrance et le réconfort m'étaient refusés ici, du moins je n'en sortirais pas les mains vides.

Je détachai encore trois, puis quatre figues de la couronne, qui en fut à peine allégée, puis encore quelques-unes ; lorsque mes poches furent pleines, et que plus de la moitié des figues eurent disparu, j'espaçai celles qui restaient sur l'anneau légèrement gluant, de telle façon qu'il semblait presque intact. Pris de panique, je repoussai violemment le tiroir, traversai en courant les deux chambres, dévalai l'escalier, courus à ma chambrette où je me tins coi, appuyé à mon petit pupitre, le souffle coupé, les genoux flageolants.

Là-dessus, la cloche du repas se fit entendre. La tête vide, complètement dégrisé, écœuré, je fourrai les figues derrière mes livres, sur le rayon où elles étaient ainsi dissimulées et j'allai à table. Devant la porte de la salle à manger, je remarquai que j'avais les mains collantes ; j'allai me laver à la cuisine. Quand je revins, tout le monde était en place et m'attendait. Je dis bonjour en hâte, mon père récita le bénédicité ; je me penchai sur mon potage. Je n'avais pas faim. Chaque cuillerée me faisait mal.

Mes sœurs étaient assises près de moi ; en face, mes parents ; tous se montraient joyeux, honnêtes, sans tache. Je me sentais l'unique et misérable criminel parmi eux, redoutant le moindre regard amical, isolé et indigne, avec un goût de figue dans la bouche. Avais-je seulement refermé la porte, là-haut ? Le tiroir ? Sûrement, tout était perdu. J'aurais donné ma main à couper pour que les figues se retrouvent à leur place dans la commode. Je décidai de m'en débarrasser : je les apporterais à l'école, où j'en ferais une distribution. Pourvu que je ne les revoie plus ! Pourvu qu'elles disparaissent !

« Tu as mauvaise mine », me lança mon père. Je contemplais mon assiette et je sentais son regard posé sur moi. Il allait découvrir la vérité. Rien ne lui échappait, jamais. Pourquoi me tourmentait-il à l'avance ? Il eût mieux fait de m'arrêter tout de suite, de me mettre à mort, par égard pour moi. « Qu'est-ce qui ne va pas ? » Sa voix résonnait de nouveau à mes oreilles.

Je répondis par un mensonge : j'avais mal à la tête.

— Alors tu iras t'étendre un moment après le repas. Combien de leçons avez-vous cet après-midi ?

— Rien que de la gymnastique.

— Eh bien ! l'exercice ne te fera pas de mal. Mange donc un peu, force-toi. Dans un moment, ce sera passé.

Je détournai le regard. Ma mère ne disait rien, mais je sentais qu'elle m'observait. J'avalai mon potage, m'escrimai contre la viande et les légumes, me versai deux fois à boire. Ce fut le terme de mes efforts. On me laissa tranquille. Le repas achevé, mon père rendit grâces : « Seigneur, nous te remercions, car tu es compatissant, et ta bonté dure éternellement. » Ces paroles sacrées, pures et confiantes, j'en étais durement exclu : elles étaient pour eux. Mes mains jointes n'étaient que mensonge ; mon recueillement, sacrilège. Comme je quittais la table, ma mère passa la main sur mes cheveux, puis la posa un instant sur mon front, pour voir s'il était chaud. Ah ! que tout cela était amer !

Retiré dans ma chambre, je regardai mon rayon de livres. Les présages du matin ne m'avaient pas trompé ; ç'avait été un jour de malheur, le pire que j'eusse vécu jusqu'alors. Aucun être humain n'en pourrait supporter de plus affreux, à moins de s'enlever la vie. Le mieux serait d'avoir sur soi du poison, ou de se pendre. En somme, il valait mieux être mort que de continuer à vivre. Tout était si frelaté, si laid. J'étais là, debout, à réfléchir. Distrait, je tendis la main vers la cachette des figues ; j'en mangeai une, puis plusieurs, sans trop savoir ce que je faisais. Mes regards tombèrent par hasard sur la caisse contenant notre cagnotte ; elle se trouvait au bord du rayon, sous les livres. C'était une boîte à cigares que j'avais soigneusement clouée ; dans le couvercle, j'avais pratiqué avec mon couteau de poche une entaille maladroite, par où glisser les pièces de monnaie. Le travail était grossièrement fait ; des esquilles de bois sortaient tout autour de la fente. Là non plus, je n'avais pas su faire. Parmi mes camarades, il s'en trouvait d'assez habiles pour accomplir ce genre d'ouvrages sans bavure, avec patience et minutie, comme si le rabot du menuisier eût passé par là. Quant à moi, je m'en tenais toujours au bâclé, je faisais vite, sans jamais rien achever joliment. Cela se voyait dans mes travaux de menuiserie, mes manuscrits, mes dessins, mes collections de papillons, enfin partout. Rien n'aboutissait, chez moi. Et maintenant j'étais un voleur récidiviste ! Quelle misère ! J'avais encore en poche les plumes d'acier. A quoi bon ? Pourquoi les avais-je prises, ou dû les prendre ? Pourquoi fallait-il exécuter ce qu'on ne voulait pas faire ?

Dans la boîte à cigares, une seule pièce tintait : les dix pfennigs d'Oscar Weber. Rien n'avait été versé depuis lors. C'était encore une de mes idées, cette épargne ! Tout ce que je commençais ne valait rien, manquait le but, ne dépassait jamais la mise en œuvre. Au diable, cette boîte idiote ! Qu'on ne m'en parle plus !

Le moment compris entre le déjeuner et l'heure de l'école était, ces jours-là, assez périlleux et difficile à passer. Les jours ordinaires, lorsque tout était paisible, raisonnable, chaleureux, c'était une heure joyeusement attendue ; j'allais lire dans ma chambre quelque histoire d'Indiens, ou bien je courais tout de suite après le repas vers la place de l'école où je retrouvais toujours quelques camarades bien turbulents avec lesquels je jouais, criais, m'excitais jusqu'à l'instant où le coup de cloche nous rappelait à la « réalité » totalement oubliée. Mais aujourd'hui, avec qui aurais-je pu jouer ? Que faire pour endormir les démons ?

Je sentais venir l'orage. Ce ne serait pas pour aujourd'hui, mais la prochaine fois, bientôt peut-être. La fatalité m'acculerait à l'obligation de faire un coup d'éclat. Il suffirait de peu de chose, oui, de très peu de chose qui s'ajouterait à mon trouble et à ma souffrance, pour que la coupe déborde et que j'en finisse une fois pour toutes avec la terreur. Un jour, et ce serait justement un jour comme celui-ci, je tomberais sans retour dans le gouffre du mal, et, plein de fureur contre l'absurdité insupportable de cette vie, j'accomplirais quelque chose d'atroce et d'irréparable. Atroce, mais libérateur : finis pour toujours, l'angoisse et les tourments ! Je ne savais ce que serait cet acte, mais des images, des obsessions précédentes avaient à plusieurs reprises jeté le trouble dans mon esprit, des images de crime, grâce auxquelles je tirais vengeance du monde, et, du même coup, me sacrifiais moi-même et m'anéantissais. Souvent, j'avais l'impression que je pourrais mettre le feu à notre maison : des flammes battaient la nuit de leurs ailes énormes, l'incendie gagnait les maisons et les rues, toute la ville n'était qu'un gigantesque brasier contre le ciel noir.

D'autres fois, le crime de mes rêves était une vengeance contre mon père, un effroyable coup mortel que je lui portais. Alors, je serais pareil à ce délinquant d'élite, ce juste, qu'un jour j'avais vu emmené par les rues de notre ville. C'était un cambrioleur qu'on venait de prendre et que l'on conduisait au tribunal de district. On lui avait passé les menottes ; son chapeau melon était crânement posé de travers sur sa tête. Encadré par deux gendarmes, pressé par une foule de badauds qui le couvraient au passage de leurs malédictions et de leurs moqueries, cet homme ne rappelait en rien ces pauvres diables tout penauds que l'on voyait de temps à autre convoyés par la police et qui, le plus souvent, n'étaient que de minables apprentis arrêtés pour mendicité.

Non, celui-là n'était pas un apprenti ; il n'avait pas l'air égaré, humble et larmoyant ; il ne balbutiait aucune sottise, il ne ricanait pas, spectacle grotesque dont j'avais déjà été témoin. C'était un véritable criminel qui portait fièrement son chapeau cabossé, la tête haute, le teint pâle, un sourire méprisant sur les lèvres. A côté de lui, le peuple qui le poursuivait de ses invectives et de ses crachats n'était qu'un ramassis de canailles. J'avais crié avec eux : « Il est pris ! Au gibet ! » Mais ensuite, j'avais été frappé par sa démarche fière, pleine d'assurance, par la façon dont il tenait devant lui ses mains enchaînées, et par le chapeau melon hardiment posé sur sa tête obstinée et méchante, comme une auréole fantastique ! Et quel sourire ! Du coup, je me tus. Eh bien, je serais comme ce malfaiteur ; j'aurais le même sourire, le même port de tête, quand je serais cité en justice et conduit à l'échafaud. Et lorsque la foule, pressée autour de moi, me couvrirait d'insultes, je ne bougerais pas : silence et mépris, tout simplement. Après mon exécution, quand je me présenterais devant le Juge céleste, je ne plierais certes pas l'échine, humblement soumis. Oh non ! Pas même si des anges l'entouraient de leur essaim et qu'il fût lui-même tout rayonnant de sainteté et de grandeur. Puisse-t-il me damner, me faire bouillir dans la poix ! Il n'obtiendrait de moi ni excuses, ni témoignages d'humilité, ni repentir ; je ne lui demanderais nul pardon. Quand il m'interrogerait : « As-tu fait telle ou telle chose ? » je m'écrierais : « Bien sûr, et pis encore, et c'était juste que je le fasse, et, si je le peux, je recommencerai, encore et toujours. J'ai commis des meurtres, j'ai incendié des maisons parce que cela me plaisait et parce que je voulais me moquer de toi et t'irriter. Oui, je te hais, je crache à tes pieds, Seigneur. Tu m'as tourmenté, opprimé, tu as promulgué des lois que personne ne peut suivre, tu as incité les grandes personnes à nous empoisonner la vie, à nous les jeunes. »

Si, par chance, je réussissais à prendre un moment mes désirs pour des réalités, j'en éprouvais une sombre délectation. Très vite, le doute revenait. Ne faiblirais-je point ? Ne me laisserais-je pas intimider ? Ne renoncerais-je pas ? Ou bien, si je suivais jusqu'au bout ma volonté de révolte, est-ce que Dieu ne trouverait pas une échappatoire, une mystification qui ferait valoir sa supériorité, selon la recette infaillible des grandes personnes et des puissants, qui trouvent dans leur jeu un dernier atout, vous couvrent de honte sans vous prendre au sérieux et vous humilient sous le masque odieux des bonnes intentions ?

Naturellement, tout finirait ainsi. Au gré de ma fantaisie, c'était tantôt moi et tantôt Dieu le gagnant. Élevé au rang de criminel endurci, je redescendais ensuite au niveau de l'enfant et de la faible créature. Par la fenêtre, j'apercevais, dans la cour située derrière la maison de notre voisin, des poutres d'échafaudage appuyées contre le mur, et, dans un minuscule jardin, quelques carrés verdoyants de légumes. Soudain, dans le silence de l'après-midi, la cloche sonna, durement prosaïque, au milieu de mes rêveries : un coup bien frappé, net et limpide, et puis un autre. Il était deux heures : j'échappai à l'angoisse de mes visions pour tomber dans la peur de la réalité. La leçon de gymnastique était commencée, et même si des ailes enchantées m'eussent transporté jusqu'à la salle d'exercices, je serais arrivé trop tard.

De nouveau, la guigne ! Après-demain, je serais convoqué, grondé, puni. Je préférai m'abstenir ; il n'y avait du reste plus rien à faire. Peut-être avec une très bonne excuse, bien plausible... Mais, en ce moment, je n'en aurais imaginé aucune, si brillamment que mes maîtres m'eussent entraîné à mentir. Non, je n'étais pas en état d'inventer quoi que ce soit de ce genre. Le mieux était de ne pas aller du tout à la leçon. Qu'importait un petit malheur ajouté à un grand ?

Les coups de cloche m'avaient réveillé, coupant court au jeu de mon imagination. Je me sentis tout à coup très faible ; ma chambre me parut terriblement réelle ; pupitre, images, lit, étagère à livres, tout y était un appel à retrouver ce monde dans lequel il fallait vivre et qui, aujourd'hui encore, m'avait prouvé son hostilité et tendu ses pièges. Alors quoi ? N'avais-je pas manqué la leçon de gymnastique ? N'avais-je pas misérablement volé, et les figues maudites n'étaient-elles pas cachées sur mon rayon de livres, du moins celles que je n'avais pas encore mangées ? Que me faisaient maintenant le criminel, le bon Dieu et le Jugement dernier ? Tout cela viendrait en son temps, mais, dans cette minute, ce n'était que des rêvasseries lointaines et creuses, rien de plus. J'avais commis un vol : le délit pouvait être découvert à chaque instant. C'était chose faite, peut-être, et mon père, en ouvrant son tiroir, là-haut, se trouvait devant mon forfait. Attristé et furieux, il se demandait de quelle façon il allait me faire passer en jugement. Possible qu'il fût déjà en route vers moi ; si je ne fuyais à l'instant, j'aurais dans une minute son visage grave devant moi, avec ses lunettes.

Naturellement, il avait su tout de suite que j'étais le voleur. A part moi, il n'y avait pas de brebis galeuse chez nous. Mes sœurs ne faisaient jamais rien de semblable, malheureusement ! Mais aussi quel besoin pouvait avoir mon père de cacher des couronnes de figues dans sa commode ? Déjà, j'avais quitté ma chambrette et j'étais sorti de la maison par la porte de derrière. Les jardins et les prés s'étendaient au soleil, des papillons jaune citron voletaient sur le chemin. Tout semblait plus triste et plus menaçant que ce matin. Oh ! je connaissais bien cette impression, et pourtant jamais je ne l'avais ressentie si cruellement : l'impression que les choses qui d'habitude s'offraient à mon regard dans leur permanence et leur sérénité, la ville, le clocher, les prés fleuris, les chemins, les papillons, tout ce qui était charmant, joyeux et nécessaire à mon bonheur devenait soudain la proie d'un mauvais sort et me semblait complètement étranger. Je connaissais ce maléfice et je savais ce que c'était que de parcourir dans l'angoisse des contrées familières.

Le papillon le plus rare pouvait survoler la prairie et se poser devant moi, je n'y trouvais plus ni charme ni consolation. Le plus magnifique cerisier pouvait incliner jusqu'à moi ses branches les plus chargées sans que j'en eusse la moindre joie. Seul persistait le besoin de fuir, d'échapper au père, à la punition, à moi-même, à ma conscience. Fuir sans trêve, jusqu'à ce qu'enfin se produise l'inexorable.

D'une traite, je pris ma course et grimpai d'abord dans la montagne, m'élevant jusqu'à la forêt. Du mont des Chênes, je redescendis vers le moulin de la Ferme, où je traversai le chemin pour reprendre ma course à travers les forêts. C'était là que nous avions établi notre dernier camp d'Indiens ; là que, l'an dernier, mon père étant en voyage, notre mère avait fêté Pâques avec nous et caché les œufs dans la forêt, sous la mousse. En ce même lieu, j'avais construit avec mes cousins, pendant les vacances, un château fort qui était encore à moitié debout. Partout, des témoignages du passé me renvoyaient comme en un jeu de miroirs une tout autre image de moi-même. Avais-je donc été ce garçon-là ? Si gai, si content, si généreux, bon camarade, fils tendre et attentif, en somme prodigieusement heureux et libre de tout souci ?

Comment expliquer ce changement total, qui faisait de moi un être à ce point agressif, inquiet, départagé ? Les choses n'avaient pas changé, pourtant : la forêt, le fleuve, les fougères, les fleurs, le château fort, les fourmilières, et cependant tout était empoisonné, dévasté ; le retour était-il donc impossible vers le pays de l'innocence et du bonheur ? Pourrais-je une fois retrouver cette gaieté, ces jeux avec mes sœurs, cette quête des œufs de Pâques ? Je courais à perdre haleine, le front en sueur, et derrière moi couraient ma faute et l'ombre énorme de mon père. Dans ma course, je voyais à gauche et à droite fuir les sentiers, les forêts disparaître les unes après les autres.

Sur une hauteur, je fis halte, à l'écart du chemin, couché dans l'herbe, en proie à des palpitations qui sans doute venaient de ma montée rapide et allaient se calmer. En bas, on voyait la ville et le fleuve, ainsi que la salle de gymnastique d'où, la leçon finie, les garçons s'échappaient en courant ; je voyais aussi le toit allongé de la maison paternelle. Là se trouvaient la chambre à coucher de mon père et le tiroir dans lequel les figues auraient dû se trouver. Et aussi ma petite chambre. A mon retour, j'y serais jugé, si je rentrais. Et si je ne rentrais pas ? Je savais que je reviendrais. On revient toujours à la maison. Cela finit toujours ainsi. Impossible de s'enfuir en Afrique ou à Berlin. On est petit, on manque d'argent, personne ne vous aiderait. Ah ! si tous les enfants se coalisaient, se prêtaient main-forte ! Il y en aurait des masses : les enfants sont plus nombreux que les parents. Mais tous les enfants ne sont pas des voleurs ou des criminels. Mes pareils n'étaient pas légion. Peut-être étais-je le seul de mon espèce ? Mais non. Des actes comme les miens n'étaient pas rares, je le savais. Un de mes oncles avait volé dans son enfance et commis des incartades : j'en étais informé par une conversation entre mes parents, que j'avais surprise. C'est toujours par surprise et en secret que l'on découvre ce qui vaut la peine d'être connu. Mais ce renseignement ne me servait à rien. Même si cet oncle était là aujourd'hui, il ne me serait d'aucun secours. Depuis longtemps, il avait passé du côté des adultes ; il était pasteur et il tiendrait leur parti, me laissant à mon problème. Tous, ils sont ainsi. Avec nous autres, les enfants, ils sont tous traîtres et menteurs, d'une façon ou d'une autre. Ils jouent un rôle, ils se font passer pour autres que ce qu'ils sont. Sauf les mères, peut-être ; en tout cas, moins souvent.

Bon ! Mais si je ne revenais plus jamais à la maison ? Il aurait pu m'arriver un accident : je pouvais me rompre le cou, me noyer, passer sous un train. Tout serait changé, alors. On ramènerait mon corps à la maison, il y aurait un grand silence, de la consternation, des larmes ; tout le monde serait affligé à cause de moi et il ne serait plus question des figues. Je savais fort bien que l'on peut s'enlever la vie. Mon idée était de le faire un jour, quand la situation serait au pire. Une autre solution, c'était la maladie. Non pas une simple toux, mais quelque chose de très grave, comme au temps de ma scarlatine.

La leçon de gymnastique était finie depuis longtemps ; on devait m'attendre à la maison pour le café. En ce moment, on m'appelait, on me cherchait dans ma chambre, au jardin, dans la cour, au préau. Si mon père avait découvert le vol, il ne cherchait plus : il savait à quoi s'en tenir. Impossible de rester ici plus longtemps. Le destin ne me lâchait pas, il me traquait.

Je repris ma course. Bientôt, j'arrivai à proximité d'un jardin public, où un certain banc me rappela une fois de plus un souvenir très beau et très cher qui maintenant me brûlait comme un grand feu. Mon père m'avait donné un couteau de poche ; nous étions partis en promenade, joyeux et sans histoire. Il s'était assis sur ce banc pendant que je me taillais dans un buisson une longue baguette de coudrier. Dans ma hâte, je brisai la lame de mon couteau, juste au ras du manche. Je revins épouvanté vers mon père, essayant d'abord de dissimuler l'accident, mais il me questionna bientôt. J'étais très contrarié à cause du couteau et parce que je m'attendais à être grondé. Mais mon père se contenta de sourire ; me touchant légèrement l'épaule, il me dit : « Dommage pour toi, mon pauvre gosse ! » Comme je l'avais aimé, alors ; comme j'avais imploré son pardon dans le secret de mon cœur !

En évoquant la physionomie de mon père, sa voix, sa compassion, je me sentais un monstre : n'avais-je pas chagriné, trompé ce père à maintes reprises, ne l'avais-je pas volé aujourd'hui ? Quand je rentrai en ville par le pont qui se trouve en amont, à une certaine distance de notre maison, le crépuscule tombait. Un garçon sortit en courant d'une boutique dont la porte vitrée était déjà éclairée. Il s'arrêta net, m'appela par mon nom. C'était Oscar Weber. Nulle rencontre ne pouvait être plus fâcheuse pour moi. J'appris du moins que le maître n'avait pas remarqué mon absence à la leçon de gymnastique. Mais où étais-je donc ? « Nulle part, lui dis-je, je n'étais pas très bien. » Puis, comme je restais silencieux et négatif, au bout d'un moment qui me sembla interminable, il vit qu'il m'importunait. Alors, il devint agressif.

— Laisse-moi tranquille, lui dis-je froidement. Je sais rentrer seul chez moi.

— Ah ! c'est comme ça ? s'écria-t-il. Moi non plus, je n'ai pas besoin qu'on m'accompagne, espèce d'idiot ! Je ne suis pas ton caniche, tu sais ! Mais d'abord, j'aimerais bien savoir ce que devient notre cagnotte. J'y ai versé une pièce de dix pfennigs, et toi, rien.

— Tu peux reprendre ta pièce aujourd'hui même, si tu as peur pour elle. Pourvu que je ne te voie plus ! Comme si j'allais accepter quelque chose de toi !

— Tu l'as acceptée volontiers l'autre jour, dit-il en se moquant, mais non sans entrouvrir la porte à la réconciliation. Mais je n'étais plus de sang-froid. L'angoisse accumulée dans mon cœur déchiré éclata en un accès de colère. Weber n'avait pas de remarques à me faire ! En m'insurgeant contre lui, j'étais dans mon droit, j'avais bonne conscience. Il me fallait justement quelqu'un en face de qui mon honneur et ma cause fussent inattaquables. Tout ce qu'il y avait en moi d'obscur et de chaotique se précipita en bouillonnant vers cette issue.

Je fis ce que j'évitais soigneusement de faire en d'autres circonstances, je laissai voir en moi un fils de propriétaire ; je lui signifiai que je me passais parfaitement d'une amitié avec un garçon des rues. Je lui déclarai que, dorénavant, il ne faudrait plus venir dans notre jardin croquer des groseilles, ni s'amuser avec mes jouets. Je m'échauffais, je me sentais vivre. J'avais un ennemi, un opposant, un coupable que l'on pouvait empoigner. Tous mes instincts vitaux se concentraient dans cette fureur rédemptrice, bienvenue, libératrice, dans la joie féroce d'avoir un ennemi qui, pour une fois, n'habitait pas en moi-même, mais se dressait en face de moi, et dont les yeux exorbités me fixaient, pleins de terreur ou de méchanceté, dont j'entendais la voix, dont je pouvais mépriser les reproches et les injures.

Notre échange d'invectives allait *crescendo* tandis que nous descendions la rue noire, dressés l'un contre l'autre. Ici et là, une porte s'ouvrait : on nous regardait. La colère, le mépris que je ressentais pour moi-même se retournaient contre le malheureux Weber. Quand il menaça de me dénoncer au maître de gymnastique, j'en fus heureux : il se mettait dans son tort, il devenait vulgaire, il me donnait l'avantage. Lorsqu'en pleine dispute nous approchâmes de la rue des Bouchers, quelques passants s'arrêtèrent pour observer notre bagarre. Nous nous frappions au ventre et au visage, nous échangions des coups de pied. Pendant ces minutes, j'avais tout oublié. J'étais dans mon droit, je n'avais plus rien d'un malfaiteur ; le combat m'enivrait de bonheur, et si Weber était plus fort que moi, j'étais plus agile, plus malin, plus prompt, plus ardent. Surexcités, nous rivalisions de violence. A l'instant où, d'une prise désespérée, il déchira le col de ma chemise, je sentis avec délice l'air frais courir sur ma peau brûlante.

Tout en nous démenant comme des forcenés, nous ne laissions pas notre langue inactive. En plein assaut d'insultes, notre vocabulaire se fit de plus en plus violent, plus fou, plus acerbe, plus fantaisiste. Là aussi, je surpassais mon adversaire. Je l'emportais sur lui par la malignité, le don poétique, l'invention. M'appelait-il *chien*, je répondais *cochon de chien*. S'il criait *crapule!* je hurlais *Satan!* Sans en rien voir, nous étions tout ensanglantés, tandis qu'en paroles de plus en plus maléfiques nous nous souhaitions l'un à l'autre la mort sur le gibet, ou à coups de couteau plongé dans les côtes et retourné plusieurs fois, et que chacun faisait honte à l'autre de son nom, de sa classe et de son père.

C'était la première fois, ce fut aussi la seule, que je menais jusqu'au bout un tel combat, en pleine furie guerrière, en épuisant toutes les manières de frapper, de brutaliser et d'injurier. Témoin de ce genre de scènes, ce n'était pas sans une joie horrifiée que, souvent, j'avais prêté l'oreille à ces assauts de grossièretés et de sauvages malédictions. C'était à mon tour de vociférer, et je m'y prenais comme si j'en eusse depuis longtemps l'habitude. Mon regard était brouillé par les larmes; j'avais du sang sur les lèvres. Mais le monde était beau, il avait un sens; c'était une bonne chose que de vivre, de se battre, de saigner et de faire saigner.

Je ne puis me rappeler comment finit le combat. A un moment quelconque, l'affaire fut terminée. Je me retrouvai seul dans le silence de la nuit. Je reconnaissais les coins de rue et les maisons; la nôtre n'était pas loin. Lentement, l'ivresse se dissipa; le bruissement d'ailes et le tonnerre s'effaçaient. Par morceaux, la réalité s'imposait à mes sens, tout d'abord à ma vue. Ici, la fontaine. Le pont. Du sang sur ma main; mes habits déchirés; mes bas descendus à mes chevilles; un genou et un œil endoloris; ma casquette disparue. Tout cela se révélait progressivement, devenait réalité, prenait une voix. Soudain, terrassé par une intense fatigue, je sentis mes genoux et mes bras trembler, je cherchai l'appui d'un mur. Voici la maison, enfin! Une seule chose m'importait : là étaient le refuge, la paix, la lumière, l'intimité. Hors d'haleine, je refermai sur moi la grande porte.

A cet instant, l'odeur de la pierre, le courant d'air froid, humide, réveillèrent mille souvenirs. Mon Dieu! On respirait ici l'autorité, la loi, la responsabilité, la présence du père et de Dieu. J'étais un voleur. Non pas un héros couvert de blessures qui rentre chez lui après la bataille. Je n'étais pas non plus le pauvre enfant qui a retrouvé le chemin de la maison et la chaleur du lit où sa mère va le coucher, émue de compassion. J'étais un voleur, un criminel. Pour moi, il n'y avait là-haut nul refuge, pas de lit ni de sommeil, pas de dîner ni de soins, nulle consolation, aucun oubli. Ce qui m'attendait, c'était le jugement.

Ce soir-là, je crus respirer pour la première fois, pendant quelques instants, l'atmosphère froide, l'odeur de solitude et de fatalité propres à ce vestibule obscur et à cet escalier dont je gravissais avec peine les nombreuses marches. Devant moi, aucune issue, aucun projet, mais pas d'angoisse non plus. Un seul sentiment s'imposait à moi dans sa dureté glacée : le sentiment d'une fatalité inéluctable. Je m'appuyai à la rampe ; je me hissais péniblement à la force des bras.

Devant la porte vitrée, je songeai à m'asseoir un moment pour reprendre haleine et me donner du répit. J'y renonçai : à quoi bon, en effet ? Il fallait y aller. En ouvrant la porte, je me demandai quelle heure il pouvait bien être. J'entrai dans la salle à manger. Le repas achevé, on était encore à table. Il y avait sur la nappe une assiette remplie de pommes. Il était environ huit heures. Jamais encore je n'étais rentré si tard sans permission ; jamais je n'avais laissé ma place vide au dîner.

« Dieu soit loué, te voilà ! » s'écria vivement ma mère. Je vis qu'elle s'était inquiétée à mon sujet. Elle se leva, courut vers moi, s'arrêta, effrayée, en voyant ma figure et l'état de mes vêtements. Sans dire un mot ni regarder personne, je devinai que mes parents échangeaient un coup d'œil entendu. Mon père surmonta sa colère et garda le silence. Ma mère s'occupa de moi, me lava le visage et les mains, pansa mes blessures ; puis, on me servit à manger. Commisération, sollicitude m'entouraient. Assis à ma place, je me sentais honteux, je goûtais la chaude atmosphère avec un plaisir qui n'excluait pas la mauvaise conscience. Puis, je fus envoyé au lit. Je tendis la main à mon père sans le regarder.

Quand je fus couché, ma mère vint me voir. Elle enleva mes habits déposés sur la chaise, y mit des vêtements propres, car c'était demain dimanche. Prudemment, elle se mit à m'interroger et il me fallut lui raconter notre rixe. Elle fut très mécontente, ne me gronda pas, mais se montra un peu étonnée de me voir à ce point abattu et humilié pour si peu de chose. Puis elle s'en alla. Et maintenant, me dis-je, elle est persuadée que tout ira bien. Je m'étais battu, j'avais été frappé jusqu'au sang, mais demain il n'en serait plus question. Quant à l'essentiel, il lui échappait. Elle était chagrinée, mais, dans sa tendresse, elle ignorait tout. Mon père ne savait rien non plus, probablement.

Alors je ressentis une terrible déception, car, ce que je désirais au fond par-dessus tout, au moment où je franchissais le seuil de la maison paternelle, c'était que l'orage éclatât, que la sentence fût prononcée, que l'horreur devînt réalité et que le cauchemar prît fin ! Puissé-je être châtié sévèrement, battu, enfermé ! Puissé-je me laisser mourir de faim, être maudit et chassé, pourvu que cessent l'angoisse et la souffrance ! Privé de ce dénouement libérateur, j'étais couché là, bien tranquille, entouré d'amour et de sollicitude, comblé de prévenances, et sans avoir à rendre de comptes pour mes folies, une fois de plus dans l'attente et l'angoisse. Si mes parents m'avaient pardonné les vêtements déchirés, l'absence prolongée et le souper manqué, c'était parce que j'étais fatigué, couvert de sang et que cela leur avait fait de la peine ; mais avant tout, c'était parce qu'ils n'avaient aucune idée de mes fredaines et pas le moindre soupçon au sujet de mon larcin. Ce serait doublement terrible quand tout serait découvert.

Peut-être m'enverrait-on dans une maison de correction, comme on m'en avait déjà menacé une fois ; là, on ne mange que du pain sec, et tous les instants de liberté sont consacrés à scier du bois ou à cirer des bottes ; on couche dans des dortoirs sous l'œil de surveillants qui vous donnent des coups de bâton et vous réveillent à quatre heures du matin en vous aspergeant d'eau froide. Ou bien serais-je livré à la police ? De toute façon, une nouvelle période d'attente s'ouvrait devant moi. Il me faudrait aller de l'avant, traîner encore ces tourments, vivre avec mon secret sur le cœur, trembler à chaque regard ou bruit de pas dans la maison, sans oser regarder personne en face.

Ou bien serait-il possible qu'en fin de compte mon larcin passât inaperçu ? Que l'affaire en restât là ? Que mes cruels tourments fussent sans objet ? Qu'il en soit ainsi, que cette chance inimaginable et prodigieuse se réalise, alors je commencerais une vie toute nouvelle, je rendrais grâces à Dieu et je prendrais sur moi de vivre pur et sans tache chaque jour de ma vie. Ce qu'auparavant j'avais tenté sans succès serait mené à bonne fin aujourd'hui, car ma résolution était assez forte, au sortir de cette infernale et misérable épreuve. Cet espoir affermissait tout mon être qui s'en nourrissait avidement. Le ciel faisait pleuvoir ses consolations, l'avenir déployait un azur ensoleillé. Plongé dans ces rêves, je m'endormis enfin et mon sommeil fut paisible jusqu'au matin. Le lendemain était un dimanche. Encore au lit, je goûtais, comme la saveur d'un fruit, cette impression dominicale très particulière, bien connue depuis mon entrée à l'école, impression assez mélangée mais somme toute exquise. Le dimanche matin avait du bon : on pouvait dormir tout son soûl ; point d'école ; on avait la perspective d'un bon déjeuner ; aucun rappel de maître ou de taches d'encre, et, par-dessus tout, du temps libre à volonté. C'était le point capital.

D'autres devoirs m'appelaient, plus éloignés, moins impératifs : le culte, l'école du dimanche, la promenade en famille, c'est-à-dire les beaux habits à ménager. Ainsi la pure et précieuse saveur du dimanche se trouvait quelque peu altérée ; le parfum se dissipait légèrement, quand, au dessert, par exemple, le pudding et le jus ne s'accordaient pas très bien, ou lorsqu'on découvrait que les bonbons ou les brioches achetés dans quelque boutique avaient un certain arrière-goût de fromage ou de pétrole. On s'en régalait, mais enfin, ce n'était pas merveilleux et on était obligé de fermer les yeux sur ces imperfections.

Ces matins-là, le plus souvent, mais pas toujours, il

fallait aller à l'église ou à l'école du dimanche. Cette journée de liberté était ainsi un peu assombrie par l'idée du devoir à accomplir. Quant aux promenades en famille, bien qu'elles fussent souvent agréables, il s'y passait toujours quelque chose de fâcheux : je me disputais avec mes sœurs, ou bien on allait trop vite, ou trop lentement ; on faisait des taches de résine sur ses habits ; régulièrement, il survenait quelque anicroche.

Maintenant, advienne que pourra ! Tout semblait s'arranger. Beaucoup de temps s'était écoulé depuis hier. Ce n'était pas que j'eusse oublié mon infamie : j'y pensais dès le matin, mais c'était de la vieille histoire. Loin derrière moi, mes craintes n'avaient plus de réalité. Mes seuls tourments de conscience m'avaient fait expier ma faute : n'avais-je pas vécu une triste journée ? Donc, je penchais à nouveau vers la confiance et l'innocence et je renonçai à me faire des idées noires. Tout n'était pas fini, certes ; il y avait des menaces dans l'air, de quoi passer un mauvais quart d'heure. Ainsi, un beau dimanche peut être gâché par les menues obligations et les chagrins. Au petit déjeuner, tout le monde était de bonne humeur. On me fit choisir entre l'église et l'école du dimanche. Comme toujours, je me décidai pour l'église. Là du moins, on vous laissait en repos et l'on pouvait donner libre cours à ses pensées.

Le vaste et solennel espace où s'inscrit l'éclat coloré des vitraux ne manquait pas de beauté ni de majesté. Et si, les yeux mi-clos, on regardait en direction de l'orgue, à travers la pénombre de la nef, on pouvait avoir d'étonnantes visions : les tuyaux de l'orgue surgissant des ténèbres évoquaient quelque brillante citadelle aux cent tours. Souvent aussi j'avais eu cette aubaine, les jours où l'église n'était pas remplie, de passer l'heure entière à lire dans un recueil de récits. Ce matin-là, je ne pris pas de livre et je ne songeai pas non plus à m'esquiver, comme je l'avais fait si souvent. Les événements de la veille étaient encore trop présents à ma mémoire ; je me sentais accommodant, plein de bonnes intentions et j'étais disposé à me réconcilier de bonne foi avec Dieu, mes parents et le monde entier. Ma colère contre Oscar Weber s'était totalement évanouie. Fût-il survenu, je l'aurais reçu cordialement.

Le service divin commença, je chantai avec les autres fidèles le cantique : « Berger de tes brebis... » que nous avions appris par cœur à l'école. Je remarquai à quel point les paroles versifiées d'une mélodie apparaissent différentes, selon qu'elles sont chantées ou déclamées, surtout lorsqu'elles traînent au rythme languissant d'un chant d'église.

Dans la lecture, chaque vers forme un tout, possède un sens, s'intègre à une phrase. Chanté, il ne se compose que de mots, sans former de phrases. Le sens disparaît, mais les mots s'imposent d'autant mieux : isolés, longuement étirés par le chant, ils prennent une vie singulière, indépendante. Souvent, de simples syllabes qui ne signifiaient rien par elles-mêmes, atteignaient, dans le chant, à une vie propre et prenaient une valeur nouvelle. Par exemple le vers : « Berger de tes enfants qui jamais ne t'endors », chanté en chœur par les fidèles, perdait maintenant toute cohésion, tout sens ; on ne pensait ni au berger ni aux brebis : on ne pensait absolument à rien. Mais ce n'était pas du tout ennuyeux. Des mots isolés, tels que « t'endo-ors », prenaient une étrange beauté ; on s'y allongeait comme dans un berceau doucement oscillant (1). Et par là-dessus le jeu d'orgue !

Il y eut encore la prédication, interminable comme toujours. On écoutait avec peine ; pendant de longs moments, on ne percevait que la sonorité de la voix, modulant le discours et le rythmant à la manière d'une cloche ; puis, on saisissait de nouveau quelques mots, clairement détachés ; on s'efforçait alors de suivre l'orateur, autant que possible. Si seulement j'avais eu la permission de prendre place dans le chœur plutôt que sur la galerie où siégeaient les hommes ! Dans le chœur, où j'avais déjà assisté à des concerts religieux, on trouvait des sièges profonds, massifs, bien isolés. Cha-

(1) Trois lignes du texte sont ici supprimées elles jouent sur une assonance particulière à la langue allemande, celle de la troisième personne du singulier du verbe *mögen*, qui est *mag*, avec *Magen* l'estomac *(N.d.T.)*

cun d'eux était une petite forteresse, et, si on levait la tête, on voyait se déployer une charmante voûte en ses croisées d'ogives. En haut de la paroi, on pouvait voir le Sermon sur la Montagne, délicatement peint dans les tons pastel et ce tableau, en particulier la draperie du Sauveur, bleu et rouge, se détachant sur un ciel d'azur pâle, me ravissait.

On entendait souvent craquer les bancs de l'église. J'avais pour eux une aversion profonde, qui tenait à la triste couleur jaune de leur vernis, auquel on restait toujours un peu collé. Parfois, une mouche vibrait contre l'une des fenêtres ogivales peintes de fleurs violettes et d'étoiles vertes. Brusquement, le sermon prenait fin ; je me penchais pour voir le pasteur disparaître dans le petit escalier de la chaire, boyau étroit et sombre où il s'engouffrait. Délivrés, les fidèles chantaient une dernière fois, à plein gosier ; puis, s'étant levés, ils s'écoulaient au-dehors. Quant à moi, je glissais mes cinq pfennigs dans le tronc, où le bruit de la monnaie jurait avec la solennité du lieu et je me laissais entraîner par la foule vers le porche et l'air libre.

C'était le plus beau moment du dimanche, ces deux heures entre le prêche et le déjeuner. On avait fait son devoir ; à force d'être demeuré assis, on éprouvait un besoin de s'ébattre, de jouer, de se promener, d'ouvrir un livre. Toute liberté m'était donnée jusqu'au repas de midi, où il y avait presque toujours quelque chose de bon. Le cœur léger, je rentrai chez moi en flânant, plein de bonnes intentions. Le monde était bien fait : on pouvait y vivre. J'avais conclu la paix avec lui, lorsque j'entrai en courant dans le hall et grimpai l'escalier. Ma petite chambre était pleine de soleil. J'allai jeter un coup d'œil à la caisse où j'élevais des chenilles ; j'y trouvai quelques chrysalides nouvelles, puis j'arrosai mes plantes. La porte s'ouvrit.

Je n'y fis pas tout de suite attention. Au bout d'une minute, le silence me parut bizarre ; je me retournai. Mon père était là. Pâle, il semblait souffrir. Je ne pus articuler le moindre salut. Au premier coup d'œil, je compris : il savait tout ! Sa présence le prouvait. Le jugement allait commencer. Rien n'était changé, rien n'était expié, oublié ! Le soleil pâlit et l'éclat du dimanche matin disparut. Tombé de mon haut, je fis face à mon père. Je le détestais. Pourquoi n'était-il pas venu hier ? A présent, j'étais pris au dépourvu ; je n'avais plus le moindre remords ni le moindre sentiment de culpabilité. Et pourquoi diable avait-il besoin de garder des figues dans sa commode, là-haut ?

Il va droit à ma bibliothèque, et, de derrière les livres, il extrait quelques figues. Il n'en restait qu'une ou deux. Il me regarde, et son regard est une interrogation douloureuse ; je ne puis articuler un seul mot. La souffrance et l'obstination me suffoquent.

— Qu'y a-t-il ? articulai-je enfin.

— D'où tiens-tu ces figues ? me demande-t-il d'un ton modéré qui m'est tout à fait odieux. Aussitôt, ma langue se délie, menteuse. Je raconte que je les ai achetées chez un confiseur, qu'elles formaient une couronne. D'où me venait l'argent ? D'une cagnotte que j'avais avec un ami. Nous y déposions les petites sommes que nous recevions ici et là. D'ailleurs, la caisse se trouve ici. Je vais la chercher, je la lui montre avec son entaille et son unique pièce de dix pfennigs : c'est tout ce qu'il reste après l'achat des figues.

Mon père fit bonne contenance, m'écouta d'un air tranquille qui ne m'inspirait aucune confiance.

— Combien ces figues ont-elles coûté ? demanda-t-il de sa voix trop douce.

— Un mark soixante.

— Et où les as-tu achetées ?

— Chez le confiseur.

— Lequel ?

— Chez Haager.

Il y eut une pause. Mes doigts glacés tenaient toujours la boîte. Le froid me pénétrait jusqu'à l'âme. Puis, d'une voix où résonnait la menace :

— Est-ce vrai ?

Je répondis très vite. Naturellement, c'était vrai, et mon ami Weber était allé chez le confiseur ; je l'avais seulement accompagné ; l'argent était presque tout à lui ; je n'avais pour ainsi dire rien dépensé.

— Prends ta casquette, déclara mon père, nous allons

ensemble chez le confiseur Haager. Il saura bien si tout cela est exact.

Je m'efforçai de sourire, dissimulant mon trouble. Je pris les devants. Ma casquette bleue était accrochée dans le corridor. Mon père, qui avait pris son chapeau, ouvrit la porte vitrée.

— Une minute ! dis-je : c'est pressant.

Il acquiesça. J'allai aux toilettes, fermai le verrou. J'étais seul, en sûreté pour un instant. Oh ! si seulement j'avais pu mourir ! J'attendis une minute, deux minutes. On ne mourait pas. Il fallait tenir le coup. J'ouvris le verrou, allai rejoindre mon père dans l'escalier que nous descendîmes côte à côte. Au moment de franchir la grande porte, j'eus une bonne idée et dis très vite :

— Mais c'est aujourd'hui dimanche, c'est fermé chez Haager !

Mon espoir dura deux secondes. Tranquillement, mon père répondit :

— Alors nous irons le trouver chez lui. Viens !

Nous partîmes. La casquette bien droite sur ma tête, une main dans la poche, j'essayais de marcher comme si de rien n'était. Je savais que tout le monde me regardait, comme le criminel qu'on emmène ; néanmoins, je faisais l'impossible pour donner le change. Je m'efforçais de respirer normalement : personne ne devait voir à quel point ma poitrine était oppressée. Je me donnais une expression pleine de franchise, affectant d'être naturel, sûr de moi. Je remontai l'un de mes bas, sans nécessité, en riant un peu, sachant pourtant que ce rire était terriblement niais et artificiel. J'étais véritablement sur le gril. Nous passâmes devant l'auberge, la forge, le loueur de voitures, le pont du chemin de fer. De l'autre côté du pont, je m'étais battu hier soir avec Weber. Mon œil au beurre noir ne me faisait-il pas souffrir encore ? Mon Dieu, mon Dieu !

Malgré moi, j'avançais, raidi par des crampes nerveuses. On arriva à la grange de *l'Aigle*, puis à la rue de la Gare, qu'il fallut longer. Comme cette rue était encore inoffensive hier ! Nous étions tout près de la maison de Haager. Pendant ces quelques minutes, j'avais vécu cent fois la scène qui m'attendait là.

Maintenant, nous y étions. Il me fut impossible de me contenir davantage. Je m'arrêtai.

— Qu'est-ce qu'il y a ? demanda mon père.

— Je n'entrerai pas, dis-je à voix basse.

Il me regarda. Dès le commencement, il avait su à quoi s'en tenir. Pourquoi lui avais-je donné ce spectacle qui me coûtait tant d'efforts ? C'était absurde.

— N'as-tu pas acheté les figues chez Haager ? demanda-t-il.

Je secouai la tête.

— Ha ! dit-il avec un calme apparent. Alors, nous pouvons rentrer à la maison.

Il se comporta dignement. Je fus épargné pendant le trajet, devant les passants. Il y avait beaucoup de monde dans la rue ; à chaque instant, on saluait mon père. Quelle comédie ! Quel supplice idiot, insensé ! Je n'éprouvais aucune reconnaissance envers mon père pour les égards qu'il me témoignait. Il savait tout, et il me regardait danser, faire de vaines cabrioles comme la souris dans sa trappe, avant qu'on la noie. Que ne m'avait-il assommé d'un coup de canne, tout de suite, sans me soumettre à son interrogatoire. Au fond, j'aurais mieux aimé cela plutôt que cette mansuétude d'un juste qui m'emprisonnait dans le réseau d'ineptes mensonges où je m'asphyxiais lentement.

En somme, il valait mieux, peut-être, avoir un père grossier qu'un père aussi raffiné et juste que le mien. Lorsqu'un père ivre ou furieux comme on en voit dans les romans et les ouvrages de piété s'avise de battre ses enfants, le voilà du même coup dans son tort, et si la rossée ne laisse pas le corps indifférent, l'esprit s'en moque à part soi et méprise le bourreau. Voilà qui était impossible avec mon père : il était trop délicat, trop vertueux ; il n'était jamais dans son tort. En face de lui, on se sentait toujours chétif et misérable.

Les dents serrées, j'entrai devant lui dans la maison et regagnai ma chambre. Il s'efforçait de conserver une attitude calme et glacée, mais je sentais qu'en réalité il était très fâché. Il m'adressa la parole de son ton habituel :

— J'aimerais bien savoir à quoi sert cette comédie !

Ne pourrais-tu pas me le dire ? J'ai tout de suite vu que ta belle histoire ne tenait pas debout. Alors, pourquoi ces singeries ? Tu ne prétends tout de même pas sérieusement que je suis assez bête pour y croire ?

Je continuai à serrer les dents et j'avalai ma salive. Que ne se taisait-il ! Comme si je savais moi-même pourquoi je lui avais débité cette histoire ! Comme si je savais moi-même pourquoi je n'avais pu avouer mon crime et demander pardon ! Pour quel motif avais-je fait main basse sur ces malheureuses figues ? L'avais-je voulu, prémédité, accompli en toute connaissance de cause ? Et moi, est-ce que je n'en souffrais pas, et bien plus que lui ?

Il attendait, nerveux, avec une expression d'indulgence forcée. L'espace d'un instant, j'eus une vision parfaitement claire de la situation, mais par l'entremise de mon inconscient, et je n'aurais certes pas pu la décrire avec des mots, comme je le fais aujourd'hui. Voilà : j'avais volé parce que j'avais besoin d'être consolé quand j'étais entré dans la chambre de mon père et que j'avais eu la déception de la trouver vide. Mon intention n'était pas de commettre un larcin. En l'absence de mon père, j'avais seulement voulu fureter dans ses affaires, comme un espion, découvrir ses secrets, apprendre quelque chose à son sujet. Les figues se trouvèrent à portée de ma main, je les pris. Tout de suite, j'avais regretté mon geste ; hier, les tourments et le désespoir ne m'avaient pas lâché de toute la journée ; j'avais souhaité mourir ; je m'étais condamné moi-même ; j'avais pris de bonnes résolutions. Mais aujourd'hui, tout était changé. J'avais épuisé le remords et tous ces sentiments ; j'en étais débarrassé et j'opposais d'inexplicables et très fortes résistances à mon père et à tout ce qu'il attendait ou exigeait de moi.

Si j'avais pu lui dire cela, il m'aurait compris. Les enfants ont beau surpasser en intelligence les adultes, ils n'en sont pas moins seuls et désemparés devant la fatalité. Plein de défi et de colère rentrée, je persistai dans mon silence, le laissant discourir. Je voyais avec chagrin, mais non sans un malin plaisir, les choses se gâter et aller de mal en pis ; il était peiné et déçu de mon attitude, et c'est en vain qu'il faisait appel à ce qu'il y avait de meilleur en moi.

Lorsqu'il me demanda : « Donc, tu as volé ces figues ? » je fis oui de la tête. Je ne pus rien exprimer de plus lorsqu'il voulut savoir si j'en étais chagriné. Comment pouvait-il, lui si magnanime et si intelligent, poser d'aussi sottes questions ? On eût dit que je ne prenais rien à cœur ! Et ne pouvait-il comprendre à quel point tout cela me faisait mal et me torturait ? Il agissait comme si l'histoire de ces malheureuses figues avait pu me causer le moindre plaisir !

Pour la première fois peut-être dans ma vie d'enfant, je prenais conscience d'une chose : c'est que deux êtres humains peuvent être proches parents, nourrir l'un pour l'autre les meilleurs sentiments, et cependant s'infliger les pires souffrances par la faute d'un malentendu. Alors, tout ce qu'on peut dire pour débrouiller la situation et se montrer raisonnable ne fait qu'envenimer les choses, créer de nouveaux tourments, de nouvelles erreurs, et blesser davantage. Comment était-ce possible ? C'était insensé, fou ; on pouvait en rire ou en pleurer, pourtant c'était un fait.

Il est temps de conclure cette histoire. L'affaire se termina ainsi : je fus enfermé tout l'après-midi du dimanche dans le grenier. Des circonstances qu'assurément je fus seul à connaître rendirent cette dure punition moins effrayante. Sous les combles mal éclairés et déserts, on avait abandonné une caisse couverte de poussière et à demi remplie de livres dont quelques-uns n'étaient nullement destinés à des enfants. En déplaçant une tuile de la toiture, je me procurai la lumière qu'il me fallait pour lire.

Au soir de ce triste dimanche, peu avant l'heure du coucher, mon père réussit à me faire accepter un bref entretien au cours duquel nous nous réconciliâmes.

Une fois au lit, j'eus la certitude qu'il m'avait plus complètement pardonné que je ne lui pardonnais moi-même.

KLEIN ET WAGNER

Titre original :
KLEIN UND WAGNER

1

DANS l'express qui l'emportait, Frédéric Klein, vaincu par la fatigue et l'émotion, après ses démarches précipitées, sa fuite et le passage de la frontière, s'effondra brusquement. Quel tourbillon d'événements, d'agitations, de périls n'avait-il pas traversé, à quelle épuisante tension nerveuse n'avait-il pas été soumis ! Il était encore stupéfait que tout ait si bien marché.

Le train roulait à toute vapeur vers le Sud — pays du *farniente* — emportant les rares voyageurs au long des lacs, des montagnes, des cascades et autres beautés naturelles, à travers des tunnels assourdissants, sur des ponts qui tremblaient légèrement au passage du rapide. Tout cela était étrange, charmant, un peu absurde : on eût dit des images empruntées à quelque livre d'école ou à des cartes postales, de ces paysages que l'on se rappelle avoir déjà vus une fois et qui ne vous concernent pourtant pas. Il était en pays étranger et, dès lors, lui-même un étranger, sans retour possible dans sa patrie. Pour l'argent, pas de souci à se faire : il l'avait sur lui, il venait de ranger tous les billets dans la poche intérieure de son veston.

C'est en vain qu'il tentait de se rassurer à la pensée que désormais il était en sécurité de l'autre côté de la frontière où son faux passeport le garantissait pour un moment contre toute poursuite. Il avait beau se raccrocher à cette idée en y cherchant un peu de chaleur et de réconfort, c'était peine perdue : à peu près comme un oiseau mort qu'un enfant essaierait de ranimer en lui soufflant sur les plumes. Cette pensée n'avait aucune réalité, elle vous glissait entre les mains comme un morceau de plomb ; elle n'était d'aucun secours et manquait d'attrait. Phénomène étrange qu'il avait expérimenté plusieurs fois ces derniers jours : il lui était tout à fait impossible de fixer son esprit sur un objet de son choix ; il ne pouvait le contrôler, ses pensées s'éparpillaient en tous sens, puis elles se rassemblaient finalement en un faisceau d'images qui le tourmentaient. Son cerveau était pareil à un kaléidoscope où la combinaison des figures serait commandée par une main étrangère. Était-ce le manque de sommeil, la nervosité ? Certes, il souffrait des nerfs depuis longtemps. De toute manière, son état n'était pas tolérable, et s'il ne retrouvait pas bientôt un peu de calme et de gaieté, ce serait à désespérer.

Frédéric Klein s'assura que le revolver était bien dans la poche de son manteau. Ce revolver était une des pièces importantes de son équipement ; il lui était indispensable pour jouer son nouveau personnage. Quel ennui, somme toute, quel dégoût, d'avoir à compter partout avec cet attirail, jusque dans les brefs moments où il goûtait un sommeil empoisonné ! Un mauvais coup, de faux papiers, des billets de banque cousus dans la doublure de son veston, un revolver, un faux nom, tout cela sentait un peu trop le romantisme frelaté des histoires policières, en complet désaccord avec lui, Klein, le brave type. C'était pénible et rebutant, sans le moindre espoir de soulagement ni aucune solution en vue, comme il l'avait escompté.

Pourquoi, au nom du ciel, s'était-il lancé dans une pareille aventure, lui, l'honnête employé bientôt quadragénaire, bourgeois de tout repos, père de charmants enfants, connu pour ses goûts intellectuels ? Pourquoi ? Il le savait bien. C'était parce que au tréfonds de lui-même un instinct puissant, un désir impétueux avait exercé une pression assez violente pour forcer un homme tel que lui à tenter l'impossible, et maintenant qu'il s'en rendait compte, qu'il identifiait cette pulsion, il entrevoyait un moment de relâche lorsqu'il aurait rétabli l'ordre en lui-même.

Il se redressa brusquement, se prit le front à deux

mains et s'efforça de rassembler ses idées ; c'était difficile, sa tête lui semblait être un bocal que les émotions, la fatigue et l'insomnie auraient vidé de son contenu. Avant tout il fallait réfléchir ; il fallait retrouver un centre vital qui facilitât en quelque sorte la connaissance et la compréhension de soi-même. Sinon, l'existence ne serait plus supportable.

Non sans effort, il rassembla les souvenirs de ces derniers jours, comme on prélève de menus éclats de porcelaine avec une pincette afin de restaurer quelque vase ancien. Ce n'était que de petits fragments dont aucun ne coïncidait avec l'autre ni ne donnait la moindre idée de l'ensemble, que ce fût par la couleur ou par la forme.

Il revoyait une petite boîte bleue d'où sa main tremblante avait extrait le tampon officiel de son chef ; il revoyait aussi le vieux caissier qui lui avait payé son chèque en coupures brunes et bleues, et encore la cabine téléphonique où, de sa main gauche, il s'appuyait à la paroi pour ne pas tomber pendant qu'il parlait dans le récepteur. Ce n'était pas lui-même qui agissait ainsi, mais un autre, un étranger qui s'appelait Klein et qui n'était pas lui. Il le vit brûler des lettres, en écrire, s'attabler dans un restaurant ; il le vit, cette fois, ce n'était pas un étranger, c'était bien lui, Frédéric Klein ! se pencher sur le lit où dormait un enfant. Quel supplice que ce moment-là et quel tourment que ce souvenir ! Contempler les traits de l'enfant endormi, l'entendre respirer et savoir que, plus jamais, on ne verrait s'ouvrir ces yeux aimés, rire ou manger cette petite bouche et que, plus jamais, on ne recevrait son baiser, c'était affreux !

Pourquoi donc le nommé Klein s'acharnait-il ainsi contre lui-même ? Il renonça bientôt à reconstituer ce puzzle. Le train s'était arrêté ; on était dans une grande gare étrangère. Il y eut le claquement des portières ; des valises furent balancées par les fenêtres des wagons. Des panneaux bleus et jaunes annonçaient : *Hôtel Milano, Hôtel Continental.* Qu'est-ce que cela voulait dire ? Y avait-il du danger pour lui ? Les paupières lourdes, il s'assoupit une minute, puis se redressa en sursaut, écarquilla les yeux, se mit sur ses gardes. Où se trouvait-il ? On était encore en gare. Attention ! Comment est-ce que je m'appelle ? Pour la millième fois, il se mit à l'épreuve : donc, je m'appelle... Klein. Non, par tous les diables ! Plus de Klein ! Klein n'existe plus ! Sa main alla tâter la poche intérieure où il avait glissé le faux passeport.

Tout cela était décidément bien lassant. Au fond, rien n'est plus fatigant que d'être criminel ! Il serra les poings. L'Hôtel Milano, la gare, les porteurs, rien de tout cela ne le concernait, il n'avait pas besoin d'y faire la moindre attention. Il s'agissait de bien autre chose, d'une chose de première importance. De quoi donc ?

Plongé dans un demi-sommeil, Klein reprit le cours de ses pensées tandis que le train s'ébranlait. Toute la question était de savoir s'il pourrait supporter plus longtemps l'existence. Ne serait-il pas plus simple de couper court à tant de fatigue et d'absurdité ? N'avait-il pas sur lui du poison, de l'opium ? Eh bien ! non, il se souvint qu'il n'avait pu se procurer la drogue. Mais il avait son revolver. « Exactement », « très bien », « parfait », se dit-il à haute voix. Soudain, il s'entendit parler, eut peur, aperçut son visage dans la glace, grimaçant, lamentable. « Mon Dieu, se dit-il, mon Dieu, que faire ? A quoi bon vivre encore ? Plutôt se briser la tête contre ce reflet livide de lui-même, se ruer sur cette malheureuse vitre, s'y déchirer la face et se trancher le cou ! Ou bien se jeter sur la voie : un choc sourd, et l'on est déchiqueté par les roues des wagons. Rien n'y échappe, entrailles, cerveau, squelette, cœur et même les yeux, tout est broyé sur les rails, anéanti, supprimé. Voilà la seule chose qu'il pût encore désirer et qui eût encore un sens. »

Pendant que, désespéré, il fixait son image, le nez contre la vitre, il retomba dans le sommeil. Il dormit peut-être quelques secondes, peut-être quelques heures. Sa tête oscillait de-ci, de-là, sans qu'il rouvrît les yeux. Quand il se réveilla, il avait fait un rêve dont la fin était encore présente à sa mémoire. Il était assis à l'avant d'une automobile qui roulait follement vite à travers une ville, tantôt grimpant, tantôt descendant les rues. A côté de lui, siégeait un personnage qui conduisait la voiture. Soudain, Klein lui donna un grand coup de poing dans l'estomac, saisit lui-même le volant et se mit à piloter comme un fou, frôlant les attelages et les vitrines des magasins, rasant les arbres, au point que des étincelles jaillissaient devant lui.

Après ce rêve, il sentit sa tête dégagée ; il sourit à ces visions. Ce coup en plein estomac, ce n'était pas mal ! Il en était tout content. Il se mit à reconstruire son rêve et à le méditer. Ah ! le sifflement des arbres au passage en trombe de la voiture ! Était-ce le train qui avait produit cette impression ? Quel plaisir, quelle félicité, quelle libération de tenir le volant, malgré tous les périls ! Oui, c'était bien meilleur de conduire soi-même et de risquer la catastrophe, plutôt que de se faire toujours transporter et piloter par un autre ! Au fait, à qui donc avait-il porté ce coup ? Qui était l'étranger assis à côté de lui, les mains sur le volant ? Il ne pouvait se rappeler aucun visage, aucun aspect physique ; rien qu'un sentiment vague, demi-conscient. Qui est-ce que cela pouvait bien être ? C'était quelqu'un qu'il respectait, qui avait une influence incontestable sur sa vie, un supérieur sous lequel il pliait tout en le détestant à part lui, et qu'il avait fini par frapper brutalement. Peut-être son père ? Ou l'un de ses chefs ? Ou bien était-ce finalement... ?

Klein ouvrit les yeux. Il avait ressaisi par l'une de ses extrémités le fil perdu. Tout était clair. Le rêve était oublié : il avait retrouvé la chose essentielle. Maintenant, il entrevoyait pourquoi il était là, dans l'express, pourquoi il avait changé de nom, détourné de l'argent et falsifié ses papiers. Enfin ! Il n'y avait plus aucune raison de se le dissimuler : tout cela était arrivé à cause de sa femme, et à cause d'elle seule. Quel soulagement d'y voir clair ! Sous cet éclairage, il survola de larges périodes de son existence, depuis son mariage, et il lui sembla voir une longue rue monotone et déserte, où un homme solitaire, ployant sous un lourd fardeau, se traînait dans la poussière. Il savait que, quelque part au-delà de ce nuage opaque, se cachaient les hauteurs ensoleillées, les cimes vertes et bruissantes de la jeunesse.

Oui, il avait été jeune une fois, et un jeune pas comme les autres. Il avait caressé des rêves de grandeur, il avait exigé beaucoup de la vie et de lui-même. Depuis lors, il n'y avait eu que poussière, fardeau, marche interminable, chaleur et fatigue, tandis que, dans son cœur desséché, sommeillaient d'anciens regrets nostalgiques. Telle avait été sa vie. Un coup d'œil jeté par la fenêtre le fit tressaillir. Il découvrait un paysage inhabituel, il était dans le Midi. Étonné, il se leva, se pencha au-dehors ; devant lui, un coin du voile se levait, l'énigme de son destin s'éclaircissait un peu. Il était dans le Midi ! Il vit des treilles déployant leur verdure au-dessus des terrasses, des pans de murs mordorés, de ces ruines comme on en voit sur les vieilles gravures, des arbres en fleurs, tout roses ! Il aperçut au passage une petite gare qui fila rapidement et un nom italien, quelque chose en *ogno* ou *ogna.* Pour lui, le vent avait tourné, c'était évident. Des courants nouveaux l'emportaient loin de sa vie conjugale, de son emploi, de tout ce qui avait été jusqu'alors son existence et sa patrie, et l'entraînaient vers le Sud. Maintenant seulement il comprenait pourquoi, dans le feu de ses préparatifs, il avait choisi ce nom de ville italienne qui devait être son but. Il avait consulté un guide hôtelier au hasard apparemment, et il aurait pu tout aussi bien tomber sur Amsterdam, Zurich, ou Malmö. A présent, il n'y avait plus de hasard. Il se trouvait dans le Midi, il avait traversé les Alpes.

Il accomplissait ainsi le vœu le plus cher de sa jeunesse, cette jeunesse dont le souvenir même s'était peu à peu effacé et perdu au long des routes désertes d'une vie dénuée de sens. Une force inconnue l'avait poussé vers la réalisation de ses deux rêves les plus ardents : gagner le Midi, objet d'une nostalgie depuis longtemps oubliée ; se libérer de cette corvée et de ce bourbier du mariage, et prendre la clé des champs. Ce désir, il l'avait secrètement nourri, sans jamais l'élucider ni lui découvrir une issue. Le conflit avec ses supérieurs, l'occasion inattendue de détourner des fonds, toute cette affaire qui lui avait semblé capitale, il en faisait aujourd'hui peu de cas. Sa fuite avait d'autres mobiles.

L'élément décisif, c'était ces deux grandes aspirations ; le reste n'était qu'un moyen de les satisfaire.

Cette révélation ne fut pas sans l'effrayer vivement. Il se sentait comme l'enfant qui a joué avec des allumettes et a mis le feu à la maison. L'incendie s'était déclaré. Mon Dieu ! A quoi cela l'avait-il mené ? Allait-il rajeunir de vingt ans pour la seule raison qu'il irait jusqu'en Sicile ou à Constantinople ?

Tandis que le train roulait et que défilaient les villages, étrangement beaux, le paysage ressemblait de plus en plus à un livre d'images, avec toutes les jolies choses qu'on s'attend à découvrir dans le Midi et que l'on voit sur les cartes postales : ponts de pierre aux belles arches jetés sur les rivières, falaises couleur d'ocre, murs de vignes recouverts de petites fougères, campaniles élégants, façades d'églises aux fresques vivement colorées, parfois ombragées de portiques aux arcs légers et pleins de noblesse. Plus loin, des maisons crépies en rose, des arcades aux solides piliers et à la voûte bleu vif, des plantations de châtaigniers, ici et là, de noirs cyprès, des chèvres escaladant les pentes ; devant une demeure seigneuriale, sur la pelouse, les premiers palmiers, petits et trapus.

Choses étonnantes, presque irréelles, dont le charme et la beauté faisaient pressentir une vie meilleure. Le Midi existait, ce n'était pas une fable ; les ponts et les cyprès étaient des rêves de jeunesse concrétisés, les maisons, les palmiers disaient : « Tu as quitté le vieux monde, en voici un tout neuf. » L'air et le soleil répandaient une énergie nouvelle, tonique ; on respirait mieux. La vie devenait possible, le revolver inutile et le suicide sur la voie ferrée beaucoup moins urgent. Tenter de vivre ? Oui, cela en valait la peine.

Il retomba dans une douce torpeur et cette fois s'y abandonna plus facilement, dormit jusqu'au soir et ne s'éveilla qu'au moment où l'on criait à pleine voix le nom de la petite ville touristique où il devait se rendre. En hâte, il descendit du train. Un portier dont la casquette annonçait : *Hôtel Milano* lui adressa la parole en allemand ; il retint une chambre et nota le nom de la rue. Ivre de sommeil, chancelant, il sortit de la gare et se trouva plongé dans l'atmosphère grisante d'une tiède soirée. « C'est à peu près ainsi que je me représente Honolulu », pensa-t-il. Dans un paysage mouvant, fantastique, déjà presque nocturne, tournoyaient devant lui des images bizarres, incompréhensibles.

A ses pieds, une colline escarpée tombait à pic, et, tout en bas, profondément encaissée, s'étendait la ville, dont il apercevait les places illuminées. De toutes parts, des montagnes en forme de pains de sucre étageaient leurs pentes abruptes jusqu'au lac qu'on devinait au reflet d'innombrables lampadaires alignés le long des quais. Un funiculaire descendait vers la ville et y pénétrait comme un wagonnet dans une mine. Sur les versants de quelques-uns de ces cônes, brillaient des fenêtres illuminées, irrégulièrement disposées comme des constellations. D'en bas surgissaient les toits des grands hôtels, entrecoupés de jardins obscurs. Les effluves parfumés d'une brise tiède voltigeaient dans l'allégresse d'un soir d'été sous les réverbères éblouissants. Des ténèbres confuses et fourmillantes de points lumineux, là-bas au bord du lac, montait le martèlement d'une fanfare.

Honolulu, Mexico ou l'Italie : peu lui importait. C'était une terre étrangère, un nouveau monde, une autre atmosphère, et, s'il en était étourdi, secrètement angoissé, il y avait là une invite à l'ivresse, à l'oubli, à des sensations neuves.

Il s'engagea, tout en flânant, dans un chemin qui semblait sortir de la ville. Il longea d'abord des hangars, des files de camions au repos, il passa devant de petites maisons de banlieue d'où sortaient les éclats sonores de voix italiennes, tandis que, dans la cour d'une auberge, résonnaient les notes aiguës de la mandoline. Dans la dernière maison, une jeune fille se mit à chanter, dont la jolie voix le toucha au vif. Il eut la joie de comprendre plusieurs paroles de la chanson, et notamment le refrain :

Mamma non vuole, papa ne meno,
Come faremo a fare l'amor (1) *?*

C'était un écho de ses rêves juvéniles. Inconsciemment, il poursuivit sa marche, entraîné par le courant tiède de la nuit, tandis que les grillons chantaient sans trêve. A l'entrée d'un vignoble, il s'arrêta soudain, médusé : des tourbillons de petites lumières vertes emplissaient l'air et la haute herbe odorante, des milliers d'étoiles filantes, comme ivres, se croisaient en tous sens. C'était un essaim de lucioles qui hantaient la chaude et palpitante nuit d'été, tels des esprits silencieux. La terre semblait épuiser ses dernières forces dans le tournoiement de ces multitudes de constellations errantes.

Longtemps, l'étranger resta fasciné par cette magie, dont l'extraordinaire beauté lui fit oublier les circonstances angoissantes de son voyage et de sa vie. Y avait-il encore une vie de tous les jours ? Des affaires ? Une police ? Des cours de la Bourse ? A dix minutes d'ici, trouvait-on la gare ?

A pas lents, quittant à regret le pays des fées, le fugitif reprit le chemin de la ville. Les lumières brillaient. Dans la rue, les gens lui criaient des choses qu'il ne comprenait pas. Il découvrait d'immenses arbres d'essence inconnue, couverts de fleurs ; une église et sa terrasse taillée dans le roc semblaient suspendues sur l'abîme ; des rues illuminées, entrecoupées par des escaliers, dévalaient en pente raide vers la petite ville, comme des torrents de montagne.

Klein gagna son hôtel ; dès l'entrée, il fut choqué par la laideur et la nudité du hall, de la cage d'escalier violemment éclairés, et son ivresse disparut aussitôt. Sa timidité maladive reparaissait en même temps que la malédiction du signe de Caïn. Gêné, il se glissa furtivement sous le regard inquisiteur du concierge, du liftier, des hôtes et finit par se terrer dans le coin le plus obscur du restaurant.

D'une voix mal assurée, il demanda la carte, exami-

(1) *Maman ne veut pas, et papa non plus,*
Alors comment donc ferons-nous l'amour ?

nant le prix de chaque plat comme s'il devait encore faire des économies, commanda ce qu'il y avait de moins cher et crut devoir s'offrir une demi-bouteille de bordeaux, qu'il n'aimait pas. Il fut heureux de se mettre au lit dans son étroite et sordide chambrette dont il ferma la porte à clé. Il sombra dans un profond sommeil, mais ne dormit pas plus de deux ou trois heures. Au milieu de la nuit, il s'éveilla.

Émergeant des abîmes de l'inconscient, il contempla fixement les ténèbres hostiles, sans savoir où il était, avec l'impression accablante d'avoir oublié quelque chose d'essentiel. Il chercha à tâtons l'interrupteur et fit de la lumière. Brutalement éclairée, la petite chambre apparut dans sa nudité, anonyme, dérisoire. Où était-il ? Les fauteuils de peluche avaient l'air méchant ; autour de lui, les choses semblaient le narguer froidement. Il se vit dans le miroir et son visage lui révéla ce qu'il cherchait à ressaisir : oui, il en était sûr, ces traits n'étaient pas ceux qu'il avait eus autrefois, ces yeux, ces rides, ce teint, ce n'étaient pas les siens. Ce nouveau visage l'avait frappé une fois déjà, reflété par une vitre au cours de la sinistre comédie qu'il avait jouée pendant cette période d'égarement. Ce n'était pas le visage paisible, un peu résigné de Frédéric Klein, mais celui d'un homme marqué par le destin, visage plus mûr, et pourtant comme rajeuni ; sous ce masque, transparaissait une ardeur singulière. Personne n'aime ce genre de visages. Donc, cet homme marqué par le sort se trouvait assis dans une chambre d'hôtel, en Italie. Chez lui, là-bas, ses enfants abandonnés étaient couchés. Il ne les verrait plus jamais dormir ni se réveiller, il n'entendrait plus leur voix. Il ne porterait plus à ses lèvres le verre d'eau déposé sur sa table de nuit, près de la lampe, avec un livre et le courrier du soir, au chevet du lit que dominait le portrait de ses parents, accroché au mur. Au lieu de tout cela, il se retrouvait dans une chambre étrangère, regardant fixement dans un miroir le visage anxieux et triste de Klein, le criminel, entouré de ces meubles de peluche, hostiles et froids. Quel gâchis ! Si son père avait su cela !

Jamais, depuis sa jeunesse, il ne s'était senti à ce point

solitaire, livré sans recours à ses impressions, aussi dépaysé, aussi dépouillé sous le soleil impitoyable du destin. Jusqu'à présent, il s'était toujours occupé de quelque chose, d'autre chose que de lui-même ; le travail, les soucis ne lui avaient pas manqué. Qu'il s'agît d'argent, de promotion administrative, de la paix du ménage, des difficultés scolaires ou des maladies d'enfant, chacune de ces circonstances l'avait confronté aux devoirs sacrés du bourgeois, de l'époux et du père, et il avait vécu sous l'égide et dans l'ombre de ces principes ; il leur avait tout sacrifié et sa vie en avait tiré son sens et sa dignité. A présent, il se voyait tout à coup suspendu dans l'espace cosmique, nu et solitaire parmi les astres, environné d'un air froid et raréfié.

Le plus extraordinaire était que, s'il se voyait réduit à cette angoissante et mortelle situation, il ne pouvait en accuser aucun phénomène naturel, aucune divinité, bonne ou mauvaise, mais lui-même, lui seul ! Il avait engagé son existence dans cette voie, il s'était placé lui-même au milieu de cet espace étranger, sans limites, vertigineux. Tous les événements de sa vie plongeaient leurs racines dans son propre cœur : crime, révolte, haine contre sa femme, évasion, solitude et peut-être suicide. D'autres étaient victimes de catastrophes inévitables : incendie, guerre, accident, machination d'un ennemi ; mais lui, le criminel Klein, il ne pouvait mettre en cause rien de pareil, dénoncer nul responsable, sauf peut-être sa femme. Elle, on pourrait certes, on devrait la citer en justice et l'accuser, et lui-même la désignerait le jour où il devrait rendre ses comptes !

Une violente colère s'alluma en lui et il jeta dans ce brasier d'enfer une pleine brassée de souvenirs. Il se rappela le rêve de la course en auto, et le coup qu'il avait assené à son ennemi. Ces souvenirs n'étaient qu'un sentiment, une rêverie, un état d'âme bizarre et morbide, une tentation, un plaisir délirant, quel que soit le mot qui convienne. Ils se fondaient en une seule vision : celle d'un acte sanguinaire, effrayant, dont il était l'auteur et qui enlevait la vie à sa femme, à ses enfants et à lui-même. A plusieurs reprises, il s'en rendait compte maintenant que le miroir lui renvoyait ses traits durcis de criminel, il s'était représenté malgré lui ce quadruple meurtre, luttant désespérément contre cette vision hideuse et folle. C'est à ce moment-là, semblait-il, que s'était déclaré chez lui ce pénible état de rêve et d'obsession qui l'avait amené à commettre un vol et à prendre la fuite. Ce qui l'avait chassé de chez lui, ce n'était pas seulement son aversion croissante envers sa femme et sa vie conjugale, mais plutôt la frayeur de perpétrer ce crime encore plus atroce : les tuer tous et les voir baigner dans leur sang. Cette idée avait elle-même une origine. Elle s'était manifestée de temps à autre, comme un léger vertige qui vous prend, et l'on se voit sur le point de s'effondrer. La scène du meurtre, telle qu'il l'imaginait, avait une source bien repérable, qu'il identifiait aujourd'hui seulement, à sa grande surprise.

Quand, pour la première fois, le massacre de sa famille s'était imposé à son esprit et que cette vision diabolique lui avait inspiré une mortelle terreur, un souvenir s'y était glissé, non sans ironie. Des années auparavant, alors que son existence à peu près heureuse ne faisait de mal à personne, il discutait un jour avec ses collègues le cas d'un maître d'école de l'Allemagne méridionale, nommé W. (Il ne retrouvait pas le nom.) Cet homme avait massacré toute sa famille dans un accès de fureur sanguinaire et avait ensuite retourné son arme contre lui-même. Il s'agissait de savoir dans quelle mesure on pouvait, à ce propos, faire état du sens des responsabilités et, d'une façon générale, on se demandait comment interpréter finalement une telle action, une aussi sauvage et monstrueuse explosion de cruauté. Lui, Klein, s'était échauffé dans la discussion, attaquant avec une véhémence particulière le collègue qui essayait d'expliquer ce forfait par la psychologie : en présence d'un crime aussi abominable, soutenait Klein, un honnête homme ne peut ressentir que de l'indignation et de l'horreur ; un exploit aussi sanguinaire ne sera jamais conçu que par le cerveau d'un être démoniaque, et, pour un criminel de cet acabit, il n'existe à vrai dire aucun châtiment, aucun tribunal assez sévère, aucune torture assez raffinée.

Aujourd'hui encore, il revoyait la table autour de laquelle ils étaient assis, et il se rappelait fort bien le coup d'œil étonné et perspicace que lui avait lancé ce collègue, son aîné, après son éclat d'indignation. La première fois que son imagination déréglée lui avait montré sa propre image en meurtrier des siens, le faisant reculer d'horreur, il s'était aussitôt souvenu de cette discussion vieille de plusieurs années sur l'assassin de sa famille, le nommé W. Chose curieuse : il aurait juré avoir exprimé alors en toute sincérité son véritable sentiment, et aujourd'hui il surprenait en lui-même une voix ennemie qui se moquait de lui et l'appelait à mieux juger. A ce moment-là déjà, disait la voix, lors du débat sur le maître d'école W., il avait intimement compris et approuvé son forfait, et, s'il s'en était indigné aussi violemment, c'est qu'en lui-même le philistin, l'hypocrite, étouffait la voix du cœur. Les châtiments terribles, les tortures qu'il avait souhaités au meurtrier, le mépris dont il avait accablé son acte, tout cela retombait en somme sur lui-même, dénonçait le futur criminel qui, déjà, attendait son heure.

D'où venait qu'il se fût tellement agité au cours de ce débat ? C'est qu'en réalité, il se voyait lui-même au banc des accusés et qu'il essayait de sauver sa conscience en accumulant les charges contre lui, en invoquant le verdict de condamnation. Il semblait que cette fureur contre lui-même fût un moyen de réprimer ou d'endormir ses instincts criminels.

A ce point de ses réflexions, Klein sentit qu'elles le rapprochaient d'un problème vital pour lui. Il s'épuisait cependant à recoudre ses souvenirs et ses pensées, à les ordonner ; la fatigue, jointe au dégoût que lui inspirait sa situation, l'empêchait d'accéder à l'ultime révélation qui l'eût libéré. Il se leva, s'aspergea le visage, marcha de long en large un moment, puis sentant le froid, songea enfin à dormir.

Mais le sommeil ne vint pas. Couché, il se sentait livré sans recours à ses impressions : elles n'étaient qu'atrocité, douleur, humiliation. Il y retrouvait sa haine contre sa femme, sa compassion pour lui-même, un immense désarroi, un besoin d'y voir clair, de se justifier, d'être consolé. Pour le moment, il ne découvrait aucun motif à reprendre courage, et comme il voyait que ses investigations le conduiraient impitoyablement jusqu'aux profondeurs les plus secrètes et les plus dangereuses de sa mémoire, sans qu'il pût retrouver le sommeil, il demeura le reste de la nuit dans un état d'horreur encore jamais atteint. Les sentiments contradictoires qui se débattaient en lui se fondaient en une angoisse mortelle qui l'étouffait, en un cauchemar où le démon paralysait son cœur et sa langue, et qui s'intensifiait jusqu'à devenir intolérable.

Depuis bien des années, et spécialement au cours de ces dernières semaines, il avait connu l'angoisse ; mais jamais encore il n'en avait éprouvé l'étreinte comme cette nuit. Il s'efforçait de penser à des choses futiles, une clé oubliée, la note de l'hôtel, et aussitôt s'en faisait une montagne, échafaudant là-dessus mille suppositions inquiétantes. Cette chambre exiguë et médiocre coûterait-elle pour la nuit plus de trois francs cinquante ? Dans ce cas, devait-il rester dans cet hôtel ? La question le tenait en haleine une bonne demi-heure ; il en avait des sueurs et des palpitations. Il voyait bien la niaiserie de telles pensées, néanmoins il les reprenait sans cesse, se parlant à lui-même comme à un enfant têtu qu'il faut raisonner. Il comptait sur ses doigts les différents problèmes, entièrement fabriqués, qu'il aurait à régler.

Bêtises que tout cela ! Une féroce dérision se faisait jour à travers tout ce qu'il pouvait dire pour se remettre d'aplomb. Ces complications imaginaires, n'étaient-elles pas comédie pure, exactement la même que celle qu'il avait jouée autrefois à propos de W. le meurtrier ? Les affres dans lesquelles il se débattait, le sentiment tragique d'être acculé par le destin et condamné à une atroce agonie, n'avaient rien à voir, évidemment, avec sa note d'hôtel ou d'autres futilités. Il y avait pire que tout cela, et plus important. Mais quoi ? Ce devait être quelque chose qui se rapportait à l'instituteur assassin, à sa propre impulsion meurtrière et à tout ce qu'il y avait en lui de malade et d'incohérent. Comment atteindre cette cause première ? Comment toucher ce fond ? En lui-même, il n'y avait plus rien qui ne fût blessé, malade, corrompu, atrocement douloureux. Cela ne pouvait plus durer. S'il ne sortait pas de cet état, s'il devait passer d'autres nuits comme celle-ci, il deviendrait fou, ou se tuerait.

Tendu à l'extrême, il s'assit dans son lit, essayant d'aller jusqu'au bout de ses tourments, afin d'en finir une fois pour toutes. Rien n'y faisait : seul et misérable, il restait assis, le front brûlant, le cœur douloureux, en proie à une anxiété mortelle, face à face avec le destin comme l'oiseau devant le serpent qui le fascine et l'épouvante. Il le savait maintenant : le destin ne tombe pas sur nous de l'extérieur, il prend racine et se développe en nous-mêmes. S'il ne trouvait aucun moyen de s'en défendre, il serait dévoré par le destin ; terrifié, il reculerait pas à pas devant sa propre angoisse, acculé à la folie, cédant le terrain par degrés jusqu'à l'extrême bord de l'abîme qu'il sentait proche.

Pouvoir enfin comprendre ! Voilà qui lui ferait du bien ! Ce serait peut-être le salut. Sa tentative d'élucider sa situation présente et passée était loin d'avoir abouti. A peine s'il avait fait les premiers pas en ce sens. S'il parvenait à se ressaisir, à faire entrer les différentes parties de lui-même dans un tout ordonné et concevable, alors il retrouverait peut-être le fil perdu. L'ensemble serait cohérent, aurait un sens et son image serait peut-être acceptable. Mais l'ultime effort pour atteindre ce palier dépassait ses forces : il en était simplement incapable. Plus il se concentrait, moins son effort était efficace ; il ne trouvait en lui, au lieu des souvenirs et des éclaircissements qu'il cherchait, que des espaces vides, sans idées, où se réveillait la peur d'avoir oublié précisément l'essentiel. Il cherchait à tort et à travers, remuant tout à la manière d'un voyageur qui fouille nerveusement dans ses poches et ses valises pour y retrouver le billet qu'il a peut-être glissé sous le ruban de son chapeau ou qu'il tient à la main. Mais à quoi bon tous ces « peut-être » ?

Un moment auparavant, y avait-il une heure ou davantage ? n'avait-il pas eu une révélation, n'avait-il pas fait une découverte ? Laquelle ? Impossible de s'en souvenir. Désespéré, il se frappa le front. « Au nom du ciel, il me faut une réponse ! Sinon, je vais périr de misère, de bêtise et de tristesse ! » Tout son passé se mit à défiler devant ses yeux, comme des nuages à la dérive qu'emporte, déchiquetés, un vent de tempête. Par milliers, ces images le défiaient, méconnaissables, se mêlant ou se superposant les unes aux autres, évoquant une même chose : laquelle ? Soudain, il prononça le nom : « Wagner », d'une façon inconsciente, machinale. « Wagner — Wagner. » D'où venait ce nom ? De quel puits sa mémoire le tirait-elle ? Qui était Wagner ? Il se concentra de toutes ses forces sur ce nom. Il se donnait une tâche, un problème à résoudre. Cela valait mieux que de rester en suspens sur le vide. « Voyons, qui est donc Wagner ? En quoi peut-il me concerner ? Pour quelle raison mes lèvres ont-elles articulé ce nom la nuit dernière ? » Il se mit à chercher dans sa mémoire. Pêle-mêle, ses souvenirs lui revenaient : il pensa à Lohengrin, au sentiment un peu trouble qui le liait au musicien Wagner. Vers ses vingt ans, il l'avait passionnément aimé. Plus tard, il était devenu méfiant, avait formulé quantité d'objections, éprouvé maints scrupules. Il ne s'était pas privé de critiquer Wagner à tort et à travers, mais peut-être ces critiques visaient-elles moins Richard Wagner que son propre engouement d'autrefois pour le musicien.

Ah ! S'était-il une fois de plus laissé surprendre ? Découvrait-il dans son raisonnement une nouvelle escroquerie, quelques petits mensonges, quelques petites saletés ? Il fallait en convenir : dans l'existence irréprochable du fonctionnaire et de l'époux Klein, tout n'était pas sans défauts ; elle n'était même pas propre du tout et des charognes étaient enfouies dans tous les coins ! Donc, le compositeur Richard Wagner avait encouru la condamnation et la haine de Frédéric Klein. Pourquoi ? Parce que Frédéric Klein ne pouvait se pardonner à lui-même l'enthousiasme qu'il avait eu, jeune homme, pour ce même Wagner. En Wagner, il poursuivait sa propre passion juvénile, sa jeunesse et son amour. Pour quel motif ? Parce que jeunesse, enthousiasme, Wagner et tout ce qui s'y rattachait étaient autant de souvenirs douloureux d'un pays perdu.

Il avait accepté pour épouse une femme qu'il n'aimait pas, ou du moins pas assez. Le fonctionnaire Klein avait eu à l'égard de beaucoup de gens et de choses la même attitude qu'envers Wagner. M. Klein était un brave homme, mais son honnêteté recouvrait bien des turpitudes ! Lorsqu'il prétendait à l'honorabilité, que de pensées intimes avait-il dû refouler hors de sa conscience ! Que de regards jetés sur de jolies filles dans la rue, que de mouvements de jalousie quand, sur le chemin qui le ramenait du bureau chez lui, il croisait, le soir, des couples d'amoureux !

Puis un jour, la pensée du meurtre. Cette haine qu'il aurait dû diriger contre lui, ne l'avait-il pas projetée sur ce maître d'école ? Il s'effraya soudain de cette nouvelle coïncidence. Le maître d'école, l'assassin, s'appelait — Wagner ! Il tenait le nœud de toute l'affaire. Ce personnage sinistre, ce meurtrier dément qui avait massacré toute sa famille s'appelait Wagner. Son existence à lui, Klein, n'était-elle pas, d'une façon ou d'une autre, liée à ce Wagner depuis des années ? Cette ombre maudite ne l'avait-elle pas poursuivi en tout lieu ?

Maintenant, il avait retrouvé le fil, Dieu merci. Oui, à une époque heureuse, déjà lointaine, il s'était emporté violemment contre ce Wagner, qu'il vouait aux châtiments les plus atroces. Cependant, il avait plus tard nourri exactement les mêmes pensées, bien qu'il eût oublié le personnage, et s'était vu lui-même en meurtrier de sa femme et de ses enfants.

Tout cela n'était-il pas, au fond, très naturel et compréhensible ? On arrive plus vite qu'on ne le croit au point de ne plus être capable de prendre ses responsabilités vis-à-vis de ses enfants, de soi-même, et de ne plus voir dans l'existence qu'une suite d'erreurs et de tourments insupportables.

En soupirant, il cessa de remuer ces pensées. Il était arrivé à la certitude qu'au moment même où il avait appris le meurtre accompli par Wagner, il avait compris et approuvé son acte comme une possibilité qui lui était offerte, à lui Klein. A cette époque déjà, lorsqu'il ne se sentait pas encore victime d'une existence gâchée et qu'il croyait encore aimer sa femme et être aimé d'elle, voici bien des années, il avait sympathisé profondément avec l'instituteur Wagner et secrètement consenti à sa monstrueuse tuerie. Ses déclarations et ses jugements d'alors n'étaient que le produit de sa raison : ils n'émanaient pas de son cœur.

Dans son for intérieur, à ce niveau de l'être où le destin prend racine, une façon de penser très différente existait en permanence, qui non seulement concevait l'idée du crime, mais l'approuvait. Il y avait toujours eu deux Frédéric Klein : le personnage visible et le personnage clandestin, le fonctionnaire et le criminel, le père de famille et le meurtrier. Autrefois, sa vie reposait, bien assurée, sur son moi le « meilleur », le moi du fonctionnaire, de l'homme respectable, de l'époux, du bon citoyen. Jamais il n'avait accordé crédit aux vérités de son moi profond ; il n'en avait même pas eu connaissance. Et cependant il avait obéi à son insu à cette voix intérieure qui l'avait appelé à la condition de banni et de réprouvé. Cette pensée lui fit du bien. Il y trouvait un enchaînement logique, une espèce de bon sens naturel. Ce n'était pas tout : l'essentiel demeurait indéchiffrable, mais une certaine évidence, une certaine vérité étaient néanmoins acquises.

La vérité : toute la question est là ! Si seulement ce fil ténu ne lui échappait pas une fois de plus !

Oscillant entre le sommeil et la veille, dans un état d'épuisement fébrile qui le maintenait à la limite de la conscience et du rêve, il perdit cent fois le fil de ses pensées pour le retrouver cent fois, jusqu'à ce que le jour parût et que le bruit de la rue montât à l'assaut de sa fenêtre.

2

Klein passa la matinée à se promener dans la ville. Comme il passait devant un hôtel dont le jardin lui plut, il y entra, visita quelques chambres, en retint une ; en sortant, il chercha le nom de l'hôtel et lut : *Hôtel*

Continental. Ne connaissait-il pas ce nom ? Quelqu'un ne l'avait-il pas prononcé devant lui, comme le nom de *l'Hôtel Milano ?* Il renonça vite à s'interroger là-dessus, heureux de respirer l'atmosphère de dépaysement et d'aventure qui donnait à sa vie un sens nouveau. La magie de la veille reparut peu à peu. Il se félicitait d'être dans le Midi, où quelque bon génie l'avait amené. S'il n'avait pas été captivé par cet enchantement où il s'oubliait lui-même au gré de sa flânerie, il aurait enduré heure après heure l'effroyable tyrannie de sa pensée et sombré dans le désespoir. Il lui arrivait ainsi de passer de longues heures dans un état d'agréable lassitude pendant lesquelles il menait une vie purement végétative, sans contrainte, sans angoisse ni réflexion. Il s'en trouva mieux. Quelle chance qu'il existât un Midi, et qu'il y fût venu ! Le Midi rendait la vie plus légère, on se sentait réconforté, comme un peu ivre.

En plein jour également le paysage avait quelque chose d'invraisemblable et de fantastique. Les montagnes toutes proches étaient oppressantes, abruptes et trop hautes, comme imaginées par un peintre un peu fou. Par contre, tout ce qui était dans l'entourage immédiat était beau : un arbre, un coin de rivage, une maison aux couleurs vives, le mur d'un jardin, un étroit champ de blé au-dessous d'une vigne, soigné comme un petit jardin. Tout cela était charmant, gai, respirait la santé et la confiance. Oui, vraiment, on ne pouvait qu'aimer ce petit pays si accueillant, peuplé de gens tranquilles et gais. Quel bonheur, d'avoir quelque chose à aimer ! Animé du désir farouche d'oublier et d'échapper à lui-même, le malheureux, fuyant devant la vague d'angoisse qui menaçait de le submerger, s'abandonnait corps et âme à cet univers inconnu.

Il flânait à travers cette campagne riante et bien cultivée, qui ne lui rappelait en aucune manière les champs de sa terre natale ; il songeait plutôt à Homère et aux Romains. L'Italie lui révélait quelque chose d'antique, de raffiné et pourtant de primitif, une innocence et une maturité que le Nord ne connaît pas. Délabrés sous leurs vives couleurs, et presque toujours ornés de fleurs par les enfants du pays, les petites chapelles et les calvaires qui jalonnent les chemins de croix lui semblaient avoir la même signification et la même origine spirituelle que les innombrables petits temples et lieux consacrés des Anciens ; ceux-ci vénéraient une divinité dans chaque source, montagne ou bosquet, et leur piété sereine respirait la santé ; elle avait un goût de pain et de vin.

Il rentra en ville, s'amusant à marcher sous les arcades sonores, et, trébuchant sur les pavés inégaux, ne se privait pas de jeter au passage un coup d'œil dans les échoppes et les ateliers ; il acheta quelques journaux italiens sans les lire et déboucha finalement dans un parc magnifique au bord du lac. Des curistes se promenaient dans les allées ou lisaient, installés sur des bancs. De vieux arbres immenses se penchaient, comme épris de leur image, sur l'eau d'un vert presque noir qu'ils dominaient de leur masse obscure. Des plantes bizarres, des arbres qui ressemblaient à des serpents ou à des perruques, des chênes-lièges et d'autres essences rares dressaient leur silhouette hardie, tourmentée ou mélancolique au milieu des pelouses couvertes de fleurs. Au loin, sur la rive opposée, on voyait des villages et des fermes baigner dans une clarté rose et blanc.

Tandis qu'il était affalé sur un banc et près de s'assoupir, le bruit d'un pas ferme et souple le tira de son demi-sommeil. Une femme survenait, ou plutôt une jeune fille : hautes bottines brun-rouge, jupe courte et bas ajourés. Très droite et provocante, bien mise, fière, elle s'avançait d'un pas sûr et rythmé ; le visage était inexpressif, la bouche très fardée, et la coiffure formait une haute masse d'un blond clair, métallique. Au passage, elle jeta sur Klein un regard inquisiteur qui lui rappela celui des portiers et des garçons d'hôtel, puis elle poursuivit sa marche, parfaitement indifférente.

Évidemment, elle a raison, se dit Klein. Je ne suis pas de ceux qui attirent l'attention ; une femme comme celle-là ne se retourne pas pour des gens de ma sorte. Cependant ce bref et froid regard l'offensa secrètement ; Il se voyait sous-estimé et méprisé par quelqu'un qui n'apercevait que la surface et les aspects extérieurs de sa personne. Il sortit ses griffes et résolut de se défendre à tout prix contre cette femme. Déjà il oubliait qu'il avait été un instant captivé et séduit par la finesse de sa jambe bien moulée et par sa démarche à la fois souple et assurée ; déjà, le froufrou de sa robe et le léger parfum qui émanait de sa chevelure et de sa peau s'étaient évanouis, comme s'était dissipée l'invite caressante à un possible amour qui l'avait à peine effleuré. Des souvenirs revenaient en foule. Bien souvent, il avait rencontré de ces jeunes personnes sûres d'elles-mêmes, agressives, prostituées ou femmes de la meilleure société, dont l'effronterie et l'assurance, la façon cynique et froidement calculée de se mettre en avant l'avaient irrité et tenu à distance. Que de fois n'avait-il pas sincèrement partagé, lors d'excursions ou de dîners en ville, l'indignation de sa femme contre de telles garces !

Mécontent, il allongea les jambes. Cette femme lui avait gâché sa journée ! Il se sentait morose, agacé, désavantagé. Que cette blonde vînt à passer une fois encore en le dévisageant ainsi, alors il rougirait et se sentirait pour le coup réduit à néant de la tête aux pieds ! Qu'elle aille au diable, après tout ! Déjà rien que ces cheveux blonds ! C'était truqué ; un ton pareil n'existe pas dans la nature. Et tout ce rouge ! Comment pouvait-on seulement consentir à se barbouiller les lèvres en embrassant cette bouche ? Ces créatures-là couraient partout, comme si le monde leur appartenait ; elles occupaient la scène, elles ne doutaient de rien et leur insolence était un défi pour les gens bien élevés.

Un nouvel accès de mauvaise humeur remuait en lui une masse de souvenirs anciens, de griefs, de ressentiments. Une pensée le traversa soudain : il se réclamait donc de sa femme, il lui donnait raison, il se mettait de nouveau à ses ordres ! Un instant, il fut assez lucide pour se dire : « Je ne suis qu'un âne, si je persiste à me compter parmi les gens « distingués ». Je ne suis plus de cette classe-là, j'appartiens, comme cette femme blonde, à un monde qui n'est plus celui de mon passé, le monde des convenances, mais un monde où la bonne éducation n'est pas plus valable que la vulgarité, un monde où, chacun pour soi, on s'efforce péniblement de vivre. »

Pendant une minute, il sentit que son dédain pour la femme blonde était aussi superficiel et injuste que sa colère passée contre l'instituteur assassin Wagner, ou son aversion à l'égard de l'autre Wagner, dont la musique l'avait frappé comme excessivement sensuelle. Dans l'espace d'une seconde, la vérité ensevelie aux profondeurs oubliées de son moi lui révéla clairement que toute indignation, toute colère, tout mépris sont des erreurs ou des enfantillages, et retombent immanquablement sur le malheureux détracteur ; ce sens intérieur auquel rien n'échappe lui disait également qu'il retrouvait ici un mystère dont la signification le touchait de près. Cette femme du monde ou cette fille, avec son parfum d'élégance et de séduction, elle n'avait rien qui dût le contrarier ni le choquer ; le jugement qu'il avait prononcé sur elle n'avait pas de portée, car il lui était dicté par la peur que lui inspirait sa vraie nature, la peur de Wagner, la peur de l'animal ou du diable qu'il pourrait découvrir en lui-même, le jour où tomberaient les entraves de sa moralité bourgeoise et les oripeaux dont elle se parait. Un petit rire sardonique, une seconde, le secoua, puis le malaise reprit le dessus. C'était assez peu rassurant de constater que chaque émotion ou événement de sa vie le touchait toujours au point faible, à l'endroit le plus sensible.

Replongé dans ces impressions, il se voyait aux prises avec sa vie manquée, avec sa femme, son crime et son avenir sans espoir. L'angoisse le reprit ; la voix intérieure, celle de son moi clairvoyant, n'était plus qu'un souffle que personne ne pouvait plus entendre. Quel supplice ! La femme blonde n'y était pour rien. Tous les griefs qu'il nourrissait contre elle ne pouvaient l'atteindre et ne touchaient finalement que lui. Il se leva et reprit sa promenade. Autrefois, il s'était imaginé mener une vie solitaire et il avait souscrit, non sans vanité, à une philosophie du genre stoïque ; il passait aux yeux de ses collègues pour un homme cultivé, ayant beaucoup lu, enfin pour le bel esprit de l'endroit. Pardieu ! Il n'avait jamais été seul ! Il avait constamment parlé avec ses collègues, avec sa femme, ses enfants, avec tous les interlocuteurs possibles, et pendant ce temps, les journées avaient passé plus vite, les soucis avaient semblé moins pesants. Même lorsqu'il s'était trouvé seul un moment, on ne pouvait parler d'une véritable solitude, car il avait partagé les idées, les angoisses, les espérances d'une quantité de personnes, de tout un monde ; en somme il avait toujours vécu en communauté avec son entourage. Mais aujourd'hui, il sentait ce qu'était vraiment la solitude, à quel point elle le rendait vulnérable, le laissant démuni, sans espoir. Chacune de ses tentatives pour se soustraire à l'angoisse le ramenait à ce monde qu'il avait lui-même mis en pièces et dont les morceaux maintenant lui échappaient. Tout ce qui avait été bon et juste au long de sa vie ne l'était plus désormais. Il devait refaire le monde à partir de lui-même, et personne ne l'y aiderait. Que trouvait-il en lui ? Rien que désordre et fragmentation.

Soudain, il eut à se garer d'une automobile et sa pensée prit un nouveau tour, qui l'arrachait au vide et au vertige d'une nuit sans sommeil. « Automobile », pensa-t-il, ou dit-il, mais le mot n'avait pour lui aucune signification. Il eut un instant de défaillance, ferma les yeux, et une image déjà vue, semblait-il, lui apparut, dont le souvenir réveilla son attention. Il se vit, comme dans le rêve qu'il avait déjà fait, assis au volant d'une auto, et cette vision du conducteur brutalement éliminé tandis que lui-même s'emparait de la direction, lui avait fait éprouver un sentiment de libération triomphale.

Il y avait certainement là un principe de salut, difficile à repérer, mais il devait bel et bien exister quelque part. Que ce fût grâce à son imagination ou à travers son rêve, il entrevoyait la merveilleuse possibilité de piloter seul son véhicule, après avoir insulté et jeté par-dessus bord tout autre conducteur ; il voyait déjà l'auto bondir, rouler sur les trottoirs, enfoncer des maisons, écraser les passants, et tout cela serait tellement plus divertissant que de rouler sans danger avec un autre conducteur et de continuer à se sentir encore et toujours un enfant. « Enfant », ce mot le fit sourire ; au cours de son enfance et de sa jeunesse, il se rappelait avoir quelquefois détesté et maudit ce nom de Klein. Aujourd'hui, il en portait un autre. N'était-ce pas symbolique ? Cela voulait dire qu'il n'était plus le « petit », qu'il avait cessé d'être celui que l'on prend par la main.

A l'hôtel, il commanda avec son dîner une bonne bouteille qu'il choisit au hasard et dont il nota l'appellation. Elles ne sont pas si nombreuses, les choses dont on peut attendre un secours, les choses qui vous rassurent et vous aident à vivre ; il importe de les connaître. Ce vin-là en était, de même que l'atmosphère et le paysage du Midi. Et quoi d'autre ? La réflexion, elle aussi, pouvait être un réconfort et soutenir le moral. Mais pas n'importe quelle pensée ! Oh non ! Il y en a qui sont une véritable torture et qui vous rendent fou : celles qui minent douloureusement l'esprit, vous enferment dans une impasse et vous mènent tout droit à l'angoisse, au dégoût et à la dépression.

Un autre mode de penser méritait qu'on s'y arrête et qu'on l'étudie de plus près. Mais était-ce bien un mode de penser ? Il s'agissait plutôt d'un état d'âme, d'une disposition intérieure qui ne durait jamais plus de quelques instants et qui ne résistait pas à un rigoureux examen de l'intelligence. On avait, dans cette sorte d'état second, des idées, des réminiscences, des visions et des points de vue d'une espèce assez particulière. La pensée ou le rêve de l'automobile était de cette espèce favorable et rassurante, de même que le brusque rappel de l'histoire de Wagner, le meurtrier, et la discussion dont celui-ci avait été jadis l'objet. Le nom de Klein s'était imposé à son esprit de la même façon. Au cours de ces divagations, il arrive que l'angoisse et l'atroce malaise se dissipent, pour faire place à une fugitive sensation de sécurité et de certitude. Tout semble alors s'arranger, on assume sa propre solitude ; résolu, fier, on domine son passé et l'heure qui vient n'est plus une cause d'effroi.

Il y avait encore une chose qu'il devait bien saisir et dont il pourrait tirer profit : c'est qu'il n'y aurait de salut pour lui que dans la mesure où il serait capable de faire surgir et de cultiver en lui, le plus souvent possible, des états d'âme pareils à ceux-là. Il n'en finissait pas de penser et de repenser à ces choses. L'après-midi passa sans qu'il s'en aperçût. Les heures fondaient comme pendant le sommeil et peut-être dormit-il réellement, après tout. Sans cesse, il tournait autour du même mystère. Il réfléchit longuement, péniblement, à sa rencontre avec la femme blonde. Quel en était le sens ? Comment se faisait-il que ce bref épisode qui se réduisait à un échange de regards avec cette belle mais antipathique étrangère eût réveillé en lui, d'une manière durable, toutes sortes de pensées, de sentiments, d'impulsions, de souvenirs, de remords et de griefs ? D'autres que lui avaient-ils fait la même expérience ? Pourquoi cette femme l'avait-elle un instant séduit par sa silhouette et son allure, par le galbe de sa jambe, la finesse de ses bottines et de ses bas ? Pourquoi son regard froidement appréciateur avait-il coupé court à cette ivresse ? Pourquoi ce coup d'œil fatal ne l'avait-il pas seulement dégrisé, soustrait à la brève magie érotique, mais blessé, révolté contre lui-même et sa propre nullité ? Pourquoi enfin n'avait-il avancé, contre l'assaut de ce regard, que de pauvres formules appartenant à son passé, dépourvues de toute valeur, et des arguments auxquels il ne croyait plus ? Tout ce qu'il avait pu mettre en action pour sa défense se réduisait à des jugements prononcés par sa femme, à des propos tenus par ses collègues, à des manières de voir qui étaient celles de son ancien personnage, le bourgeois et le fonctionnaire Klein, aujourd'hui défunt. Ayant éprouvé le besoin de se justifier par tous les moyens imaginables, il avait dû reconnaître que ces moyens étaient aussi dépourvus de validité qu'une monnaie qui n'aurait plus cours.

Tant de considérations pénibles et prolongées le laissaient oppressé, inquiet, douloureusement conscient de ses torts. Pendant un moment seulement, il s'était retrouvé dans l'autre état d'esprit, celui auquel il aspirait toujours, et sa conscience mieux éclairée avait tenu en échec les mauvaises pensées. L'espace d'une seconde, il s'était dit à lui-même, sans ambiguïté : ce que je pense de la femme blonde est indigne et stupide. Elle aussi est tributaire de la destinée, exactement comme moi. Elle est aimée de Dieu, comme je le suis également.

D'où venait cette voix d'or ? Où pouvait-on la réentendre ? Comment attirer cet oiseau rare et craintif, sur quelle branche était-il perché ? Ces notes chantaient la vérité, et la vérité, c'était le salut, la guérison, le refuge. Cette voix se faisait entendre, si l'on acceptait de bon cœur sa destinée, et si l'on s'aimait soi-même ; c'était la voix de Dieu, ou celle de notre moi profond, le seul véritable, par-delà tous les mensonges, les prétextes et les mises en scène. Pourquoi ne pouvait-on plus l'entendre, cette voix ? Pourquoi la vérité ne faisait-elle jamais que flotter un instant sous ses yeux comme une forme spectrale, à peine aperçue au passage et qui s'évanouit dès qu'on fixe sur elle son regard ? Pourquoi voyait-il encore et toujours la porte du bonheur s'ouvrir devant lui, et se refermer au moment où il voulait entrer ?

Après un somme dans sa chambre, il prit un petit volume de Schopenhauer qu'il avait posé sur un guéridon et qui l'accompagnait toujours en voyage. L'ayant ouvert au hasard, il lut ceci : « Lorsque nous jetons un regard en arrière sur notre vie, et qu'en particulier nous considérons nos démarches malheureuses avec leurs suites, au long du chemin parcouru, nous ne comprenons pas toujours comment nous avons pu faire telle chose ou négliger telle autre, de sorte qu'il semble qu'une force étrangère nous ait conduits. Goethe a dit dans *Egmont :*

L'homme s'imagine gouverner sa vie en agissant de son propre chef, alors que son moi le plus intime est entraîné sans résistance possible par son destin. »

Ces lignes ne le concernaient-elles pas ? Quelle était donc leur parenté secrète avec ses propres pensées ? L'esprit en éveil, il poursuivit sa lecture, mais elle ne lui apporta plus rien : la suite ne le touchait en aucune façon. Il posa son livre, regarda sa montre ; elle était arrêtée, car il avait oublié de la remonter ; il se leva pour jeter un coup d'œil à la fenêtre et vit que la nuit tombait.

Il se sentait assez las, comme on peut l'être après un grand effort intellectuel, mais ce n'était pas une impression d'épuisement stérile et vain. Au contraire, il éprouvait cette bonne fatigue qui succède à un travail satisfaisant. J'ai bien dormi une heure, ou peut-être davantage, pensa-t-il, et il alla se brosser les cheveux devant l'armoire à glace. Il se sentait l'esprit étrangement libre et le cœur léger ; dans la glace, il se vit souriant. Son visage pâli, tendu, dont il avait observé si longtemps les traits déformés, durcis, égarés, exprimait maintenant une heureuse détente. Étonné, il se fit à lui-même un petit signe d'amitié.

Puis il descendit au restaurant, où quelques personnes dînaient déjà. Ne venait-il pas d'en faire autant ? N'importe, il se sentait grand appétit. Ayant appelé le garçon, il commanda un bon repas. « Monsieur veut-il peut-être aller ce soir à Castiglione ? » lui demanda le garçon tout en le servant. « Il y a un canot-moteur qui part de l'hôtel. » D'un signe de tête, Klein déclina l'offre. Non, ces excursions arrangées par l'hôtel ne l'intéressaient pas. Castiglione ? Il en avait entendu parler. Un quelconque lieu de plaisance avec un casino, une espèce de petit Monte-Carlo. Bon Dieu, qu'irait-il faire là-bas ? Comme on lui apportait le café, il prit dans le vase de cristal posé sur sa table une petite rose blanche qui s'y trouvait avec d'autres fleurs, et il la mit à sa boutonnière. D'une table voisine lui parvenait la fumée d'un cigare qu'on venait d'allumer. C'est vrai, un bon cigare ne serait pas de refus.

Indécis, il allait et venait devant l'hôtel. Il aurait volontiers revu le coin de campagne où, la veille au soir, la chanson de l'Italienne et l'étincelant ballet des lucioles lui avaient révélé la vraie douceur méridionale. Mais il se sentait aussi attiré vers le parc, vers la paisible étendue des eaux que dominent les feuillages, vers les arbres étranges, et, si le hasard voulait qu'il rencontrât de nouveau la dame blonde, il ne serait ni fâché ni humilié qu'elle le regardât si froidement. D'ailleurs, la journée d'hier était tellement lointaine ! Dans ce pays méridional, il se sentait vraiment chez lui, déjà riche d'expériences, de réflexions, de découvertes.

Il flânait le long d'une rue, caressé par la douce brise du soir. Des papillons de nuit tournoyaient obstinément près des réverbères qui venaient de s'allumer ; des commerçants pressés fermaient leur boutique et fixaient des barres de fer contre les volets ; des groupes d'enfants couraient encore ici et là, poursuivant leurs jeux entre les petites tables du bistrot où l'on buvait encore, en plein milieu de la rue, du café et de la limonade. Éclairée par la douce lumière de quelques cierges, une madone souriait dans une petite niche. Les bancs près du lac étaient aussi très animés ; on y riait, on s'y querellait, on y chantait ; sur l'eau, on voyait passer de temps à autre un canot avec des rameurs en manches de chemise et des jeunes filles en blouses blanches.

Klein retrouva sans difficulté le chemin du parc, mais le grand portail en était fermé. Derrière la haute grille, les arbres étaient plongés dans le silence et les ténèbres ; tout dormait. Il regarda longtemps entre les barreaux. Puis il sourit, car il savait bien quel secret désir l'avait poussé à venir jusque devant cette grille fermée. Maintenant, il voyait que ça n'avait pas d'importance : on pouvait se passer du parc.

S'étant assis sur un banc au bord du lac, il regarda tranquillement les gens passer. Sous la vive clarté d'un lampadaire, il déplia un journal italien et essaya de lire. Il ne comprenait pas tout, mais la moindre phrase qu'il pouvait traduire le rendait tout heureux. Dominant peu à peu les difficultés grammaticales, il donna plus d'attention au sens des mots et découvrit avec une certaine surprise que l'article était une violente diatribe contre le peuple allemand et l'Allemagne, sa patrie. Comme c'est curieux, pensa-t-il. Les Italiens parlaient des Allemands exactement comme les Allemands parlaient de l'Italie, sur le même ton tranchant, vindicatif, chacun étant persuadé de son bon droit et naturellement certain de la culpabilité de l'autre. Chose non moins étrange, la haine et les jugements grossiers dont ce journal était plein ne lui inspiraient pas la moindre indignation. Ou bien… ? Non, décidément, il n'y avait pas de quoi se fâcher. C'était là le style de vie, l'expression d'un monde auquel il avait cessé d'appartenir. C'était peut-être le monde des gens bien, honnêtes, vertueux : ce n'était plus le sien.

Il s'en alla, abandonnant son journal sur le banc. Des

guirlandes d'ampoules multicolores brillaient au-dessus des rosiers fleuris en bordure d'un jardin ; il se joignit à la foule qui entrait. On passait d'abord devant un guichet, près d'un panneau couvert d'affiches. Au milieu du jardin se dressait un grand kiosque au toit en forme de tente, auquel étaient suspendues d'innombrables ampoules de toutes les couleurs. Des tables de jardin, à demi occupées déjà, garnissaient toute la salle de ce théâtre en plein air. A l'arrière-plan, on avait dressé une scène exiguë, violemment éclairée et scintillante de décorations criardes dans les tons argent, vert et rose. Sous les lumières de la rampe, un petit orchestre était installé. La flûte modulait ses notes ailées et claires dans la chaude nuit bigarrée ; le hautbois résonnait avec plénitude, le violoncelle vibrait en profondeur, mélancolique et chaleureux. Sur la scène, un vieil homme chantait des couplets humoristiques ; sa bouche fardée dessinait une sorte de rictus et l'on voyait son crâne chauve miroiter sous les lumières.

Klein n'avait pas recherché ce genre de spectacle. Légèrement déçu, il eut d'abord un mouvement de recul et sentit renaître sa vieille timidité à l'idée de s'asseoir en solitaire au milieu d'une foule élégante et joyeuse. Ces réjouissances artificielles lui parurent en désaccord avec l'harmonie de la soirée dans ce jardin plein de senteurs. Il s'assit néanmoins, et presque aussitôt, se sentit réchauffé et mis en confiance grâce à la lumière doucement tamisée qui mêlait toutes les couleurs et tissait comme un voile magique sur cette salle largement ouverte. Pénétré du parfum des roses, le petit concert nocturne évoquait la tendresse et l'intimité. Les gens étaient gais, animés ; ils s'amusaient, mais sans excès. Effleurés et comme saupoudrés par la lumière multicolore, les visages souriants et les chatoyantes coiffures des femmes naviguaient doucement au-dessus des tasses et des bouteilles ; les coupes de glace rose et jaune, les sirops rouges, verts et orangés brillaient comme des joyaux dans le cristal et s'harmonisaient à la fête.

Personne n'écoutait le fantaisiste. Indifférent, isolé sur la scène, le pauvre vieux chantait ce qu'il avait appris, tandis qu'une abondante lumière tombait à flots sur sa chétive personne. Son numéro terminé, il parut heureux de pouvoir s'éclipser. Le chanteur avait à peine disparu de la scène qu'il reparut dans la salle, où il était entré par le jardin. Il alla s'asseoir à l'une des tables toutes proches de l'orchestre. Une jeune dame lui tendit un verre de limonade en se levant à demi de sa chaise. Klein la regarda : c'était la femme blonde.

Un timbre se déclencha, strident, qui n'en finissait plus ; il y eut des remous dans la salle. Beaucoup de gens sortaient sans manteau ni chapeau. La table près de l'orchestre fut désertée elle aussi ; la femme blonde avait suivi le mouvement ; sa chevelure claire brillait dans l'obscurité du jardin. A la table, il ne restait que le vieux chanteur.

Klein fit un effort sur lui-même et s'avança vers l'homme, qu'il salua poliment. L'autre répondit par un signe de tête.

— Pouvez-vous me dire ce que signifie cette sonnerie ? demanda Klein.

— C'est l'entracte, répondit le fantaisiste.

— Et où va donc tout ce monde ?

— A la roulette. Il y a une demi-heure d'entracte ; pendant ce temps, on peut aller jouer au casino.

— Merci. Je ne savais pas qu'il y avait aussi une salle de jeu ici.

— C'est beaucoup dire ; plutôt un jeu d'enfants. La mise la plus forte est de cinq francs.

— Merci beaucoup.

Il avait enlevé de nouveau son chapeau et s'était déjà retourné, lorsqu'il eut l'idée de questionner le vieux au sujet de la femme blonde, puisqu'il la connaissait. Il hésitait, son chapeau à la main. Puis il renonça. Que voulait-il, en somme ? Que lui importait cette femme ? Il sentait cependant qu'elle l'intéressait malgré tout. Ce qui l'arrêtait maintenant, c'était une timidité exagérée, une crainte illusoire, et son humeur s'assombrit un peu, comme obscurcie par un léger nuage. Une fois de plus, il se sentit mal dans sa peau, embarrassé, mécontent de lui-même. Le mieux était de rentrer chez soi. Que faisait-il ici, parmi tous ces gens heureux ? Il n'était pas des leurs.

Dérangé par un garçon qui réclamait le paiement des consommations, Klein se fâcha :

— Vous ne pouvez pas attendre que je vous appelle ?

— Mes excuses ! Je croyais que Monsieur voulait partir. Personne ne me dédommage si le client file.

Il donna un gros pourboire.

Comme il quittait le pavillon, il aperçut la femme blonde qui revenait, sortant du jardin. Il attendit et la laissa passer devant lui. Elle s'avançait, bien droite, robuste et légère, comme si elle marchait sur des plumes. Sans le reconnaître, elle le regarda d'un œil indifférent. Il voyait son visage en pleine lumière, un visage calme et intelligent, ferme et pâle, un peu blasé ; des lèvres violemment fardées ; des yeux gris, singulièrement éveillés ; une oreille finement dessinée, où brillait une pierre verte. Elle portait une robe de soie blanche, et la ligne gracieuse de son cou, entouré d'une mince chaîne ornée de pierres vertes, se perdait dans les ombres opalescentes de sa gorge.

En la regardant, il fut secrètement ému, mais l'impression était de nouveau contradictoire. Quelque chose, en elle, l'attirait, une promesse de bonheur et d'intimité, un parfum de la chair et de la chevelure, un raffinement de beauté ; tandis que d'autres choses le repoussaient, lui semblaient fausses, et il avait peur d'être déçu. Il reconnaissait ici une attitude qui lui avait été imposée dès l'enfance et qu'il avait observée sa vie durant : baisser les yeux et se retirer devant toute sensualité qui lui paraissait bassement provocante, c'est-à-dire chaque fois que la beauté s'affichait ouvertement ou qu'il y avait une allusion directe au sexe et au duel amoureux.

Il voyait bien que la dissociation était en lui-même, où il retrouvait Wagner et le monde de la beauté, mais sans la répression ; le monde du ravissement, mais sans l'hypocrisie ni le scrupule moral, sans la mauvaise conscience. Il aurait donc en lui-même un ennemi secret qui lui refuserait le paradis ?

Des garçons transportaient les tables et dégageaient un large espace au milieu du kiosque. Une partie du public n'était pas encore revenue. « Restons ! » se dit

Klein, qui se sentait seul. Il pressentait la nuit qu'il aurait passée, s'il était parti tout de suite : une nuit pareille à la précédente, et pis encore, probablement. Il aurait très peu dormi, fait quelques mauvais rêves, remâché son désespoir et ses tourments habituels, sans parler d'une sensualité aux abois, exacerbée par la vision d'un certain collier vert se détachant sur la peau blanche et perlée d'un cou de femme. Peut-être le moment était-il tout proche, où la vie ne serait plus tenable. Cependant, chose curieuse, il y tenait encore singulièrement.

Autrement, pourquoi se trouverait-il ici ? Aurait-il quitté sa femme, brûlé ses vaisseaux, aurait-il mis sur pied cette maudite entreprise et tranché dans sa propre chair, se serait-il enfin réfugié sur cette terre du Midi, s'il ne tenait pas à la vie, s'il n'y avait en lui l'espoir et le désir d'atteindre un but ? Il avait senti tout cela clairement aujourd'hui même, une première fois en savourant sa bonne bouteille, puis devant la porte fermée du parc, et enfin sur le banc au bord du lac.

Il resta donc et trouva une place à la table voisine de celle où le chanteur et la femme blonde étaient assis. Il y avait là six ou sept personnes qui se sentaient visiblement chez elles et jouaient un certain rôle dans l'organisation de ces soirées. Klein les dévisageait avec insistance. Entre ce groupe et les habitués de l'endroit, existaient des liens de familiarité ; les gens de l'orchestre les connaissaient aussi, allaient et venaient autour de leur table, échangeaient avec eux des plaisanteries. A cette table, on parlait en même temps allemand, italien et français, on tutoyait les garçons en les appelant par leur prénom. Klein contemplait la femme blonde. Elle demeurait sérieuse et froide : il ne l'avait pas encore vue sourire, et son expression volontairement indifférente semblait immuable. Il remarquait qu'à sa table, elle passait pour quelqu'un d'important. Les hommes et les jeunes filles lui témoignaient des égards qui n'excluaient pas, du reste, un certain ton de camaraderie. Il entendit prononcer son nom : Térésina. Il se demanda si elle était belle, si elle lui plaisait après tout. Il n'en savait rien. Sa taille, sa démarche l'enchantaient, sans doute ;

non moins suggestifs étaient son attitude à cette table et le jeu de ses mains très soignées. Mais son visage et son regard lui donnaient à penser, l'irritaient même par une froideur impassible, une expression trop assurée et tranquille : cette immobilité semblait un masque. Elle semblait de ces êtres qui cachent en eux un paradis ou un enfer que personne ne pourra jamais partager. Dans cette âme aussi, pourtant, malgré une apparence de dureté, d'orgueil et même de cruauté, le désir et la passion devaient couver sous la cendre. Il aurait voulu savoir quel genre de sentiments elle recherchait, et lesquels au contraire la faisaient fuir. Quels étaient ses points faibles, ses craintes, sa nature secrète ? Quelle expression avait-elle lorsqu'elle riait ou dormait, était en pleurs ou donnait un baiser ? Et comment expliquer que, depuis une demi-journée, il n'avait pensé qu'à elle, se croyant obligé de l'observer, de l'étudier, de la craindre, de s'irriter à son sujet, alors qu'il ignorait encore si elle lui plaisait ou non ? Serait-elle donc pour lui l'aboutissement de sa destinée ? La force mystérieuse qui l'attirait vers elle agissait-elle sur lui comme l'appel irrésistible du Midi ? Avait-il obéi à quelque instinct originel, à une dictée de la fatalité, à une impulsion demeurée inconsciente jusqu'ici ? Était-il destiné par des puissances supérieures à rencontrer cette femme ? Était-ce une condamnation sans appel ? En prêtant l'oreille attentivement, il parvint à saisir quelques bribes de sa conversation, dans le brouhaha général.

Elle disait à un jeune dandy au visage glabre, aux cheveux noirs soigneusement ondulés :

— J'aimerais jouer encore une fois pour de bon, pas seulement pour des pralinés, mais là-bas à Castiglione ou à Monte-Carlo. Puis, à la réponse du jeune homme, elle ajouta :

— Non, vous ne savez pas du tout ce que c'est. On peut trouver ça détestable ou stupide : ce sera toujours une chose passionnante.

Il savait maintenant quelque chose d'elle. Quel plaisir d'avoir pu la surprendre ainsi, d'avoir écouté furtivement ses paroles ; lui, l'étranger, il avait réussi, comme une sentinelle en faction, à glisser un regard dans l'âme de cette femme ! Elle aussi était insatisfaite ! Elle aussi était tourmentée par des exigences qui la poussaient vers quelque chose de dangereux et d'excitant à la fois, au risque de s'anéantir. Il était heureux de l'apprendre. Et ce nom de Castiglione ? N'avait-il pas entendu parler de cet endroit aujourd'hui même ? Quand ? Où ? N'importe, il n'avait pas le temps d'y penser maintenant. Il avait de plus en plus l'impression, ressentie à plusieurs reprises au cours de ces journées exceptionnelles, que tout ce qu'il avait fait, entendu, vu et pensé formait un ensemble coordonné, obéissait à une nécessité, suivait une directive et que les motivations anciennes portaient maintenant leurs fruits, devraient du moins les porter. C'était inévitable. Une impression de bonheur l'inonda ; la confiance, la paix du cœur est un baume merveilleux pour celui qui a connu l'horreur et l'angoisse.

Il se rappela un propos qu'il avait entendu, étant écolier. On s'était demandé, un jour, entre camarades, comment les danseurs de corde pouvaient bien s'y prendre pour exercer leur art avec un tel sang-froid. Un garçon avait dit : « Si tu traces une ligne à la craie sur le plancher, c'est tout aussi difficile de longer exactement ce trait que de s'avancer sur la corde la plus mince. Et, cependant, on y va tranquillement parce qu'il n'y a pas de danger à le faire. A la place de la corde et du vide, tu n'as qu'à te représenter un simple trait de craie sur un plancher, et il n'y a pas de corde qui puisse te faire peur. »

Oui, il se souvenait très bien. Mais est-ce que ce ne serait pas l'inverse pour lui ? Son cas n'était-il pas celui d'un homme qui ne peut plus marcher tranquillement sur un sol uni parce qu'il le prend pour une corde ? Il fut tout heureux de constater que des choses aussi rassurantes pouvaient lui revenir en mémoire. Elles sommeillaient en lui, et de loin en loin faisaient surface. On trouvait en soi-même toutes les ressources nécessaires, et ce n'était pas de l'extérieur qu'il fallait attendre aucune aide. Tout devenait possible à partir du moment où l'on vivait en paix, en amitié et en confiance avec soi-même. Alors on pouvait non seulement danser sur la corde, mais la survoler. Accoudé à la table, la tête appuyée dans la paume de sa main, oublieux de tout ce qui l'entourait, il essayait de reconnaître, comme un chasseur les pistes à peine indiquées, les sentiers scabreux de sa propre âme.

A cet instant, la femme blonde leva la tête et le regarda. Sans insister, ce regard sembla déchiffrer quelque chose sur son visage, et lorsqu'il la regarda à son tour, il eut l'impression de n'être plus ignoré, mais d'éveiller quelque sympathie et même de découvrir une espèce de parenté. Cette fois, ce regard ne le blessait pas, ne le privait pas de ses droits. Cette fois, il le sentait, c'était lui-même qu'elle regardait, non pas sa mise, son maintien, sa coiffure ou ses mains, mais sa personne en ce qu'elle avait d'unique et de mystérieux, de divin, de prédestiné.

Il se reprocha les pensées amères qu'il avait nourries à son égard aujourd'hui même. Mais non, il n'y avait rien à regretter. Des jugements aussi sévères qu'absurdes n'atteignaient que lui-même.

La musique qui reprenait soudain le fit sursauter ; l'orchestre jouait un air de danse, mais la scène restait vide et obscure. Tout le monde avait les yeux fixés sur l'espace libre au milieu de la salle. Le bal commençait. Relevant la tête, Klein vit, à la table voisine, la femme blonde et le jeune élégant se lever. Il se trouva ridicule en reconnaissant que tout, chez le cavalier de Térésina, lui déplaisait : son chic, son allure, ses cheveux, ses traits. Il offrait sa main à la jeune fille, la conduisait jusqu'à la piste où un autre couple les rejoignit ; avec élégance, ils se mirent à danser le tango. Bien qu'il ne fût pas connaisseur en la matière, Klein s'aperçut très vite que Térésina dansait merveilleusement. Il se rendait compte que, pour elle, la danse était une chose naturelle qu'elle maîtrisait spontanément et qui n'avait plus de secret. Son partenaire à la noire chevelure ondulée était un excellent danseur et tous deux s'accordaient parfaitement. En les regardant, les spectateurs ressentaient toutes sortes d'impressions agréables, simples, lumineuses. Les mains des danseurs se touchaient à peine ; l'agilité de leurs mouvements exprimait un mélange de force, de tendresse et de gaieté, ils communiquaient une sensation de bonheur, de luxe, de beauté ; davantage même, ils suggéraient un art de vivre. Ils évoquaient aussi l'amour et la sexualité, mais sans excès ni délire ; l'amour apparaissait ici comme une chose gracieuse et naïve, parfaitement naturelle. Ils révélaient aux riches clients de la station la beauté cachée, secrètement présente dans leur vie, mais qu'ils n'eussent jamais exprimée ni même découverte sans l'occasion d'un tel spectacle. Entraînés et payés pour cet office, ces danseurs procuraient à la bonne société ce qu'elle ne pouvait tirer de son propre fond. Comme ces gens-là ne dansent pas aussi bien et qu'ils sont incapables de goûter le libre jeu de l'existence, ils laissent les autres danser à leur place et représenter ce qu'ils voudraient être.

Ce n'était pas tout. Ils ne s'offraient pas seulement le luxe d'un spectacle où la vie n'était que légèreté et splendeur, c'était encore la nature qui les exhortait à l'innocence et les libérait du péché. Du fond de leur existence déformée aussi bien par le manque de temps et l'excès de travail que par l'abus des loisirs et des réjouissances, et qui oscillait entre le surmenage ou la débauche et le régime sévère du sanatorium, ils contemplaient, souriants, vaguement émus, ces jeunes êtres charmants et souples dont la danse évoquait à leurs yeux le printemps de la vie, ce paradis lointain dont on ne retrouve la trace que les jours de fête, lorsqu'on en parle aux enfants, sans trop y croire et dont on rêve la nuit avec une brûlante nostalgie.

Tandis qu'elle dansait, Frédéric Klein, qui l'observait, fut frappé d'un changement dans sa physionomie. Selon une progression si subtile qu'elle en était insaisissable comme le rougeoiement de l'aurore au ciel matinal, un sourire s'épanouit doucement sur son visage grave qui perdit peu à peu sa froideur. Le regard dirigé droit devant elle, elle souriait comme éveillée par la danse à une vie chaleureuse et pleine. Son cavalier souriait, lui aussi, de même que l'autre couple, et leurs quatre visages devenaient ravissants, quoique un peu impersonnels, à la manière des masques. Mais l'expression de Térésina était la plus belle et la plus mystérieuse ;

personne d'autre ne souriait comme elle, n'était aussi indifférente à la réalité extérieure ; personne d'autre n'était transfiguré à ce point par un sentiment tout particulier de satisfaction intime. Il en resta saisi, comme s'il avait découvert un trésor caché.

« Quels cheveux magnifiques elle a ! » s'écria quelqu'un tout près de Klein. Il se rappela qu'il avait dénigré cette belle chevelure blonde et mis en doute sa couleur. Le tango touchait à sa fin. Klein vit Térésina rester un instant près de son cavalier, qui retint sa main gauche immobilisée quelques secondes à la hauteur de son épaule, tandis que, sur le visage de la danseuse, l'expression d'enchantement s'atténuait, puis disparaissait lentement. Il y eut quelques applaudissements discrets, et lorsqu'ils regagnèrent leur table d'un pas léger, tout le monde les suivit du regard.

Après une courte pause, on passa au numéro suivant, exécuté par un seul couple : Térésina et son beau partenaire. C'était une danse de fantaisie, une improvisation poétique, presque une pantomime, interprétée librement par chacun des danseurs dont le couple ne se reformait qu'à certains moments particulièrement spectaculaires ou dans le galop rapide des finales. Le regard brillant, Térésina semblait évoluer en pleine euphorie ; elle épousait si gracieusement les rythmes de la musique que le public faisait silence et n'avait d'yeux que pour elle. La danse prit fin dans un tourbillon endiablé ; seules, les extrémités de leurs mains et de leurs pieds se touchaient, tandis qu'ils tournoyaient, renversés en arrière, emportés par une vertigineuse bacchanale.

A ce spectacle, chacun avait le sentiment que ces danseurs, par leur gesticulation et la variété de leurs pas, leur façon de se séparer et de se rejoindre en retrouvant toujours l'équilibre qu'ils étaient sur le point de perdre, traduisaient dans l'espace des choses que tout homme éprouve et désire ardemment en lui-même, mais que quelques élus seulement sont capables de vivre avec autant de simplicité, de force et de pureté : la joie d'exister, pour un être sain ; l'épanouissement de cette joie en un amour pour l'autre ; l'accord avec sa propre nature, un élan plein de confiance vers les choses du cœur, rêve, désir, imagination. Beaucoup, parmi les spectateurs, éprouvèrent un moment de tristesse en songeant à la lutte qui opposait continuellement leur vie de tous les jours à leurs penchants les plus profonds, cette vie où rien ne rappelait la danse, mais qui évoquait plutôt le triste ahanement d'un homme ployant sous un fardeau, fardeau dont finalement il se serait lui-même chargé.

Tout en suivant des yeux les évolutions des danseurs, Frédéric Klein remontait le cours des années et, comme à travers un tunnel obscur, il apercevait au-delà un pays verdoyant, baigné de soleil et de vent, le pays perdu de sa jeunesse ; le temps des impressions fortes et directes, de l'élan irrésistible vers le bonheur, et voilà que tout cela se trouvait de nouveau si proche de lui, à quelques pas seulement, mis en lumière et reflété par un miroir magique.

Le visage encore transfiguré par la danse, Térésina passa près de lui. Un frisson de bonheur le parcourut. Puis, comme s'il l'eût appelée, elle lui jeta un regard ineffable où se lisait encore la félicité qu'elle avait éprouvée pendant la danse et qui la faisait doucement sourire. Klein, à son tour, sourit à celle qui brillait à ses yeux comme la première étincelle de bonheur aperçue au sortir de ce puits ténébreux où il avait perdu tant d'années de sa vie. Soudain, il se leva et lui tendit la main sans mot dire, comme un vieil ami. La danseuse prit cette main dans la sienne, et l'y retint un instant, mais sans s'arrêter. Il la suivit. On lui fit place à la table .des artistes ; assis à côté de Térésina, il voyait les pierres vertes de ses pendants d'oreilles briller doucement sur la blancheur de son cou.

Il ne se mêla pas à la conversation, dont il ne comprenait presque rien. Derrière la tête de Térésina, il apercevait, dans la vive lumière des lampes de jardin, le feuillage sombre, taillé en boule, des rosiers fleuris, nettement dessinés dans la nuit et survolés par les premières lucioles. Son esprit était au repos ; il n'y avait aucun problème. Les rosiers se balançaient légèrement sous le vent nocturne ; Térésina était assise à côté de lui ; à son oreille étincelait le bijou vert. Le monde était beau.

Elle posa la main sur son bras :

« Nous causerons, mais pas ici. Je me rappelle maintenant vous avoir vu dans le parc. J'y serai demain à la même heure. En ce moment, je suis fatiguée et je dois aller dormir. Partez tout de suite, autrement mes collègues vous laisseront régler l'addition. »

Un garçon passait en courant ; elle le retint :

— Eugenio, Monsieur désire payer.

Il s'acquitta, serra la main de Térésina, souleva son chapeau et partit dans la direction du lac, sans but précis. Il se sentait incapable de regagner tout de suite sa chambre d'hôtel. Il longea les quais, dépassa la ville et les faubourgs, parvint à l'extrémité de la promenade, là où il n'y a plus de bancs. Il s'assit sur un mur dominant le rivage. Des mélodies oubliées depuis le temps de ses jeunes années revenaient par fragments à sa mémoire ; il les chantonnait d'une voix blanche. Bientôt, il sentit le froid et vit les montagnes abruptes prendre un aspect hostile. Il rentra, son chapeau à la main.

Ensommeillé, le gardien de nuit lui ouvrit la porte.

— Je rentre un peu tard, dit Klein en lui glissant une pièce dans la main.

— Oh ! nous avons l'habitude ! Vous n'êtes pas le dernier. Le canot à moteur n'est pas encore revenu de Castiglione.

3

La danseuse était déjà là, lorsque Klein vint au rendez-vous. Elle était allée jusqu'au rond-point du parc, et, contournant les pelouses de son pas léger, elle apparut soudain devant lui à l'entrée d'un petit bois.

Les yeux gris clair de Térésina l'examinaient attentivement ; son visage était sérieux et elle semblait un peu nerveuse. Elle entama tout de suite la conversation, tandis qu'ils déambulaient :

— Pouvez-vous m'expliquer ce qui s'est passé hier ? D'où vient que je vous trouve ainsi sur mon chemin ? Cela m'a fait réfléchir. Hier, je vous ai vu à deux reprises dans le jardin du casino. La première fois, vous étiez près de la sortie et vous m'avez regardée : vous aviez l'air ennuyé ou fâché. En vous voyant, je me suis dit : en voilà un que j'ai déjà rencontré dans le parc. Vous ne m'aviez pas fait une très bonne impression, et je m'efforçai de vous oublier aussitôt. Puis, je vous ai revu, à peine un quart d'heure plus tard ; vous étiez à la table voisine de la mienne et votre expression avait tellement changé que je ne vous ai pas reconnu tout de suite. Après ma danse, vous vous êtes levé, vous m'avez serré la main, ou moi la vôtre, je ne sais plus. Qu'est-cc que cela signifie ? Vous devez en avoir une idée. En tout cas, j'espère que vous n'êtes pas venu ici pour me faire une déclaration d'amour ?

Elle lui jeta un coup d'œil impérieux.

— Je n'en sais rien, répondit Klein. Je suis venu sans intentions précises. Depuis hier, je vous aime : inutile d'en parler.

— Bon, n'en parlons plus. Il s'est passé quelque chose entre nous, hier, pendant un court instant, une chose qui m'a préoccupée mais aussi effrayée, comme s'il existait entre nous une ressemblance ou une communauté de pensée. Laquelle ? Et surtout : comment avez-vous pu subir une transformation pareille ? Comment avez-vous pu, en l'espace d'une heure, montrer deux visages aussi totalement différents ? Vous aviez l'air de quelqu'un qui vient de vivre un événement capital.

— A qui est-ce que je ressemblais ? demanda naïvement Klein.

— Le premier visage était celui d'un monsieur d'un certain âge, plutôt aigri et rébarbatif, de l'espèce des philistins, je veux dire ces hommes qui ont l'habitude de faire retomber sur les autres la colère qu'ils ressentent contre eux-mêmes et leur propre incapacité.

Il l'écoutait avec une grande attention et approuvait de la tête.

Elle continua :

— Ce qui s'est passé ensuite est plus difficile à

décrire. Vous étiez assis, le dos un peu voûté, quand par hasard mes yeux sont tombés sur vous, et je me suis dit tout d'abord : bon Dieu, il n'y a que ces philistins pour prendre des poses aussi lamentables ! Vous teniez votre tête appuyée sur votre main, et votre expression me parut soudain si étrange ! C'était comme si vous étiez le seul être humain sur terre, comme si tout vous était égal, aussi bien votre sort que celui du monde. Votre visage était comme un masque horriblement triste ou horriblement indifférent.

Elle s'interrompit, parut chercher ses mots, mais n'ajouta rien.

— Vous avez raison, dit modestement Klein. Votre coup d'œil si perspicace devrait m'étonner. Vous avez lu en moi à livre ouvert. Mais, en somme, il n'y a rien là que de logique et de naturel.

— Pourquoi naturel ?

— Parce que vous exprimez exactement la même chose par la danse. Quand vous dansez, Térésina, et du reste à d'autres moments aussi, vous pouvez être un arbre, un animal ou une étoile : vous formez un monde à part, complet, à vous toute seule et, bonne ou mauvaise, vous ne voulez pas être autre chose que ce que vous êtes. N'est-ce pas ce que vous aviez remarqué chez moi ?

Sans répondre, elle fixa sur lui un regard qui le sondait.

— Vous êtes un original, dit-elle, hésitante. Et maintenant, qu'en est-il ? Êtes-vous réellement tel que vous m'êtes apparu hier soir ? Tout ce qui peut vous arriver vous est-il vraiment indifférent ?

— Oui, mais pas toujours. J'éprouve souvent de l'angoisse, mais dans ces moments-là, l'indifférence la fait disparaître, et alors tout m'est égal. Je me sens le maître. Ou plutôt non, tout ne m'est pas égal : chaque chose a sa valeur et sa justification, ni plus ni moins.

— Un instant je me suis même dit que vous pourriez être un criminel.

— Ce n'est pas impossible. C'est même vraisemblable. Voyez-vous, on dit *un criminel* lorsqu'on pense à l'auteur d'une action que d'autres lui ont interdite. Mais le criminel lui-même ne fait qu'exécuter l'idée qu'il a en lui. Tenez, c'est la ressemblance qui existe entre nous : chacun de nous, en de rares instants, obéit à sa nature profonde. Rien n'est plus rare : la plupart des gens ne savent même pas ce que c'est. Moi non plus, je ne savais pas. Ce que je pouvais dire, penser, faire et ressentir était toujours quelque chose d'emprunté à autrui, une leçon apprise, qui indiquait où se trouvait le bien, jusqu'à ce qu'un jour, cette servitude prît fin. Je n'en pouvais plus ; il fallait rompre avec ce monde-là. Le bien n'était plus bénéfique et le juste n'était plus équitable. Bref, la vie n'était plus supportable. Pourtant, j'aime la vie, et je voudrais pouvoir l'endurer en dépit de toutes les épreuves.

— Voulez-vous me dire votre nom et qui vous êtes ?

— Je suis l'homme que vous avez sous les yeux ; en dehors de quoi, je ne suis rien. Je n'ai pas de nom, pas de titre, pas de profession. J'ai dû renoncer à tout cela. Voici ce qui m'est arrivé : après des années d'une vie honnête et laborieuse, un beau jour, il n'y a pas bien longtemps, je suis tombé du nid, et aujourd'hui, je dois ou périr ou apprendre à voler. Le monde ne m'est plus rien. Je suis tout à fait seul.

Avec un certain embarras, elle s'enquit :

— Étiez-vous dans une clinique ?

— Vous voulez dire si j'étais interné ? Non. Bien que cela eût été possible. Il devint songeur ; certaines idées le hantaient. Il reprit sur un ton où perçait un commencement d'inquiétude :

— Dès qu'on aborde ces questions, les choses les plus simples se compliquent et deviennent incompréhensibles. Le mieux serait de n'en rien dire du tout. D'ailleurs, on ne met sur le tapis de tels sujets que lorsqu'on est décidé à n'y rien comprendre.

— Que voulez-vous dire ? J'aimerais réellement vous comprendre. Croyez-moi, tout cela m'intéresse beaucoup.

Il sourit, et reprit, plein d'animation :

— Oui, bien sûr. Vous ne demandez pas mieux que de causer. Je vous ai fait une certaine impression et vous aimeriez en savoir davantage. Hélas ! cela ne servirait à rien. Parler est le plus sûr moyen de tout compromettre à force de platitude et d'abstraction. Vous ne cherchez pas du tout à me comprendre ni à vous comprendre vous-même ! Votre seul souci est de vous tranquilliser par rapport à ce que vous avez pu deviner à mon sujet. Vous avez hâte de savoir à quoi vous en tenir, sur moi et sur l'impression que vous avez de moi, afin d'attacher à mon personnage l'étiquette qui vous permettra de le classer. Vous essayez de voir si cela joue avec l'indication « criminel » ou « malade mental ». Vous désirez connaître mon nom et mon état. Chère mademoiselle, on ne peut que se fourvoyer en suivant ce chemin-là ; il vous éloigne de toute compréhension véritable. Un mauvais produit de remplacement : voilà ce que vous cherchez, au lieu de la vraie compréhension, qui est le devoir de tout être humain. Ce devoir, vous l'esquivez.

Il s'interrompit, passa la main sur ses yeux comme pour chasser un malaise et parut évoquer quelque chose d'agréable qui le fit à nouveau sourire :

— Ah ! voyez-vous, lorsque hier nous avons éprouvé l'un et l'autre exactement la même impression, pendant une minute, nous ne disions rien, nous ne posions pas de questions, nous n'avions pas de pensées non plus, soudain, nos mains se sont serrées et nous étions heureux. En ce moment, nous causons, nous réfléchissons, nous expliquons, et tout ce qui était si simple est devenu déconcertant, obscur. Pourtant, il vous serait très facile de me comprendre aussi bien que je vous comprends.

— Vous croyez donc me comprendre tout à fait ?

— Sans aucun doute. J'ignore comment vous vivez, mais vous vivez comme j'ai vécu moi-même et comme tout le monde vit, le plus souvent dans les ténèbres et à côté de soi-même, toujours esclave d'un but, d'un devoir ou d'un projet. Ainsi vivent presque tous les hommes et le monde entier périra de cette maladie. Mais à certains moments, par exemple lorsque vous dansez, il n'existe plus pour vous ni intention ni devoir, et votre vie change soudain du tout au tout. C'est comme si vous étiez seule au monde, ou comme si vous alliez mourir demain, et ce sentiment fait apparaître sur vous ce que vous êtes réellement. Ceux qui vous voient danser subissent cette fascination. C'est là votre secret.

Elle hâta le pas, l'entraînant jusqu'à l'extrémité d'une esplanade qui dominait le lac, où elle s'arrêta.

— Vous êtes bizarre, dit-elle. Il y a bien des choses que je comprends, chez vous, mais, que voulez-vous de moi en somme ?

Il baissa la tête, et, un instant, parut triste.

— Vous avez l'habitude d'être toujours sollicitée. Eh bien ! Térésina, je n'attends rien de vous, rien que vous ne désiriez vous-même et que vous ne fassiez de bon gré. Il peut vous être indifférent que je vous aime. Le bonheur, ce n'est pas d'être aimé. Chaque être humain a de l'amour pour lui-même, et pourtant, ils sont des milliers à vivre une existence de damnés. Non, être aimé ne donne pas le bonheur. Mais aimer, ça c'est le bonheur !

— Je serais heureuse de vous faire plaisir d'une manière ou d'une autre, si je le pouvais, articula lentement Térésina, compatissante.

— Vous le pouvez, si vous me permettez de réaliser l'un de vos désirs.

— Mais vous ne les connaissez pas !

— Au fond, vous ne devriez pas en avoir. Vous possédez la clé du paradis : votre art de la danse. Mais je sais que, néanmoins, vous cherchez autre chose, et j'en suis ravi. Écoutez-moi : vous avez devant vous un homme qui ne demanderait pas mieux que de vous voir satisfaire, grâce à lui, tel de vos souhaits.

Térésina devint pensive. Son regard retrouva sa froideur, son acuité. Que pouvait-il savoir d'elle ? Comme elle ne trouvait pas, elle commença prudemment :

— La première chose que je vous demanderai, c'est d'être franc avec moi. J'aimerais bien savoir qui vous a parlé de moi.

— Personne, à aucun moment. Le peu que je connais de vous, je le tiens de vous-même. Hier, je vous ai entendue exprimer le vœu de vous rendre à Castiglione pour y jouer.

Il y eut un léger tressaillement sur son visage.

— Ah, c'est cela ! Vous m'espionnez !

— Naturellement. Et j'ai compris votre envie. Comme vous vivez en désaccord avec vous-même, vous cherchez ce qui pourrait vous exciter et vous étourdir.

— Pas du tout. Je ne suis pas aussi romanesque que vous le pensez. Je ne joue pas pour m'étourdir, mais simplement pour me procurer de l'argent. Ce que j'aimerais, c'est m'enrichir une bonne fois, ou du moins me mettre à l'abri du besoin, sans être obligée de me vendre pour vivre. C'est tout.

— Vos paroles semblent très justes, et pourtant, je ne crois pas un mot de ce que vous dites. Enfin, admettons. Vous savez cependant fort bien que vous n'avez nul besoin de vous vendre. Mais n'en parlons plus ! Si c'est l'argent qui vous intéresse, au jeu ou ailleurs, vous n'avez qu'à m'en demander : j'en ai plus qu'il ne m'en faut, croyez-moi, et je ne lui attribue aucune espèce d'importance.

Térésina fit un pas en arrière.

— Je vous connais à peine. Comment accepterais-je de vous une somme quelconque ?

Il souleva son chapeau, et, comme atteint d'une douleur subite, brisa là l'entretien.

— Qu'avez-vous ? s'écria Térésina.

— Rien, rien. Permettez-moi de m'en aller ! Nous avons trop parlé, beaucoup trop. On ne devrait jamais parler autant.

Il était déjà loin, sans avoir pris congé, marchant à grands pas, emporté par le vent du désespoir à travers les allées. La danseuse le regarda s'éloigner avec stupéfaction, troublée par des impressions contradictoires, étonnée de ce dénouement imprévisible. Quant à lui, ce n'était pas le désespoir qui l'avait obligé à partir, mais un intolérable état de tension et d'écœurement ; soudain, il lui avait été impossible de dire ni d'entendre un mot de plus. Il lui fallait absolument se trouver seul, réfléchir, se mettre à l'écoute de lui-même.

La conversation avec Térésina l'avait plongé dans l'étonnement ; les paroles qu'il avait prononcées lui avaient échappé malgré lui. Il avait été pris d'une sorte de crise qui lui avait permis de se libérer de ses expériences et de ses idées en les communiquant à quelqu'un d'autre, pour les partager, leur donner une forme, et se les redire à lui-même. Chaque mot qu'il s'entendait prononcer le surprenait ; plus il s'engageait dans son discours, mieux il sentait l'indigence de ses paroles et la vanité qu'il y avait à prétendre expliquer l'inexplicable. Brusquement, cette impression était devenue insupportable, c'est pourquoi il avait coupé court.

Pourtant, lorsqu'il essayait maintenant de se rappeler ce qui venait de se passer, il reconnut qu'en somme l'aventure avait été heureuse et profitable pour lui ; il la considérait comme un progrès, un pas vers l'affranchissement, une affirmation de sa personnalité.

Le caractère problématique que le monde ordinaire avait pris à ses yeux provoquait chez lui un état de fatigue intense et de profonde inquiétude. Une expérience merveilleuse lui avait révélé que la vie atteint sa plénitude à l'instant où les choses semblent avoir perdu leur signification. Mais, à chaque fois, revenait le doute torturant et il se demandait si les événements qu'il venait de vivre étaient bien réels ; s'agissait-il seulement de quelques rides fortuites à la surface d'une âme épuisée, maladive, de quelque humeur chagrine, ou bien n'était-ce que les hauts et les bas d'un système nerveux défaillant ? Pourtant, la veille au soir et pas plus tard qu'aujourd'hui, il était certain d'avoir vécu quelque chose de bien réel. Un rayonnement avait émané de sa personne, l'avait transformé et avait attiré un autre être dans sa sphère. Une brèche s'était ouverte dans son isolement. Il aimait de nouveau ; un être existait, qu'il voulait protéger et rendre heureux ; il pourrait encore sourire à la vie !

Il se sentit soulevé par une vague, et frémit de douleur et de volupté à la fois ; la vie déferlait sur lui en grondant comme le ressac, et la moindre chose devenait bouleversante. Ses yeux se dessillèrent : les arbres au long d'une avenue, les vaguelettes argentées sur le lac, un chien qui courait, des cyclistes sur la route, tout cela n'était-il pas vraiment extraordinaire, fantastique, presque trop beau, comme sorti battant neuf d'une boîte à joujoux céleste ? Et tout cela exprès pour lui, Frédéric Klein, pour lui seulement, pour qu'il pût avoir sa part de merveilleux, de félicité et de douleur.

Toute chose était belle, même les tas d'ordures au bord du chemin, toute chose était souffrance, toute chose était présence de Dieu. Oui, cette présence divine, il l'avait déjà ressentie intimement, il y avait bien des années, lorsque encore enfant, il pensait à « Dieu omniprésent » ; à ce souvenir, son cœur débordait de joie.

Soudain libérés, d'innombrables souvenirs surgissaient des profondeurs de sa conscience : souvenirs de conversations, de fiançailles, de vêtements qu'il avait portés dans son enfance, de matinées de vacances au temps de ses études. Ces évocations tournaient autour de quelques images centrales : celles de sa femme, de sa mère, du meurtrier Wagner et de Térésina. Des citations d'auteurs classiques lui revinrent en mémoire, ainsi que des proverbes latins qui l'avaient frappé autrefois, à l'école, et certains vers d'un sentimentalisme outré, tirés de quelque mélodie populaire. Il sentait l'ombre de son père derrière lui et revoyait la mort de sa belle-mère.

Tout ce qu'il avait vu et entendu jusqu'alors au contact des hommes ou par l'intermédiaire des livres, tout ce qu'il avait fait sien dans la joie ou dans la peine, voilà que toutes ces choses reparaissaient pêle-mêle, tourbillonnant dans le plus grand désordre et pourtant chacune d'elles riche de valeur, de signification, d'espoir. Cette foule d'impressions et de réminiscences lui infligeait un supplice qui ne se distinguait pas de l'extrême volupté. Son cœur battait plus vite, des larmes lui montaient aux yeux. Il se rendit compte qu'il était au bord de la folie, tout en sachant fort bien qu'il ne deviendrait pas fou. Son regard plongeait dans cette nouvelle contrée de l'âme, la folie, avec le même ravissement et le même étonnement qu'il éprouvait à scruter son passé ou à contempler le lac et le ciel. Là aussi, tout était enchanteur et plein d'harmonie. Il comprit pourquoi la folie était un phénomène sacré pour certaines religions évoluées. Il comprenait tout, il avait accès à toute chose, il communiquait avec le monde. Il n'existe pas de mots pour dire cela ; c'est aberrant de vouloir exprimer par des phrases ce que l'on pense et comprend. Il suffit de demeurer ouvert, en état d'accueil ; liées entre elles, les choses forment alors cette longue procession que l'on fait entrer en soi comme dans une arche de Noé. Le monde est à nous, il devient intelligible, il ne fait qu'un avec nous.

La tristesse le reprit. Ah ! si les humains pouvaient savoir cela, s'ils pouvaient en faire l'expérience ! On vit n'importe comment ; on fait le mal à tort et à travers ; que de souffrances sans mesure et aveuglément consenties ! Hier encore, ne s'était-il pas emporté contre Térésina ? N'avait-il pas, le même jour, haï et accusé sa femme, nc voulait-il pas la rendre responsable de tous ses malheurs ? C'était stupide et désespérant. Tout était pourtant si simple, si normal, dès que l'on découvrait l'Être, c'est-à-dire Dieu, derrière chaque objet.

Ici, la pensée de Klein obliqua vers de nouveaux paysages d'idées et de symboles. S'il axait sa vision du futur sur cette nouvelle possibilité, aussitôt des visions de bonheur jaillissaient par centaines, pour lui et pour tous les humains. Il ne déplorait plus la vie tristement corrompue qu'il avait menée ; il ne la mettait plus en accusation ni ne la jugeait, au contraire, il en faisait une existence nouvelle, pleine de sens, de joie, de charité et d'amour. La grâce dont il était l'objet devait rayonner en retour sur le monde et y poursuivre son action. Des versets de la Bible lui venaient à l'esprit et il se rappelait aussi ce qu'il avait appris au sujet des pieux ermites et des saints. Pour eux, tout avait commencé de la même manière que pour lui. Ils avaient été conduits dans ce même chemin raboteux et obscur où il s'était senti lâche et angoissé comme eux, jusqu'à l'heure de la conversion et de la lumière. « Dans le monde, vous demeurez angoissés », disait Jésus à ses disciples. En revanche, celui qui avait dominé l'angoisse ne vivait plus dans le monde, mais en Dieu, dans l'éternité. Tel était l'enseignement des sages, dans le monde entier : Bouddha et Schopenhauer, Jésus, les Grecs. Il n'existait qu'une manière d'accéder à la sagesse ; une seule croyance, une seule pensée y conduisait : la certitude que Dieu est en nous. Les écoles, les églises et toute la culture, y compris les sciences, ne font que dénaturer cette vérité, constamment trahie et enseignée de travers.

L'esprit de Klein survola ainsi d'un large coup d'aile les différentes régions de son univers intérieur, de son savoir et de sa culture. Là, également, comme dans sa vie extérieure, il y avait abondance de biens ; les trésors et les sources ne manquaient pas, mais ils existaient à l'état séparé, sans communication avec l'ensemble, et ils ne pouvaient exercer d'action vivifiante ni manifester leur valeur. Maintenant, sous le chaud rayon de la connaissance et par l'effet de l'illumination intérieure, l'ordre, le sens et la forme apparaissaient soudain à travers le chaos ; la création commençait ; une vivante relation s'établissait d'un pôle à l'autre. Les sentences où s'exprime la contemplation la plus élevée parlaient soudain le langage le plus simple ; l'obscur devenait lumineux et la table de multiplication était une profession de foi mystique. Le monde était pénétré d'énergie psychique et d'amour. Aux œuvres d'art qu'il avait aimées dans sa jeunesse, il découvrait une nouvelle résonance, un nouveau pouvoir d'enchantement. La magie de l'art participait du même mystère. L'art n'était rien d'autre que la contemplation du monde pénétré par la grâce, éclairé du dedans. Révéler la présence de Dieu derrière chaque objet, telle était la fonction de l'art.

Animé par une flamme intérieure, Klein le bienheureux allait son chemin. Le branchage des arbres, jusqu'au moindre rameau, témoignait de l'universelle adoration et, par son noble élan vers les hauteurs comme par son profond retombement, devenait symbole et révélation. A la surface miroitante du lac, couraient les ombres violacées des nuages, effleurant les vagues d'un tendre frémissement. Chaque pierre, avec son ombre, avait sa raison d'être. Dans sa beauté sacrée, le monde, au regard de Klein, n'était jamais encore apparu aussi digne d'amour, sauf quelquefois, au cours des années mystérieuses et légendaires de la petite enfance. « Si vous ne devenez comme des enfants... » La parole évangélique revint à sa mémoire, et il sentit qu'il était redevenu un enfant, qu'il avait pénétré dans le Royaume des Cieux.

Quand il commença à sentir la fatigue et la faim, il s'aperçut qu'il se trouvait assez loin de la ville. Il se rappela l'endroit d'où il était parti, ce qui s'était passé jusqu'à l'instant où il avait soudain quitté Térésina sans lui dire adieu. Au prochain village, il se mit en quête d'une auberge. Il fut attiré par une taverne rustique entourée d'un jardinet, avec une table de bois fichée dans la terre, à l'ombre d'un laurier-cerise. Il demanda quelque chose à manger, mais il n'y avait que du vin et du pain. Il insista pour avoir un potage, des œufs ou du jambon. Non, rien de pareil n'existait ici. Les temps étaient durs, personne ne mangeait ce genre de choses. Il avait discuté d'abord avec la patronne, puis avec la grand-mère qui raccommodait du linge, assise sur le seuil. Il s'installa donc au jardin, à l'ombre de l'arbre bien feuillu, devant une ration de pain et une carafe de vin rouge aigrelet.

Dans un jardin tout proche, il entendit les voix de deux jeunes filles qui chantaient ; malheureusement, une treille et une lessive qui séchait les rendaient invisibles. Un des mots de la chanson le frappa, sans qu'il pût le saisir au vol. Il reparut au couplet suivant : c'était le nom de Térésina. La chanson évoquait plaisamment une Térésina :

La sua mamma a la finestra
Con una voce serpentina :
Vieni a casa, o Teresina,
Lasc'andare quel traditor (1) *!*

Térésina ! Comme il l'aimait ! Que c'était donc merveilleux d'aimer ! Il appuya sa tête contre la table, se laissant aller à la somnolence, s'éveilla, s'assoupit à nouveau. Le soir venait. L'aubergiste survint et se planta devant la table, ne comprenant rien à ce client. Il

(1) *A la fenêtre, sa maman*
Disait d'une voix cristalline :
Rentre à la maison, Térésine,
Laisse aller ce perfide amant !

paya ce qu'il lui devait, demanda encore un verre de vin, questionna la femme sur la chanson qu'il venait d'écouter. Elle se dérida, lui versa à boire et demeura près de lui. Elle dut lui réciter toutes les paroles, et il prit un plaisir particulier à ce couplet :

Io non sono traditore
E ne meno lusinghero.
Io son'figlio d'un ricco signore,
Son'venuto per fare l'amor (1).

La femme, s'étant ravisée, lui proposa une assiette de soupe ; de toute façon, elle préparait le dîner pour son mari, qu'elle attendait. Il se fit donc servir une soupe aux légumes et une miche de pain. Le patron rentra chez lui à l'heure où, sur les toits de pierre grise, le soleil posait une dernière touche de lumière. Klein demanda une chambre ; on lui offrit une mansarde aux murs épais en pierre brute et sans aucun ornement. Il la prit. Jamais encore il n'avait dormi dans un réduit pareil, qui lui rappelait certains repaires de brigands comme on en voit dans les drames d'aventures.

Il alla goûter l'atmosphère du soir au village, où il trouva une boutique encore ouverte, acheta du chocolat et le distribua à la marmaille qui tournoyait ici et là dans la rue et courait après lui. Les parents le saluaient ; chacun lui disait bonsoir, et, d'un signe de tête, il répondait à tous, jeunes et vieux, assis aux seuils des maisons ou sur les perrons. Il se réjouissait de revoir sa chambre : c'était un vrai refuge, une espèce de tanière, où la chaux s'écaillait sur les murs gris, où rien d'inutile n'était accroché, ni tableau, ni miroir, ni tapisserie, ni rideau. Il allait à l'aventure par le village nocturne ; toute chose brillait d'un nouvel éclat et contenait une promesse cachée.

Rentré à l'*osteria,* il aperçut, au fond de la salle vide et sombre, un rai de lumière qui filtrait par une porte

(1) *Oui, je suis fidèle, toujours*
Ni traître ni même enjôleur ;
Mon père est un riche seigneur,
Je suis venu faire l'amour !

entrouverte. Il se dirigea de ce côté et pénétra dans la cuisine, où il se trouva en plein conte de fées, au cœur d'un antre dont le carreau rouge était faiblement éclairé par une pauvre lampe ; cette clarté se perdait dans une chaude pénombre avant même d'atteindre les parois et le plafond, d'où un énorme manteau de cheminée semblait déverser de ses profondeurs noires un flot continu de ténèbres.

Deux formes se dessinaient dans cette pièce, assises sur des tabourets bas, penchées en avant, le dos courbé, les mains posées sur les genoux : l'aubergiste et la grand-mère. La patronne pleurait ; aucune des deux femmes ne fit attention à Klein. Il s'assit sur le bord d'une table où traînaient des restes de légumes, près d'un couteau à la pointe cassée et dont la lame avait la matité du plomb. Sur les ustensiles de cuivre accrochés au mur brillaient des reflets rougeâtres. La vieille réconfortait la femme en pleurs et lui murmurait quelque chose dans son dialecte ; il comprit peu à peu qu'il y avait du grabuge dans le ménage, et que le mari avait de nouveau claqué la porte après une scène. Klein demanda à la femme s'il l'avait battue, mais il n'obtint pas de réponse. Il se mit en devoir de la consoler, lui disant que, certainement, son mari allait bientôt rentrer. Elle coupa court : « Pas aujourd'hui, ni demain non plus, probablement. »

Il n'insista pas. La femme se redressa sur son escabeau : elle ne pleurait plus. Chacun gardait le silence. Simplement, on ne parla plus de l'incident, comme s'il ne s'était rien passé, ce dont Klein s'étonna fort. On s'était disputé, on avait souffert, on avait pleuré. Maintenant, c'était fini. Tranquillement, on attendait. La vie pouvait bien continuer. Comme chez les enfants et les animaux. Il suffit de se taire, de ne pas compliquer les choses, et de ne pas s'exposer inutilement aux coups du sort.

Klein suggéra à la grand-mère de préparer du café pour eux trois. Les femmes firent de la lumière ; la vieille posa aussitôt un fagot dans la cheminée ; on entendit le craquement des branchettes, le bruit du papier qu'on froissait, puis la flamme s'éleva en crépitant. A la lueur grandissante du brasier, il vit, éclairée d'en bas, la figure un peu triste mais paisible de l'aubergiste. Elle regardait fixement le feu et souriait de temps à autre. Soudain, elle se leva, se dirigea lentement vers l'évier et se lava les mains au robinet.

Ils étaient maintenant assis tous les trois à la table de cuisine, et buvaient du café noir bien chaud, accompagné d'une vieille liqueur de genièvre. Les femmes commençaient à s'animer ; elles racontaient des histoires, posaient des questions ; elles riaient d'entendre Klein s'exprimer laborieusement dans un italien plein de fautes. Il lui semblait être là depuis très longtemps. Que de choses n'avait-il pas vécues ces jours derniers ! En un seul après-midi pouvaient se dérouler des périodes entières de son existence ; chaque heure était un concentré de vie.

Il eut une frayeur soudaine : l'épuisement nerveux provoqué par une dépense vitale exagérée pouvait l'accabler tout à coup, le vider de sa substance comme la chaleur du soleil absorbe jusqu'à la dernière goutte l'humidité d'un roc. Durant ces secondes de lucidité qui revenaient assez souvent, telles d'étranges et fugitives lueurs, il assistait de l'intérieur à sa propre existence, il sentait et voyait son cerveau. Parmi les échanges instantanés de courants nerveux, il devinait le fonctionnement de cet appareil infiniment compliqué, délicat et précieux, tout vibrant d'une activité multiforme, comme s'il examinait à la loupe un mouvement d'horlogerie de haute précision, que la moindre poussière suffit à déranger.

Il apprit que le patron plaçait son argent dans des affaires peu sûres, sortait beaucoup et entretenait plusieurs liaisons ; les enfants n'étaient plus chez leurs parents. Tandis que Klein cherchait ses mots pour formuler en italien de banales questions et demander des renseignements, il voyait le délicat mouvement d'horlogerie poursuivre fiévreusement sa marche et inclure chaque moment vécu dans le jeu de ses déductions et de ses appréciations.

Bientôt il se leva pour aller se coucher. Il serra la main aux deux femmes, la vieille et la jeune. Celle-ci lui lança un regard appuyé, pendant que la grand-mère étouffait un bâillement. Puis, il gravit à tâtons l'escalier obscur, aux marches très hautes, qui conduisait à sa chambre. Il y trouva une cruche d'argile remplie d'eau, se lava le visage, chercha un instant du savon, ses pantoufles, sa chemise de nuit. Il resta encore un quart d'heure à la fenêtre, appuyé au rebord de granit, puis il acheva de se déshabiller et s'étendit dans ce lit dur dont les draps de grosse toile l'enchantèrent, évoquant dans sa mémoire d'aimables scènes campagnardes.

Vivre toujours ainsi, entre quatre murs de pierre ; renoncer à tout ce misérable attirail de papiers peints, de décoration et de meubles divers, à tous ces accessoires tant recherchés et au fond barbares, n'était-ce pas ce qu'on pouvait faire de mieux ? Un toit pour être au sec, une simple couverture pour se préserver du froid, un peu de pain et de vin, ou de lait, pour apaiser sa faim, la lumière du soleil qui vient vous réveiller, la nuit tombante qui vous invite au sommeil : que faut-il de plus à un homme pour être heureux ?

A peine eut-il éteint la lumière, que l'auberge, la mansarde et le village s'effacèrent de sa conscience. Il se retrouva au bord du lac, en conversation avec Térésina. Il ne se rappelait que difficilement leur dialogue de la soirée, et il se demandait quels propos il avait bien pu tenir : peut-être avait-il rêvé cet entretien, peut-être n'était-ce qu'une fantasmagorie de son esprit ? L'obscurité lui faisait du bien, où donc se réveillerait-il demain ?

Un léger bruit à sa porte le réveilla. Quelqu'un tournait doucement le loquet, un rai de lumière se glissa, hésitant, dans la chambre. Surpris, mais devinant aussitôt de quoi il s'agissait, il se redressa, encore à demi inconscient. La porte s'ouvrit et la patronne de l'auberge parut, une bougie à la main, pieds nus, silencieuse. Elle le regarda avec insistance ; il répondit par un sourire, ouvrit les bras, sans penser à rien, stupéfait. Déjà, elle était entrée dans son lit et sa chevelure noire se répandait sur l'oreiller. Sans un mot, il l'attira contre lui, enflammé par les baisers qu'elle lui donnait. Le contact soudain d'un être vivant contre sa poitrine, la sensation étrange de ce bras vigoureux autour de sa nuque lui causèrent un ébranlement profond. Depuis combien de temps n'avait-il pas senti près de lui pareille chaleur humaine ? Cette présence était si nouvelle, si étrangère, qu'elle lui sembla presque douloureuse. De quelle solitude interminable n'avait-il pas souffert ! Des abîmes d'où montaient les feux de l'enfer s'étaient creusés entre le monde et lui, et voici, un être inconnu était venu à lui, un être dont la tristesse demandait consolation et dont la confiance ne s'exprimait pas par des mots. C'était une pauvre femme abandonnée, comme il l'avait été lui-même durant des années, lui, l'homme délaissé, l'homme timoré. Elle s'accrochait à son cou, donnait et prenait force baisers, buvant avidement les quelques gouttes de volupté que la vie mesquine voulait bien lui dispenser, cherchant l'ivresse, mais timide au fond, mêlant tristement ses doigts délicats aux siens, frottant sa joue contre la sienne. Il se souleva un peu au-dessus de son pâle visage et embrassa ses paupières closes.

« Elle croit tout recevoir de moi, et elle ne sait pas que c'est elle qui donnc, pensa-t-il. Sa solitude cherche refuge auprès de moi, et elle ne devine pas que je suis seul ! » Il la découvrait pour la première fois, lui qui avait passé toute la soirée près d'elle sans la voir sous son vrai jour. Il vit qu'elle avait de jolies mains, aux doigts fuselés, de belles épaules, et un visage où l'angoisse de sa destinée se mêlait à ce besoin de confiance aveugle qui existe chez les enfants. Il remarquait aussi chez elle l'expérience encore timide des menues inventions et pratiques amoureuses. Il s'aperçut aussi, non sans tristesse, qu'il était lui-même resté un novice en amour, pendant tout le temps où il s'était résigné à une morne vie conjugale qui l'avait laissé maladroit sans lui rendre l'innocence et dans laquelle l'amour s'accompagnait toujours d'un sentiment de mauvaise conscience.

Tandis qu'il étreignait passionnément cette femme, et qu'il sentait sa main caresser presque maternellement ses cheveux, la certitude de son imminente désillusion le frappa au cœur ; il pressentait le retour de son mal : l'angoisse. L'idée qu'en son être profond, il n'était pas capable d'aimer, et que l'amour ne serait jamais pour lui que torture et maléfice, le traversa soudain comme un courant glacé et lui fit peur. Avant même que la brève tourmente de la volupté se fût apaisée, l'inquiétude et la méfiance s'étaient réveillées en lui et lui jetaient un sort. Il ne se pardonnait pas de s'être laissé prendre au lieu de prendre lui-même et de conquérir, et il se sentait proche du dégoût.

Sans un mot, la femme s'était glissée hors de la chambre, sa chandelle à la main. Klein resta seul dans l'obscurité. Au contentement qu'il goûtait, succéda, en un instant, l'impression qu'il redoutait depuis des heures et qui s'était précisée par éclairs : les trop riches harmonies de sa nouvelle existence ne trouvaient plus en lui qu'un instrument désaccordé, hors d'usage. Soudain, il lui fallait payer de sa fatigue et de son angoisse les mille sensations voluptueuses qu'il venait d'éprouver. Le cœur battant, il vit l'adversaire qui le guettait : l'insomnie, la dépression, le cauchemar. Les draps rugueux lui brûlaient la peau ; par la fenêtre, il voyait poindre l'aube. Rester ici, sans défense contre les heures atroces qui vous attendent ? Impossible.

Tout recommençait : angoisse, tristesse et désespoir reprenaient le dessus. Tout ce qu'il avait surmonté ou rejeté dans le passé reparaissait. Il n'y avait pas de rémission possible.

Il s'habilla à la hâte, sans lumière, alla chercher derrière la porte ses bottines couvertes de poussière, se glissa dans l'escalier et sortit de la maison, désespéré, traînant la jambe, fuyant le village et la nuit. Il haïssait et bafouait ce personnage obsédant qui n'était autre que lui-même.

4

Aux prises avec son démon, Klein engagea contre lui un combat sans espoir. Les expériences nouvelles et enrichissantes de ces journées d'exception l'avaient porté, en une sorte d'ivresse et de lucidité transcendantes, au sommet d'une vague, et il espérait pouvoir s'y maintenir, alors qu'il redescendait déjà et commençait à sombrer. Ainsi, il se trouvait une nouvelle fois au fond de la vallée, dans l'ombre, luttant encore, car il conservait un espoir secret, malgré sa profonde blessure.

Il lui avait été donné, cependant, de vivre l'espace d'une journée, d'une brève et éblouissante journée, à la manière d'un simple brin d'herbe. Une journée seulement, au cours de laquelle il s'était accepté tel qu'il était, et avait ressenti avec force l'unité et la totalité de sa personne, et non pas sa division en factions ennemies ; il s'était aimé et s'était senti rattaché à Dieu et à l'univers, et tout lui avait été donné à la fois : amour, certitude et joie. Qu'hier un bandit l'eût attaqué ou qu'un policier l'eût arrêté, il aurait accepté la chose de grand cœur, avec le sourire, parce qu'elle s'accordait à l'ordre du monde. A présent, il retombait une fois de plus de la félicité dans l'humiliation. Il se citait à son propre tribunal, sachant par-devers lui que tout jugement est faux ou absurde. L'univers, qui pendant une journée de splendeur n'avait été que transparence et présence divine, s'alourdissait à nouveau ; chaque chose reprenait un sens pour elle-même et tous ces sens se contredisaient. L'exaltation qu'il avait connue n'était donc qu'un état passager, éphémère comme tout ce qui se fane et meurt. Son élan mystique n'aurait donc été qu'un caprice sans lendemain, la rencontre avec Térésina qu'une illusion ; quant à l'aventure de l'auberge, elle se réduisait à un douteux et sordide épisode.

Il savait déjà, par expérience, que l'angoisse ne cédait la place que dans les moments où il ne se morigénait ni ne se critiquait lui-même, évitant ainsi de retourner le fer dans les plaies anciennes.

Une chose était sûre : toutes les bêtises, les méchancetés et les souffrances endurées trouvent leur contrepartie dès l'instant où l'on y découvre la trace de Dieu, dès que l'on descend jusqu'aux plus lointaines racines des choses, là où Dieu se manifeste, par-delà la maladie et la santé, le bien et le mal.

Il avait beau le savoir, il n'en était pas moins démuni contre l'assaut de l'esprit malin qui reprenait possession de son âme. Dieu n'était plus qu'un mot, brillant, mais sans portée. Il se haïssait et se méprisait, et ces sentiments, chaque fois qu'il les éprouvait, étaient aussi involontaires et irrépressibles qu'à d'autres moments l'amour et la confiance. Et ce serait toujours la même chose ! Il ne vivrait jamais quelques heures de grâce et de félicité sans passer ensuite par une phase exactement contraire : c'était une malédiction. Jamais son existence ne s'engagerait dans la voie qu'il entendait lui prescrire. Pareil à une balle qu'on se renvoie ou au bouchon qui flotte, il serait éternellement relancé, agité de-ci, de-là, jusqu'à ce qu'enfin une vague l'engloutissc, et que la mort ou la folie l'emporte. Si seulement c'était pour bientôt.

Des réflexions pleines d'amertume s'imposèrent à son esprit, d'inutiles préoccupations, de vains griefs contre lui-même, dont l'absurdité flagrante n'était qu'un tourment de plus. Une vision le hantait à nouveau, qu'il avait eue en voyage, tout récemment (elle lui semblait dater de plusieurs mois) : celle du bonheur qu'il y aurait à se jeter sur la voie et à se faire écraser par un train. Il poursuivait avec insistance cette image, il la respirait comme une bouffée d'éther ; il voyait son crâne fracassé, anéanti sous les roues des wagons. Sa souffrance se repaissait de telles visions ; par tous les sens à la fois, il vivait la destruction totale de Frédéric Klein, il en jouissait, il y applaudissait ! Il lui semblait sentir son cœur et son cerveau broyés, sa tête congestionnée éclater, ses yeux endoloris arrachés, ses reins disloqués, son crâne scalpé, ses os, ses genoux et son menton pulvérisés. C'était exactement ce que Wagner le meurtrier avait voulu sentir lorsqu'il assouvissait sa rage sanguinaire sur sa femme, ses enfants et lui-même. Il le comprenait si bien ! Wagner, c'était lui, c'est-à-dire un être bien doué, sensible au divin, capable d'amour, mais succombant sous des charges trop lourdes, en proie à ses pensées, sans défense contre la fatigue et trop conscient de ses défauts et de ses maladies. Qu'est-ce qu'un être affligé d'un pareil tempérament, un Wagner ou un

Klein, pouvait bien faire dans le monde ? A toujours ramener le regard sur l'abîme qui les séparait de Dieu, à toujours ressentir en eux-mêmes le déchirement du monde, à s'épuiser sans fin par des élans vers Dieu qui se terminaient chaque fois par une chute, que pouvaient-ils faire d'autre, ce Wagner et ce Klein, que vouloir leur propre destruction et celle de tout ce qui rappellerait leur souvenir, pour réintégrer finalement cette obscure matrice d'où la divinité, qui surpasse toute intelligence, fait naître à nouveau, en un cycle éternel, le monde des formes transitoires ?

Non, il n'y avait plus d'autre solution : Wagner n'était qu'un être éphémère, il devait être rayé du livre de la vie. Se détruire était peut-être un acte inutile, ou ridicule. Il n'était pas impossible que les bourgeois, si enfermés qu'ils fussent dans leur propre monde, eussent tout à fait raison de condamner le suicide. Mais, pour un être placé dans sa situation, y avait-il une chose quelconque qui ne fût vaine ou absurde ? Rien. Il valait mieux, de toute façon, se faire broyer le crâne sous les roues d'un train, se précipiter volontairement dans l'abîme.

Sans répit, il marcha pendant des heures, les genoux brisés de fatigue. Il se coucha un moment sur une voie de chemin de fer auprès de laquelle il passait. Il s'y endormit, la tête sur le rail, et, quand il se réveilla, il avait complètement oublié son projet ; il se leva, reprit sa course hésitante, les pieds endoloris, la tête lourde ; parfois, il tombait, se blessait à des buissons épineux ; tantôt léger comme s'il planait, tantôt souffrant mille morts à chaque pas. « Le diable est à mes trousses, chantonnait-il d'une voix rauque, il va m'embrocher, je suis un homme fini ! »

Du sein des ténèbres jaillit une étincelle ; son âme déchirée y attacha aussitôt son plus ardent espoir. Cette lumière soudaine, c'était la certitude qu'il était vain de se tuer maintenant et que l'extermination dont il rêvait était une entreprise inutile et sans valeur. En revanche, il était opportun et salutaire de souffrir, d'atteindre à la maturité à travers les tourments et les larmes, de laisser les coups de la destinée forger l'âme et la parachever. Au terme de l'épreuve, on avait le droit de mourir, et c'était une belle mort, pleine de sens, une mort bénie, plus enivrante que n'importe quelle nuit d'amour. Transporté d'ardeur, tout entier consentant, on se laissait alors retomber dans le giron de la nature, livré à l'anéantissement, puis admis au rachat, enfin promis à une vie nouvelle. Seule une telle mort, arrivant à son heure, pouvait être belle, vraiment noble ; elle seule pouvait signifier rédemption et retour à la vie originelle. Cette perspective le remuait profondément. Où trouverait-il le sentier étroit et malaisé, la fameuse Porte ? Il était prêt à passer par là, il le souhaitait ardemment, de tout son corps tremblant de lassitude, de toute son âme mortellement ébranlée.

Quand la clarté grise du matin parut au ciel et qu'un éclair d'argent brilla sur l'étendue plombée du lac, cet homme traqué se trouvait dans un petit bois de châtaigniers, bien au-dessus du lac et de la ville, parmi les fougères et les hautes spirées en fleur, où perlait la rosée. Le regard éteint, mais le cœur plus léger, il contempla longuement la beauté du monde. Il avait atteint le but qu'il poursuivait instinctivement : il était si mortellement fatigué que son âme angoissée faisait silence. Et surtout, la nuit avait passé. Le combat avait été livré et le péril surmonté.

Épuisé, terrassé, il s'écroula comme un moribond parmi les fougères et les racines, la tête enfouie dans les touffes de myrtilles. Ses sens ne percevaient plus le monde environnant, qui s'effilochait comme un rêve. Les poings refermés sur les broussailles, la face et la poitrine appliquées contre la terre, il s'abandonna à un profond sommeil, comme s'il s'endormait enfin pour toujours. Un rêve, dont il retrouva par la suite quelques fragments, lui fit voir ceci : à l'entrée d'un bâtiment qui semblait être un théâtre, un panneau annonçait en caractères gigantesques « Lohengrin », ou « Wagner » (on ne savait pas au juste). Il entra. A l'intérieur, il rencontra une femme qui ressemblait à la fois à l'aubergiste de la nuit précédente et à sa propre épouse. La tête de cette femme était monstrueuse par sa grosseur et par la métamorphose du visage en un masque grimaçant. A cette vue, saisi d'une violente répulsion, il donna un coup de couteau à la femme. Mais, par-derrière, il en surgit une autre qui était un double de la première et qui, vengeresse, planta ses griffes acérées et puissantes dans le cou de Klein, qu'elle allait étrangler. Au sortir de ce profond sommeil, il fut tout surpris de voir la forêt au-dessus de lui ; les membres courbaturés, il se sentait néanmoins rafraîchi. Son rêve avait éveillé en lui une légère résonance d'angoisse. Quelles imaginations bizarres, primitives, barbares, peuvent donc germer dans le cerveau humain ! se dit-il, et il s'égaya un instant au souvenir de l'écriteau « Wagner », qui invitait au spectacle à l'entrée du théâtre. Quelle excellente idée de représenter ainsi ses attaches avec Wagner ! Cette affabulation était grossière mais ingénieuse ; elle allait droit au but, avec une prescience étonnante.

Ce théâtre qui annonçait « Wagner », n'était-ce pas lui-même, n'était-ce pas, formulée par ce détour, l'invite à pénétrer en soi, dans la région inexplorée de son moi véritable ? Car Wagner, c'était lui, Klein. Wagner était en lui le meurtrier et l'homme traqué, mais Wagner était aussi le compositeur, l'artiste de génie, le séducteur, l'amateur de voluptés et de richesses, Wagner était l'appellation unique d'une foule de sentiments que l'ex-fonctionnaire Frédéric Klein avait réprimés et enfouis au fond de lui-même, où ils avaient tourné court. Et « Lohengrin », n'était-ce pas lui-même aussi, Lohengrin, le chevalier aventureux à la destination secrète et qu'on n'ose pas interroger sur son nom ? La suite était moins claire, la femme au masque effrayant, et l'autre avec ses griffes, le coup de couteau qu'il lui avait donné dans le ventre lui rappelaient certes quelque chose qu'il espérait retrouver, l'atmosphère de meurtre et de péril mortel était bizarre ; elle composait un mélange grinçant avec ce monde de théâtre et de déguisements. En pensant à la femme qu'il avait frappée de son couteau, il eut un instant la vision très nette de la chambre conjugale. Tout naturellement, l'image de ses enfants surgit devant ses yeux, comment avait-il pu les oublier ? Il les vit, au matin, en chemise de nuit, se glissant hors de leur petit lit. Il se redit leurs noms, surtout celui d'Elly. Mes enfants ! Des larmes coulèrent lentement sur son visage épuisé. Il secoua la tête, se souleva péniblement, et s'efforça d'enlever la terre et les feuilles qui adhéraient à ses vêtements chiffonnés.

Alors seulement il se rappela nettement la nuit qu'il avait passée dans la petite chambre nue de l'auberge villageoise, l'inconnue blottie contre lui, sa fuite, sa course de bête traquée. Il considéra ce moment douteux de son existence comme un malade observerait ses mains amaigries ou découvrirait à sa jambe une éruption de pustules. Calme dans sa tristesse, les yeux encore baignés de larmes, il se dit à voix basse : « Qu'exiges-tu encore de moi, ô mon Dieu ? » Ses pensées de la nuit se résumaient en un nostalgique appel à plus de clairvoyance, à un retour à la nature, à l'acceptation de la mort. Aurait-il à marcher longtemps encore ? Était-il encore loin de sa patrie ? D'autres épreuves l'attendaient-elles, accompagnées d'inimaginables souffrances ? Il les acceptait d'avance, il s'offrait de grand cœur au destin, attendant qu'il le frappât.

Lentement, il redescendit vers la ville à travers les pâturages et les vignobles. Ayant regagné sa chambre, il se lava, se peigna, changea de vêtements. Puis il alla déjeuner, but un peu de sa bonne bouteille et sentit ses membres engourdis de fatigue se détendre agréablement. Il demanda à quel moment on dansait au Kursaal, et s'y rendit à l'heure du thé. Lorsqu'il entra, Térésina dansait justement. Son visage était éclairé par le sourire étrange qu'elle avait d'habitude à ce moment-là, et il en fut charmé. Lorsqu'elle revint à sa table, il la salua et s'assit près d'elle.

— J'aimerais vous inviter à venir avec moi ce soir à Castiglione, lui dit-il à voix basse.

Elle réfléchit.

— Aujourd'hui même ? demanda-t-elle. Vous êtes si pressé ?

— Je peux remettre à plus tard, mais ce serait bien mieux ce soir. Où voulez-vous que je vous attende ?

Elle n'osa refuser, peut-être à cause du sourire enfantin et touchant qui passa furtivement sur ce visage traqué de solitaire ; c'était comme un pan joyeusement coloré de papier peint sur l'unique paroi d'une maison incendiée, ouverte à tous les vents.

— Où étiez-vous donc ? demanda-t-elle, curieuse. Vous avez disparu si soudainement, hier. Et chaque fois que je vous retrouve, vous avez une autre expression, aujourd'hui encore. Vous n'êtes pourtant pas un drogué ?

Il se contenta de rire, d'un rire étonnamment clair, un peu lointain, qui donnait à sa bouche et à son menton une expression enfantine, tandis que les yeux et le front étaient toujours surmontés de la même couronne d'épines.

— Venez me chercher, s'il vous plaît, vers neuf heures, au restaurant de *l'Esplanade*. Je crois bien que le bateau part à cette heure-là. Mais, dites-moi, qu'avez-vous fait depuis hier ?

— Ma foi, je me suis promené toute la journée, et je crois bien toute la nuit aussi. Dans un village, j'ai dû consoler une femme que son mari venait de quitter. Et je me suis donné beaucoup de peine pour apprendre une chanson italienne où il était question d'une Térésina.

— Quelle chanson ?

— Elle commence ainsi : *Su in cima di quel boschetto...*

— Mon Dieu, vous connaissez déjà cette rengaine ? Elle est à la mode chez les demoiselles de magasin.

— Oh ! Je la trouve très jolie.

— Et vous avez consolé une femme ?

— Oui, elle était triste ; son mari l'avait plantée là et il lui était infidèle.

— C'est cela, et comment l'avez-vous consolée ?

— Elle est venue vers moi pour échapper à la solitude. Je l'ai embrassée et j'ai couché avec elle.

— Elle était jolie ?

— Je n'en sais rien. Je l'ai très mal vue. Non, ne riez pas ! C'était très triste !

Elle riait cependant.

— Que vous êtes drôle ! Et alors, vous n'avez pas fermé l'œil de toute la nuit ? Cela se voit !

— Si fait, j'ai dormi plusieurs heures dans une forêt, par là-haut.

Elle regarda dans la direction que montrait son index pointé vers le plafond de la salle, et elle éclata de rire.

— Vous avez trouvé une auberge, là-haut ?

— Non, j'ai dormi en pleine forêt, couché dans les myrtilles. Elles sont presque mûres.

— Quel original vous faites ! Mais il faut que j'aille danser. Le chef a déjà donné un coup de baguette. Où êtes-vous, Claudio ?

Le beau danseur aux cheveux noirs se tenait déjà derrière elle. L'orchestre se mit à jouer. Après la danse, Klein s'en alla. Le soir, il fut ponctuel au rendez-vous, et se félicita d'avoir mis son smoking, car Térésina s'était habillée comme pour une soirée de gala, tout en violet avec beaucoup de dentelles. Elle avait l'air d'une princesse. Quand ils furent sur le quai, il conduisit Térésina non pas vers le bateau régulier, mais jusqu'à un élégant canot automobile qu'il avait loué. Ils y descendirent.

Dans la cabine, dont une moitié était à l'air libre, il y avait des couvertures préparées pour Térésina et un bouquet de fleurs. Décrivant une courbe précise, la rapide embarcation s'élança en vrombissant vers le large. Comme ils étaient assis dans l'obscurité et le silence, Klein se prit à dire :

— Après tout, Térésina, est-ce vraiment une bonne idée d'aller sur l'autre rive pour y retrouver une foule de gens ? Si le cœur vous en dit, nous irons plus loin, sans but précis, aussi longtemps que cela nous plaira, ou bien nous aborderons à quelque joli village bien tranquille pour y goûter le vin du pays et entendre chanter les jeunes filles. Qu'en pensez-vous ?

Elle se taisait, et il lut aussitôt la déception sur son visage. Il se mit à rire.

— Pardonnez-moi, ce n'était qu'une idée. Je veux avant tout que vous soyez contente et que vous vous amusiez ; il n'y a pas d'autre programme. Dans dix minutes, nous serons là-bas.

— Le jeu ne vous intéresse donc pas du tout ? demanda-t-elle.

— On verra bien. Il faut que j'en fasse d'abord l'expérience. Je ne vois pas très bien ce que cela peut signifier. On gagne de l'argent, ou bien on en perd. A mon avis, il existe des sensations plus fortes.

— L'argent, qui est l'enjeu, n'est pas seulement de l'argent. Pour chaque joueur, c'est une manière de symbole. Chacun gagne ou perd, non pas de l'argent, mais tous les désirs et les rêves qu'il représente pour lui. Pour moi, il signifie liberté. Quand j'ai de l'argent, plus personne ne me donne des ordres. Je vis comme je l'entends. Je danse quand et où cela me plaît, et pour qui j'ai envie de danser. Je voyage où bon me semble…

Il l'interrompit.

— Quelle enfant vous êtes, chère mademoiselle ! Pareille liberté n'existe pas, sauf dans vos rêves. Si demain vous êtes riche, libre et indépendante, après-demain vous pouvez tomber amoureuse d'un type qui vous dépouillera de votre fortune ou qui vous tranchera la gorge, une belle nuit.

— Ne dites pas des choses aussi atroces ! Si j'étais riche, je vivrais peut-être plus simplement qu'aujourd'hui, mais seulement parce que cela me plairait, en toute liberté, et non parce que j'y serais obligée. Je hais la contrainte ! Et, voyez-vous, si je fais des mises avec mon argent, c'est que toutes mes espérances sont chaque fois engagées dans la perte ou le gain. Il y va de tout ce qui m'est précieux et désirable, et l'on ne court pas un tel risque sans en recevoir une impression qu'il est difficile de trouver ailleurs.

Tandis qu'elle parlait, Klein tenait son regard fixé sur elle, mais il ne l'écoutait que d'une oreille. Sans qu'il s'en rendît compte, il comparait le visage de Térésina à celui de cette femme dont il avait rêvé dans la forêt. Ce n'est qu'au moment où le canot entra dans la baie de Castiglione qu'il eut conscience de ce rapprochement : la plaque en tôle de l'écriteau illuminé indiquant le nom de la station lui rappela vivement le panneau qui, dans son rêve, portait l'inscription « Lohengrin » ou « Wagner ». Les dimensions étaient les mêmes, ainsi que la couleur gris et blanc, sous un éclairage pareillement éblouissant. Allait-il trouver ici la scène qui lui était destinée ? Venait-il à Castiglione pour y rencontrer Wagner ? Il voyait se préciser la ressemblance entre Térésina et la femme dont il avait rêvé, ou plus exactement les deux femmes dont il avait tué l'une d'un coup de couteau, tandis que l'autre le serrait à mort avec ses griffes. Un frisson lui passa sur la peau. Ces choses étaient-elles nécessairement liées ? Était-il à nouveau sous la dictée de forces inconnues ? Où l'entraînaient-elles ? Vers Wagner ? Au meurtre ? A la mort ?

Pour débarquer, Térésina s'appuya sur Klein et c'est ainsi, bras dessus, bras dessous, qu'ils traversèrent le quartier du port où régnait une animation pleine de couleur, puis le village, et arrivèrent au casino. Ici, tout avait cet aspect insolite, attrayant et rebutant à la fois, qui frappe le visiteur, lorsqu'on installe par erreur en dehors des villes, au cœur d'une nature paisible, ces établissements ouverts à la cupidité des hommes. Les bâtiments étaient trop vastes et trop neufs, l'éclairage surabondant, les salles exagérément luxueuses, le public artificiellement animé. Concentré sur un espace exigu entre les hautes chaînes de montagnes et la sereine étendue du lac, ce petit essaim de créatures avides et trop bien nourries se pressait là si anxieusement, qu'il semblait avoir à peine une heure à vivre, comme s'il pouvait à chaque instant se produire quelque chose qui le balayerait dans le néant.

Les sons langoureux du violon coulaient à flots hors des salles où l'on dînait et sablait le champagne ; entre les palmiers qui décoraient les escaliers et les bassins jaillissants, les gerbes de fleurs et les robes des femmes mêlaient leur éclat. On voyait des visages blafards d'hommes en frac, des serviteurs en livrée bleu et or, empressés et compétents, de charmantes petites femmes du Midi, au visage ardent, au teint mat, d'une beauté languissante, contrastant avec les vigoureuses femmes du Nord, décidées et arrogantes, et quelques vieux messieurs qui ressemblaient à des personnages de Tourgueniev ou de Fontane.

Ils étaient à peine entrés que Klein se sentit mal à l'aise et fatigué. Lorsqu'ils furent dans la grande salle de jeu, il sortit de son portefeuille deux billets de mille.

— Comment allons-nous faire ? Voulez-vous être mon associée ?

— Non, non, chacun pour soi, cela vaudra mieux.

Il lui remit l'un des billets et la pria de lui donner quelques directives. Ils furent bientôt installés à l'une des tables de jeu. Klein plaça son billet sur l'un des numéros, la roue tourna, et, sans qu'il y comprît rien, il vit sa mise ratissée, engloutie ; « ça va vite », pensa-t-il tout heureux, et il voulut en rire avec Térésina. Elle n'était déjà plus à côté de lui. Il l'aperçut à une autre table, qui changeait son billet. Il la rejoignit. Elle avait l'air soucieux, absorbé et affairé d'une maîtresse de maison. Il la suivit jusqu'à une table de jeu et la regarda faire. Elle s'y connaissait, observant d'un œil aigu toutes les opérations. Elle misait de petites sommes, jamais plus de cinquante francs, tantôt ici, tantôt là, gagnait quelquefois, fourrait les billets dans son petit sac en perles, d'où elle en tirait d'autres.

— Ça marche ? demanda-t-il étourdiment. La question l'agaça :

— Laissez-moi donc jouer ! Je saurai bien m'y prendre.

Un instant après, elle changea de table et il la suivit sans qu'elle s'en aperçût. Comme elle était très occupée et qu'elle ne réclamait aucunement ses services, il alla s'asseoir sur une des banquettes de cuir adossées à la paroi. La solitude l'accablait. Il se replongea dans des réflexions au sujet de son rêve. Il lui importait de le bien comprendre. Peut-être n'aurait-il plus très souvent de tels rêves, qui ressemblaient à ces signes que font les bons génies dans les contes ; deux fois, trois fois de suite on était pris au piège ou au contraire mis en garde, et si, malgré ces avertissements on restait sourd et aveugle, le destin se mettait en branle et rien au monde, aucune puissance favorable ne pouvait plus arrêter sa course.

Parfois, il jetait un coup d'œil du côté de Térésina qu'il voyait tantôt assise à une table, tantôt debout et dont les cheveux blonds brillaient doucement sur le noir des fracs. Comme elle fait durer ses mille francs ! pensa-t-il, ennuyé ; avec moi, c'est plus rapide. Une fois, elle lui fit un signe. Au bout d'une heure elle revint, le trouva perdu dans ses pensées et posa sa main sur son bras :

— Que faites-vous ? Vous ne jouez pas ?

— J'ai déjà joué.

— Et perdu ?

— Oui. Oh ! pas grand-chose.

— J'ai gagné ceci. Partagez-le avec moi.

— Merci, pour aujourd'hui, cela suffit. Êtes-vous contente ?

— Oui, c'est formidable. J'y retourne à l'instant. A moins que vous ne vouliez déjà rentrer ?

Elle continua de jouer. Tantôt ici, tantôt là, il voyait apparaître l'éclat de sa chevelure entre les épaules des joueurs. Il lui apporta une coupe de champagne et en vida lui-même une autre. Puis il revint s'asseoir à la même place sur la banquette de cuir. Qu'en était-il des deux femmes qu'il avait vues en rêve ? Elles ressemblaient à la sienne, mais aussi à la patronne de l'auberge campagnarde et à Térésina. Depuis des années, il ne connaissait plus d'autres femmes. L'une de celles dont il avait rêvé, il l'avait poignardée, horrifié par la distorsion de ses traits démesurément grossis. L'autre l'avait attaqué par-derrière, cherchant à l'étrangler. Comment interpréter cette situation ? Qu'est-ce qu'elle révélait ? Avait-il frappé son épouse, ou bien était-ce elle qui l'avait frappé ? Térésina serait-elle l'instrument de sa ruine, ou serait-ce elle qui périrait de l'avoir rencontré ? Ne pouvait-il donc aimer une femme sans lui porter des coups meurtriers et sans être lui-même blessé par elle ? Était-ce une malédiction qui lui était réservée, ou bien une loi qui s'imposait à tous, chaque fois que l'amour était en jeu ? Et qu'est-ce qui le liait en somme à cette danseuse ? Le fait qu'il l'aimait ? Il avait aimé beaucoup de femmes, qui n'en avaient jamais rien su. Pourquoi s'attachait-il à celle-ci, qui, à quelques pas de là, semblait considérer ce jeu de hasard comme une entreprise très sérieuse ? Que son empressement et son espoir étaient donc enfantins ! Quelle naïveté, quel appétit de vivre ! Même si elle venait à connaître une fois ce qu'il y avait de plus intime en lui, comment penser qu'elle pût rien comprendre à ce désir ardent de la mort, à ce besoin nostalgique de se consumer et de faire retour au sein de Dieu ? Peut-être allait-elle l'aimer, peut-être voudrait-elle vivre avec lui, mais en résulterait-il autre chose qu'une nouvelle séparation ? N'était-il pas condamné encore et toujours à vivre seul avec ses sentiments les plus intimes ?

L'arrivée de Térésina interrompit ses réflexions. Elle s'arrêta un instant devant lui pour glisser dans sa main une liasse de billets.

— Gardez-moi ça pour plus tard !

Peu de temps, ou longtemps après, il ne savait pas, elle reparut et réclama son argent. Elle perd, se dit-il. Tant mieux. On peut espérer qu'elle aura bientôt fini. Peu après minuit, elle revint, heureuse, un peu surexcitée.

— Voilà. Je m'arrête. Mon pauvre, vous êtes éreinté, évidemment. Ne voulez-vous pas manger quelque chose avec moi avant de repartir ?

Dans l'une des salles à manger, ils se firent servir des œufs au jambon et des fruits, et burent du champagne. Klein sortit de ses songeries et s'égaya un peu. La danseuse avait changé d'humeur : une légère ivresse la rendait douce et joyeuse. Elle se souvint qu'elle était belle et très élégante ; elle sentait sur elle le regard des hommes, assis aux tables voisines. Klein, de son côté, fut sensible à la métamorphose ; il vit Térésina baigner à nouveau dans une atmosphère de douce séduction, il perçut dans sa voix l'intonation amoureuse et provocatrice qui reparaissait, il admira la blancheur de ses mains, la ligne, le coloris perlé de son cou au-dessus des dentelles.

— Et alors, les affaires ont bien tourné ? lui demanda-t-il en riant.

— Pas mal. Ce n'est pas encore le gros lot. J'ai gagné à peu près cinq cents francs.

— Eh bien, c'est un joli début.

— Oui, et je continuerai la prochaine fois, naturellement. Ce n'est pas encore ce que je veux. Il faut que la fortune se déverse d'un seul coup, et non pas au compte-gouttes.

Il allait dire : « Dans ce cas, il ne faut pas miser au compte-gouttes, mais tout risquer sur un seul coup. » Il se retint et trinqua avec elle en lui souhaitant bonne chance ; la conversation se poursuivit gaiement. Il admirait à quel point la joie faisait ressortir la saine beauté et la simplicité de cette fille. Il y a une heure à peine, elle était encore devant les tables de jeu, rigoureusement à son affaire, le front plissé, l'expression dure, absorbée dans ses calculs. A présent, il semblait que nul souci ne l'eût jamais effleurée, et qu'elle ne sût même pas que l'argent existât, ni le jeu ni les affaires, comme si, au gré d'une existence luxueuse, elle eût flotté sans effort à la surface brillante de la vie.

Pouvait-il se fier à ces apparences ? Lui aussi avait l'air d'un homme heureux qui rit volontiers, quêtant avec insistance les plaisirs de l'amour dans le regard enjoué d'une belle fille, et cependant quelqu'un d'autre existait en même temps dans son âme, quelqu'un qui ne croyait pas au bonheur, qui considérait tout cela d'un œil méfiant et dédaigneux. En allait-il différemment chez les autres ? Peut-être, mais on ne connaissait presque rien des autres, hélas ! Dans les écoles, on apprend des quantités de dates de batailles ridicules, des noms d'anciens rois tout aussi absurdes, on lit chaque jour des articles sur les impôts ou sur la question des Balkans, mais, de l'homme, on ne sait rien ! Qu'une sonnerie ne marche plus, qu'un poêle s'engorge, qu'un rouage se grippe dans une machine, on sait immédiatement où chercher la cause du dérangement, tout est mis en œuvre pour identifier le dommage, et les moyens de le réparer sont à disposition. Mais ce principe en nous, ce ressort mystérieux qui est seul à donner un sens à la vie, à créer le plaisir et la douleur, à susciter en nous l'exigence du bonheur et la capacité d'en jouir, cette chose-là demeure inconnue, on n'en sait absolument rien, et lorsqu'elle est attaquée par la maladie, on ne trouve pas de remède. N'est-ce pas incroyable ?

Tandis qu'il buvait et riait en compagnie de Térésina, toutes sortes de questions analogues s'élaboraient à différents niveaux de son esprit, plus ou moins proches de la conscience. Le doute planait sur la réalité tout entière, qui baignait dans l'inconnu. Si seulement il avait pu savoir une chose : cette incertitude, cette détresse, ce désespoir au milieu même du bonheur, ces perpétuelles réflexions et interrogations se retrouvaient-ils également chez les autres, ou était-il seul à les connaître, lui, Klein, l'original ? Sur un point, il vit la différence qui l'opposait à Térésina : elle était d'une nature enfantine et primesautière parfaitement saine. Comme tous les êtres humains et comme lui-même naguère encore, elle obéissait toujours à cet instinct qui fait entrer l'avenir dans nos calculs et y introduit nos lendemains, avec toute la suite de notre durée. Autrement, eût-elle joué, et pris l'argent tellement au sérieux ?

C'était par là, il le sentait profondément, qu'il était différent. Chez lui, chaque sensation masquait une ouverture sur le néant. De l'angoisse, il en éprouvait à l'égard de beaucoup de choses : il avait peur de la folie, de la police, des nuits sans sommeil, de la mort. Mais ces sources d'angoisse lui étaient en même temps nécessaires, vitales, il éprouvait une ardente nostalgie, une vive curiosité pour la souffrance, le naufrage, la persécution, la folie et la mort. « Drôle de monde », se dit-il, et il n'entendait pas désigner le monde autour de lui, mais son être intérieur.

Tout en bavardant, Klein et Térésina quittèrent la salle et le casino, arrivèrent sur le quai où tout dormait sous la lumière crue des réverbères. Ils durent réveiller l'homme du bateau. Il lui fallut un moment pour se préparer au départ, et le couple attendit, transporté comme par magie de l'étincelant casino et de sa foule bigarrée à ce rivage nocturne et silencieux, où la chaude gaieté de là-bas se refroidissait déjà au contact de la nuit, à l'approche du sommeil et dans l'appréhension de la solitude. A ce moment-là, ils éprouvaient tous deux les mêmes sentiments. Embarrassés, ils souriaient vaguement dans l'obscurité, les mains entrelacées.

Le pilote les appela ; ils s'embarquèrent, prirent place dans la cabine où, d'un geste irrésistible, il attira contre lui la danseuse ; il sentait avec délice le poids de sa tête blonde sur sa poitrine tandis qu'il la couvrait de baisers ardents. Elle se défendit, se redressa pour demander : « Ferons-nous bientôt une nouvelle traversée ? » Au milieu de ses transports amoureux, il ne put s'empêcher de sourire. Elle pensait avant tout à jouer, elle voulait retourner à Castiglione et y poursuivre ses affaires. « Quand tu voudras, lui dit-il galamment, demain, après-demain, n'importe quel jour, si cela te fait plaisir. » Lorsqu'il sentit sa main jouer sur sa nuque, il ne put s'empêcher de frissonner au souvenir de l'horreur éprouvée à l'instant où la furie vengeresse enfonçait ses griffes dans son cou. « Maintenant, elle devrait me tuer sans crier gare, ce serait la bonne solution, pensa-t-il fiévreusement, à moins que je ne la tue. » Il riait jaune, tandis qu'il l'entourait tendrement de son bras et la caressait doucement. Il se sentait incapable de faire la moindre différence entre la volupté et la douleur. Son plaisir même, son violent désir d'étreindre cette belle et vigoureuse femme étaient à peine distincts de l'angoisse ; il désirait cette femme à la façon du condamné à mort qui appelle sur lui le tranchant de la hache. Comme il éprouvait à la fois une ardente volupté et une tristesse infinie, les deux impressions conjuguées le brûlaient, faisaient jaillir en lui des gerbes d'étoiles incandescentes et mortelles.

D'un mouvement gracieux, Térésina sut esquiver une caresse par trop hardie ; elle saisit les deux mains de Klein dans les siennes, les tint fortement serrées, et, le visage tout près du sien, murmura, l'air absent :

— Qui es-tu donc, toi ? Pourquoi est-ce que je t'aime ? Qu'est-ce qui m'attire vers toi ? Tu n'es plus jeune et tu n'es pas beau, et pourtant... Écoute, j'ai tout de même la conviction que tu es un criminel. C'est bien ça, hein ? Ton argent, c'est de l'argent volé, n'est-ce pas ? Il tenta de se dégager :

— Tais-toi, Térésina ! Il n'y a pas d'argent qui ne soit volé ; tout ce que l'on possède est illégitime. Et que nous importe ? Nous sommes tous des pécheurs, des criminels, du seul fait que nous vivons. Et après ?

— Alors qu'est-ce qui importe ? dit-elle en tressaillant.

— Une seule chose : c'est que tu boives avec moi cette coupe jusqu'à la dernière gorgée, dit-il lentement. Il se peut qu'elle ne nous soit pas offerte une seconde fois. Veux-tu venir coucher chez moi, ou puis-je aller chez toi ?

— Viens chez moi, dit-elle à voix basse. J'ai peur de toi, et il me faut quand même rester avec toi. Ne me dis pas ton secret ! Je n'en veux rien savoir !

Le bruit décroissant du moteur la tira de ses pensées. S'arrachant à l'étreinte de Klein, elle rajusta sa coiffure et passa sa main sur sa robe pour en effacer les plis. Le canot glissa doucement vers la passerelle, les lumières miroitaient dans l'eau noire. Ils débarquèrent.

— Une minute, mon sac ! s'écria Térésina, après avoir fait quelques pas. Elle revint en courant à la passerelle, sauta dans le bateau, trouva sur la banquette le sac qui contenait son argent, jeta un billet à l'homme du bateau qui la regardait d'un œil méfiant, et alla se jeter dans les bras de Klein qui l'attendait sur le quai.

5

L'été avait brusquement commencé ; deux chaudes journées avaient suffi pour transformer le monde, épaissir les forêts, enchanter les nuits. Brûlantes, les heures succédaient aux heures, le soleil accomplissait rapidement sa course incandescente, les constellations se précipitaient à sa suite, la fureur de vivre montait de toutes parts comme une flamme, le monde entier était saisi d'une hâte silencieuse et vorace.

Un soir, la danse de Térésina au casino fut interrompue par un orage d'une extrême violence. Les lampes s'éteignirent, des visages grimaçaient sous la lueur intermittente des éclairs, les femmes criaient, les serveurs vociféraient, les vitres éclataient sous les coups de vent. Klein avait aussitôt entraîné Térésina jusqu'à la table où il était assis avec le vieux fantaisiste.

— Magnifique ! s'écria Klein. Nous allons rentrer. Tu n'as pas peur ?

— Non, je n'ai pas peur, mais je ne te permets pas de

venir chez moi aujourd'hui. Voilà trois nuits que tu ne dors pas, et tu as une mine épouvantable. Accompagne-moi jusqu'à ma porte, et après, va dormir à ton hôtel. Prends du véronal, si c'est nécessaire. Ton existence n'est qu'un suicide.

Térésina s'était enveloppée dans le manteau de l'un des garçons. Ils se mirent en route au milieu de la tempête, environnés d'éclairs, courbés sous les rafales hurlantes qui balayaient les rues. Le clair martèlement du tonnerre résonnait, allègre, à travers la nuit ravagée où s'abattaient les averses, tandis que les lourds feuillages de l'été buvaient avidement la pluie qui les battait en trombe. Trempés et secoués, ils arrivèrent au logis de la danseuse. Klein ne rentra pas chez lui, et il n'en fut plus question. Ils reprirent haleine en pénétrant dans la chambre à coucher, où ils enlevèrent en riant leurs vêtements inondés. Par la fenêtre, ils voyaient les éclairs aveuglants déchirer le ciel. Le vent et la pluie fouettaient le feuillage des acacias en bourrasques de moins en moins violentes.

— Nous ne sommes pas encore retournés à Castiglione, dit Klein pour la taquiner. Quand donc irons-nous ?

— Nous y retournerons, tu peux compter là-dessus. Est-ce que tu y tiens vraiment ?

Il la prit contre lui ; tous deux avaient la fièvre et l'orage projetait de brûlantes lueurs à travers leurs caresses. Des vagues d'air frais pénétraient par la fenêtre, chargées de l'amère senteur des feuillages et d'odeurs de terre mouillée. Après l'amour, ils ne tardèrent pas à s'endormir. Sur l'oreiller, le visage creusé de Klein reposait près du frais visage de Térésina, ses cheveux rares et secs contrastaient avec l'abondante et souple chevelure de la jeune femme. Au-dehors, l'orage lançait ses derniers feux ; il s'affaiblit progressivement, puis s'éteignit ; la tempête s'apaisa, l'averse crépitait doucement sur les feuilles.

Peu après une heure du matin, Klein, que le sommeil fuyait de plus en plus, se réveilla, au sortir d'un rêve embrouillé et suffocant, la tête lourde, les yeux endoloris. Il demeura couché, immobile, pendant un moment, à s'interroger sur l'endroit où il se trouvait. C'était la nuit, quelqu'un respirait à ses côtés, il était chez Térésina. Il se souleva lentement. Les tourments revenaient ; une fois encore, il lui faudrait affronter de longues heures de souffrance et d'angoisse, supporter d'inutiles tortures, se livrer à de vaines réflexions, être la proie de soucis imaginaires. Le cauchemar d'où il sortait lui laissait de lourdes et répugnantes impressions qui le suivaient en rampant : dégoût, horreur, satiété, mépris de soi-même. Il chercha l'interrupteur. Une lumière crue se répandit sur la blancheur de l'oreiller, sur les chaises chargées de vêtements. La fenêtre dessinait un trou noir dans l'étroite paroi. Le visage de Térésina était tourné vers le mur, dans l'ombre, mais sa nuque et sa chevelure jetaient un doux éclat. Autrefois, il avait vu aussi sa femme reposer de la même façon, et il était aussi demeuré près d'elle sans dormir, il avait envié son sommeil, comme si sa respiration régulière et satisfaite avait été un défi à sa propre insomnie. Non, jamais on ne se sent aussi complètement ignoré de son prochain que lorsqu'il dort !

Une fois de plus, il évoqua l'image de Jésus et de sa souffrance, à l'heure où l'angoisse de la mort l'étreint et que ses disciples ne pensent qu'à dormir. Il tira doucement à lui l'oreiller où reposait la tête de Térésina, contempla son visage parfaitement étranger, tel un monde lointain sans aucune attache avec lui, Klein. Elle avait une épaule et un sein nus et le drap dessinait les douces rondeurs de son corps. « C'est amusant, pensa-t-il, que le langage amoureux, tel qu'on le parle dans la poésie et la correspondance galante, évoque éternellement « ces douces lèvres » ou « ces joues suaves », sans jamais rien dire de « ce ventre » ou de « cette cuisse ». »

Duperie, mensonge que tout cela ! Il demeura longtemps à la regarder. Son beau corps, sa gorge, ses bras, ses jambes d'une pure blancheur, fermes, soignés et sains pouvaient certes le séduire encore, l'enserrer de toutes parts et connaître grâce à lui la volupté, pour ensuite se détendre et dormir, assouvis, sans éprouver ni douleur, ni angoisse, ni pressentiment, comme un bel animal que sa lassitude fait succomber au sommeil. Et lui, il serait étendu auprès d'elle sans fermer l'œil, le cœur abreuvé d'amertume. Et ce serait ainsi encore longtemps ? Certes non. Plusieurs fois peut-être ? Non plus. Si c'était la dernière fois ? Il tressaillit. Ce serait la dernière fois, il en était sûr.

En soupirant, il enfonça ses pouces dans ses orbites, à l'endroit où il ressentait une infernale douleur, entre les yeux et le front. Wagner, l'instituteur, avait sûrement souffert de ce mal. Il avait dû le subir pendant des années, et s'il l'avait supporté patiemment, c'était dans l'idée que ces tortures pourtant inutiles le rendraient sage et le rapprocheraient de Dieu. Jusqu'à ce qu'un jour il se vît, comme lui, Klein, incapable de les endurer plus longtemps. En comparaison de ses pensées, de ses rêves, de ses cauchemars, ces douleurs n'étaient d'ailleurs que peu de chose. Une nuit, Wagner s'était levé et avait compris qu'il était absurde d'ajouter indéfiniment les unes aux autres d'aussi affreuses nuits, et que ce n'était pas là un moyen de se rapprocher de Dieu. Il avait été chercher le couteau. Le meurtre qu'il avait commis était peut-être inutile, insensé, ridicule, et on ne pouvait le comprendre si l'on n'avait pas connu ses tourments, si l'on n'avait pas souffert du même mal que lui. N'avait-il pas lui-même, Klein, poignardé tout récemment une femme au cours d'un rêve, parce qu'il ne pouvait supporter la vue de son visage déformé ? Or, tout visage aimé s'altère, excite un sentiment d'horreur dès l'instant où il cesse de mentir, que ce soit dans le silence ou le sommeil. On découvre alors ce qui se cachait au fond de l'âme, qui n'a rien à voir avec l'amour, de même que, si l'on pénètre jusqu'au fond de soi-même, on n'y trouve rien qui ressemble à l'amour.

A ce niveau-là, il n'existe rien que l'instinct de conservation et l'angoisse, et c'est sous la pression de l'angoisse, à cause d'une peur enfantine d'avoir froid, d'être seul et de mourir, que deux êtres se précipitent l'un vers l'autre, s'embrassent, s'étreignent, joue contre joue, se prennent, s'unissent et jettent dans le monde de nouveaux êtres humains. C'est cet instinct qui l'avait attiré autrefois vers sa femme. La même force avait poussé dans ses bras l'aubergiste du village, un soir, alors qu'il s'engageait seulement sur la voie où il se trouvait aujourd'hui, dans cette petite chambre fruste, aux murs de pierre, où elle était entrée nu-pieds, silencieuse, traquée par l'angoisse, le désir de vivre et le besoin d'être consolée. Puis, il avait été attiré de la même façon par Térésina, et elle par lui. C'était toujours le même instinct, la même recherche, le même malentendu. A chaque fois, il en résultait la même désillusion, la même souffrance mêlée de colère. On croit se rapprocher de Dieu, et l'on se retrouve avec une femme dans ses bras. On croit réaliser une harmonie, et on ne fait que rejeter sur un de ses descendants sa propre faute et sa misère. On étreint une femme, on embrasse ses lèvres, on lui caresse la gorge, on procrée avec elle un enfant qui, à son tour, couché une nuit auprès d'une femme, se réveillera, lui aussi, de son ivresse, et, plongeant son regard douloureux dans l'abîme, maudira son aventure ! Insupportable pensée !

Il considéra avec attention le visage de la dormeuse, ses épaules, sa gorge, ses cheveux blonds, tout ce qui l'avait charmé, trompé, séduit tour à tour ; le plaisir et le bonheur qu'elle lui avait donnés n'étaient qu'un tissu de mensonges. Maintenant, c'était fini, réglé. Il avait pénétré dans le théâtre Wagner et savait pourquoi chaque visage, sitôt le masque tombé, se déforme d'une manière si intolérable.

Klein se leva et se mit à la recherche d'un couteau. En se glissant contre la chaise, il fit tomber les longs bas clairs de Térésina ; à cette vue, il se rappela soudain la première apparition de la danseuse, au parc, où elle l'avait charmé tout d'abord par sa démarche, l'élégance de ses chaussures et la finesse de ses bas. Il eut un petit rire et comme un malin plaisir à prendre l'un après l'autre les vêtements de Térésina entre ses mains, puis à les laisser tomber sur le tapis. Sans penser à rien, il reprit sa recherche. Son chapeau était posé sur la table : il le saisit sans savoir ce qu'il faisait, le palpa, sentit qu'il était humide et le mit sur sa tête. Devant la fenêtre, il s'arrêta, le regard plongé dans les ténèbres, écoutant la chanson de la pluie : elle semblait l'écho lointain d'une époque depuis longtemps disparue. La fenêtre, la nuit, la pluie : qu'est-ce que ces choses-là pouvaient bien attendre de lui ? Que lui importait ce vieux livre d'images de son enfance ?

Soudain, il s'arrêta. Sa main s'était emparée d'un objet déposé sur une table et qu'il regarda. C'était un miroir ovale en argent, dont il tenait le manche. La glace lui renvoya son image : les traits de Wagner, tirés, bouleversés, incohérents, une face creusée de trous d'ombre, une expression démente. Il lui arrivait très souvent maintenant de se regarder à l'improviste dans un miroir, et il s'en étonnait, car il lui semblait ne plus avoir fait ce geste depuis nombre d'années. Un tel phénomène, pensait-il, n'était pas sans rapport avec le théâtre Wagner. Il demeura un certain temps à se contempler ainsi dans le miroir. La tête de l'ex-Frédéric Klein était inutilisable, hors d'usage. La déchéance était écrite dans chacune de ses rides. Ce visage devait disparaître, c'était certain ; il devait être rayé du monde des vivants. Cette figure était d'ailleurs si vieillie, elle avait reflété tant de mensonges et d'impostures, elle avait reçu tant de pluie et de boue ! Autrefois, ce visage avait été lisse et beau ; Klein l'aimait bien et le soignait volontiers, non sans le détester à d'autres moments. Pourquoi ? Il ne comprenait plus ces sentiments contradictoires. Et pourquoi diable était-il là, debout dans cette petite chambre inconnue, en pleine nuit, un miroir à la main, un chapeau détrempé sur la tête, comme un clown étrange ? Que se passait-il ? que voulait-il ? Il s'assit sur le bord de la table. Que cherchait-il ? Il s'était pourtant mis en tête de quelque chose, d'un objet très important. Ah oui ! un couteau.

Violemment ébranlé, il s'élança vers le lit. Penché sur l'oreiller, il vit la fille endormie, sa chevelure blonde répandue autour d'elle. Elle vivait encore ! Il ne l'avait pas encore tuée ! Il se sentit glacé d'horreur. Mon Dieu ! Le moment était venu. Il en était là, il se trouvait devant cette chose qu'il avait vue venir dans les heures les plus atroces de son existence. Maintenant, il était Wagner et il était posté au chevet d'une femme endormie, résolu à trouver un couteau. Eh bien ! non, il s'y refusait. Il n'était pas fou. Dieu merci, la démence ne l'avait pas saisi. Tout allait bien. il éprouva un apaisement et se mit à s'habiller lentement : pantalon, veston, souliers. Mais oui, tout allait bien. Lorsqu'il voulut s'approcher du lit une fois encore, il sentit qu'il foulait quelque chose de mou : les vêtements de Térésina jonchaient le plancher, ses bas, sa robe gris clair. Il les ramassa soigneusement et les déposa sur la chaise. Ayant éteint la lumière, il sortit de la chambre.

Dehors, une pluie froide tombait silencieusement. Tout était sombre, désert, muet. Rien que la pluie. Il leva la tête, offrant son visage à l'averse qui ruisselait sur son front et ses joues. Il eût aimé apercevoir une étoile, mais pas un coin de ciel, rien n'apparaissait dans les ténèbres. Il allait tranquillement par les rues, trempé jusqu'aux os, sans rencontrer personne, pas même un chien. Le monde était mort.

Parvenu au bord du lac, il passa en revue les canots : ils avaient tous été tirés sur le rivage, à bonne distance de l'eau et solidement attachés par des chaînes. Quand il eut atteint les faubourgs, au sortir de la ville, il découvrit une barque dont la corde était à peine nouée et qui se laissa facilement détacher. Il la prit et y accrocha les rames. La côte disparut rapidement. Devant lui, tout se confondait en une grisaille comme il n'en avait jamais vu. Le monde entier était gris, noir, pluvieux, le lac et le ciel se perdaient dans la brume, à l'infini. Lorsqu'il fut au large, il retira les rames à l'intérieur du bateau. Il se trouvait à la distance voulue : tout allait bien. Chaque fois qu'il avait résolu de mourir, et que la mort, lui semblait-il, était inévitable, il s'était ingénié à retarder un peu la chose, à la reporter au lendemain, essayant une fois encore de s'arranger avec la vie. Il n'éprouvait plus rien de semblable. Son petit bateau, c'était lui-même, c'était sa petite existence bien délimitée, artificiellement préservée, et autour de lui, l'immensité grise était le monde, la totalité divine, où l'on pouvait se laisser tomber sans effort, avec facilité et une certaine allégresse.

Il s'assit sur le bord du canot, tourné vers l'extérieur, les pieds déjà dans l'eau. Lentement, il se pencha en avant, s'inclina toujours davantage, jusqu'au moment où le canot glissa derrière lui en basculant. Il faisait retour à la totalité. Pendant les quelques instants où il fut encore en vie, plus d'événements se bousculèrent dans son esprit qu'il n'en avait vécu au cours des quarante années dont il trouvait ici l'aboutissement.

Pour commencer, à l'instant de sa chute, pendant la fraction de seconde qui le tint suspendu entre le bord du canot et le lac, il eut clairement l'idée qu'il accomplissait un suicide, c'est-à-dire qu'il se livrait à un enfantillage, à une action qui n'était peut-être pas mauvaise, mais plutôt comique et passablement folle. Voulue ou non, la mort perdait d'un coup son caractère mélodramatique ; il n'en restait rien. Mourir n'était plus du tout une nécessité, dans son cas. C'était une chose qu'il avait souhaitée, une chose excellente et bienvenue, mais qui n'était plus nécessaire. Dès la seconde où, de plein gré, il s'était laissé choir du bateau dans le sein de notre Mère Nature et dans les bras de Dieu, renonçant à tout autre désir et faisant abandon de sa personne, dès cet instant la mort avait perdu toute importance.

Tout était si simple, si merveilleusement simple ! Il n'y avait plus d'abîmes à redouter, ni de complications d'aucune sorte. L'art suprême consistait en ceci : se laisser aller, consentir à sa propre chute. Cette conclusion de son existence illuminait maintenant tout son être. Il suffisait de s'abandonner, de s'en remettre à des puissances supérieures, de rendre les armes, de ne plus vouloir s'assurer qu'un appui est à portée de votre main, un solide plancher sous vos pieds ; il suffisait d'écouter la voix intérieure qui vous guide, pour que tout fût gagné d'un seul coup et qu'il n'y eût plus d'angoisse ni de périls. Ce but grandiose, unique, il y avait atteint : il s'était laissé aller ! Qu'il se fût abîmé dans un lac pour y mourir, ce n'était pas la seule solution qui s'imposât : il aurait pu tout aussi bien se laisser choir dans l'existence. Mais cela n'importait guère ; l'essentiel n'était pas là. Il vivrait, il reviendrait. Mais alors, il n'aurait plus aucun besoin de se suicider, ni d'emprunter d'étranges détours à travers mille égarements douloureux qui l'épuisaient, car il aurait vaincu l'angoisse.

Merveilleuse perspective : une vie sans angoisse ! Surmonter l'angoisse, c'était le salut, le bonheur suprême. Toute sa vie, il avait souffert de l'angoisse, et voilà qu'à l'instant où la mort le tenait à la gorge, il en était délivré ; toute peur, toute épouvante avait disparu ; il n'éprouvait que détente, libération, il se sentait en accord avec le monde. Soudain, il découvrait ce qu'est l'angoisse, et qu'elle ne peut être dominée que par l'homme qui en a reconnu la nature. Mille choses pouvaient créer en nous un état d'angoisse : l'idée d'avoir à souffrir, celle de se présenter devant des juges ou d'écouter ce que vous dit votre propre cœur ; on se tourmentait à l'idée de dormir, de se réveiller, de rester seul, d'avoir froid, de succomber à la folie, à la mort. Oui, on avait surtout peur de la mort. Mais tout cela n'était que feinte et déguisement. En réalité, l'angoisse avait une seule cause : la perspective de se laisser aller sans résistance possible, la prévision de l'ultime pas à franchir dans l'inconnu, qui vous ferait lâcher prise et quitter toutes les protections dont on s'était entouré. Celui qui une fois, une seule fois, s'abandonnait et s'en remettait totalement au destin par un acte de confiance absolue, celui-là était libéré. Il n'était plus soumis aux lois terrestres, il s'intégrait à l'espace cosmique et participait aux mouvements des astres. Oui, c'était aussi simple que cela. N'importe quel enfant aurait pu le comprendre.

Klein entrevoyait ces vérités, non parce qu'il les concevait comme des pensées, mais parce qu'il les vivait, les sentait, les touchait, en percevait l'odeur et le goût. Par tous les sens, il comprenait ce qu'est la vie. Il voyait le monde jamais achevé, toujours en devenir, se créer puis se détruire, comme deux armées en perpétuel mouvement l'une contre l'autre. Le monde se trouvait continuellement à l'état naissant et sur le penchant de la ruine. Chaque vie était une expiration du souffle divin, chaque mort une inspiration. Celui qui savait se plier à ce rythme et qui ne refusait pas sa propre disparition, celui-là n'éprouvait aucune peinc à mourir ni à naître. L'angoisse était réservée à la créature qui se débattait : il lui était difficile de mourir, et il lui coûtait d'être né.

A travers la grisaille pluvieuse qui traînait sur le lac nocturne, l'homme s'enfonçait sous les eaux et voyait s'y refléter le spectacle du monde : des soleils et des étoiles gravitaient dans les hauteurs, puis redescendaient ; des êtres humains, des animaux, des esprits et des anges s'affrontaient, chœurs chantants, hurlants ou silencieux ; des êtres accouraient les uns vers les autres en longues files, chacun dans l'ignorance et la haine de soi-même et projetant cette haine sur un autre, sa victime désignée. Tous ils aspiraient à la mort, au repos ; leur but était Dieu, le retour à Dieu, à la demeure du Père. A poursuivre ce but, ils éprouvaient de l'angoisse, car c'était une méprise. Il n'est pas possible de demeurer en Dieu. Il est exclu de se reposer dans son sein. La seule réalité, c'est le rythme éternel, magnifique et sacré de la respiration divine, qui exhale et retire le souffle animateur des êtres, c'est la création continue des formes et leur dissolution, la naissance et la mort, l'échappée et le repli, sans trêve, sans fin. Et c'est pourquoi il n'existe qu'un seul art, une seule sagesse, un seul secret : céder de bon gré à cette puissance, n'opposer aucune résistance à la volonté de Dieu, ne s'agripper à rien, pas même au bien et au mal. Alors seulement on était sauvé, affranchi de la douleur et de l'angoisse.

Sa vie se déployait devant lui comme un paysage qu'il aurait embrassé du regard, du haut d'une crête de montagne, avec ses vallées, ses forêts, ses villages. Tout aurait pu y être normal et parfaitement simple ; hélas, il ne s'y trouvait rien dont sa révolte, ses tourments, sa confusion intime n'eussent fait un écheveau serré de misères, un effroyable nœud de circonstances paralysantes. S'il n'existait en somme aucune femme sans laquelle il fût impossible de vivre, il n'y en avait pas non plus avec qui l'on ne pût vivre. Pas une chose, dans ce monde, qui ne soit aussi belle, aussi désirable, aussi riche en promesses de bonheur, que son contraire ! Vivre et mourir est une source de félicité dès l'instant où l'on affronte seul l'univers. De l'extérieur, il ne faut attendre nul apaisement. Il n'y a point de repos dans les cimetières, et pas davantage en Dieu ; aucune magie ne pourrait briser la chaîne infinie des naissances, le rythme de la respiration divine. Mais il existe une autre paix, que l'on ne trouve qu'en soi-même : se laisser aller, ne pas se défendre, accepter la mort, assumer l'existence.

Les présences qui avaient peuplé sa vie se manifestaient à nouveau, avec les visages qu'il avait aimés et les vicissitudes qu'il avait endurées. Sa femme apparaissait, lavée de toute faute comme lui-même, le sourire de Térésina avait quelque chose d'enfantin ; Wagner le meurtrier, dont l'histoire avait tellement assombri sa vie, lui souriait gravement, et son expression lui disait que son crime l'avait acheminé, lui aussi, au salut, que cette action s'accordait au rythme universel, qu'elle était, elle aussi, un symbole, car le meurtre, le sang répandu et l'atrocité n'ont pas d'existence réelle, ce sont des vues de notre esprit lorsqu'il nous persécute. Le crime de Wagner n'avait cessé de le poursuivre pendant des années. A le désavouer, puis à l'approuver, à le condamner, puis à l'admirer, à s'en distancer avec horreur, puis à le prendre pour modèle, il s'était forgé d'interminables chaînes de tourments, d'angoisses et de misères. Cent fois, il avait assisté, plein d'effroi, à sa propre mort, il s'était vu périr sur l'échafaud, il avait senti le tranchant du rasoir à son cou, la balle dans sa tempe. Et voilà qu'au moment d'affronter pour de bon cette mort tant redoutée, il la trouvait tellement facile, tellement simple. Quelle joie, quel triomphe ! Il n'y avait rien à redouter de la vie, nul objet n'y était effrayant, toute espèce de souffrance et de peur n'étaient que le produit de notre imagination. Bien et mal, valeur et non-valeur, désir et crainte n'étaient que des inventions de notre âme tourmentée.

La silhouette de Wagner se perdit dans le lointain. Klein avait cessé d'être Wagner. Il n'existait plus de Wagner. Tout ce qui se rapportait à ce personnage n'était qu'illusion. Maintenant Wagner pouvait disparaître. Klein, lui, vivrait. L'eau se précipitait dans sa bouche, il la buvait. De toutes parts et à travers tous ses sens, l'eau affluait en lui ; le monde se dissolvait, Klein se sentait aspiré. Tout près de lui, pressés contre lui, s'entrepénétrant aussi étroitement que les gouttes d'eau dans la masse liquide, se mouvaient des êtres humains : Térésina, le vieux chanteur, sa propre femme, son père, sa mère et sa sœur et d'autres encore, par milliers ; il voyait aussi des tableaux et des édifices, la Vénus du Titien, la cathédrale de Strasbourg ; engagées les unes dans les autres, toutes ces images confluaient en un immense courant que la nécessité entraînait furieusement, de plus en plus vite, et à l'intérieur de ce flux gigantesque où passaient toutes les formes, un autre courant se dessinait en sens inverse, également énorme et furieux. En une masse compacte, on voyait tournoyer des visages, des jambes, des ventres, des animaux, des fleurs, des pensées, des images de meurtre et de suicide, des livres qui avaient été écrits, des larmes qui avaient été versées, des yeux d'enfants, des chevelures noires et bouclées, des têtes de poissons, une femme dont le ventre ensanglanté était traversé par un long couteau, un jeune homme qui ressemblait à Klein, le visage rayonnant d'une sainte passion : c'était lui-même à vingt ans, le Klein d'autrefois, ce disparu !

Il reconnaissait enfin, avec quelle joie, que le temps n'existe pas. La seule chose qui s'interposât entre vieillesse et jeunesse, Babylone et Berlin, bien et mal, le seul facteur d'opposition entre donner et posséder, c'était l'esprit humain, qui multipliait dans le monde les différences, les évaluations, les souffrances, les conflits et les guerres. Cet esprit impétueux et cruel en était encore à l'âge des folies juvéniles, bien loin de la connaissance et sans contact avec Dieu. Cet esprit inventait des contradictions, dénommait séparément chaque chose. Les unes, il les déclarait belles, les autres, laides ; celles-là étaient bonnes, celles-ci mauvaises. Tel aspect de la vie était appelé « amour », tel autre « meurtre ». Ainsi procédait cet esprit ridiculement jeune et irréfléchi. Le temps était l'une de ses inventions. Une trouvaille remarquable, un instrument de haute précision pour susciter en nous des tourments nouveaux, pour dissocier le monde et le rendre plus inextricable. Seul le temps, cette invention démente, séparait l'homme de tout ce qu'il convoitait. C'était là un de ces appuis, une de ces béquilles dont il fallait avant tout se défaire si l'on voulait être libre.

Le courant des formes qui peuplaient l'univers se déversait, intarissable, dans les deux directions : l'une où il s'absorbait en Dieu, l'autre qui l'en faisait s'échapper. Klein aperçut des êtres qui luttaient à contre-courant, se cabraient en d'effroyables contorsions, s'infligeant mille tortures. Il y avait parmi eux des héros, des criminels, des fous, des penseurs, des amants, des religieux. D'autres, bienheureux comme lui, se laissaient emporter au gré des eaux, goûtant l'intense volupté de s'abandonner au destin qui les intégrait à la totalité.

Le chant des bienheureux et les clameurs furieuses des damnés édifiaient au-dessus des deux courants un globe translucide, une coupole sonore ; au milieu de ce dôme d'harmonies, Dieu était présent, astre d'une splendeur aveuglante, substance de lumière, environné de la musique des chœurs, dans un éternel déferlement, un ressac sans fin. Héros et penseurs se détachaient de la masse mouvante, ainsi que les prophètes et les prédicateurs. « Voyez, Dieu notre Seigneur est ici et ses voies conduisent à la paix », disait l'un d'eux, et beaucoup le suivaient ; un autre annonçait que les voies de Dieu mènent au combat et à la guerre. Tel proclamait que Dieu est lumière, tel autre, obscurité ; l'un l'appelait Père, l'autre, Mère. Ici, on louait Dieu parce qu'il est le repos, là, parce qu'il est le mouvement. On adorait en lui la flamme, la fraîcheur, le juge, le consolateur, le créateur, le destructeur, le vengeur. Dieu ne se donnait à lui-même aucune qualification.

Ce qu'il voulait, c'est être dénommé, aimé, loué, maudit, détesté, imploré, car sa demeure et sa vie étaient faites de toutes les voix qui montaient vers lui. Peu lui importait le nom sous lequel on l'exaltait ; on pouvait l'aimer ou le haïr, chercher en lui le repos et le sommeil, ou la danse et la frénésie. Chacun pouvait se mettre en quête de Dieu et le découvrir.

Maintenant, Klein distinguait sa propre voix. Il chantait. D'une voix qu'il ne se connaissait pas, claire, puissante, résonnant au loin, il chantait la gloire de

Dieu. Tandis qu'il était emporté par les vagues, mêlé à d'innombrables créatures, sa voix de prophète s'élevait, annonciatrice. Son chant retentissait, un concert d'harmonies montait jusqu'à la voûte. Au centre éclatait la splendeur de Dieu. Les flots bruissaient prodigieusement.

LE DERNIER ÉTÉ DE KLINGSOR

Titre original :
KLINGSORS LETZTER SOMMER

NOTE LIMINAIRE

Le peintre Klingsor, qui avait atteint sa quarante-deuxième année, vécut le dernier été de son existence dans ces régions méridionales avoisinant Pampambio, Careno et Laguno, auxquelles il était attaché depuis longtemps et où il avait déjà séjourné à plusieurs reprises. C'est là qu'il conçut ses dernières toiles, libres interprétations du monde des apparences, peintures étranges, lumineuses et pourtant assourdies comme un rêve, avec des arbres tourmentés et des maisons pareilles à des végétaux, que les connaisseurs préfèrent aux œuvres de sa période « classique ». A cette époque, sa palette ne comptait plus que quelques tons, parmi les plus lumineux : jaune et rouge de cadmium, vert Véronèse, vert émeraude, bleu et violet de cobalt, vermillon, laque de garance.

C'est à la fin de l'automne que la nouvelle de sa mort vint bouleverser ses amis. Plusieurs fois, ses lettres avaient exprimé des pressentiments ou fait allusion à une mort qu'il souhaitait. C'est peut-être ainsi qu'avait pu s'expliquer la rumeur selon laquelle il se serait enlevé la vie. D'autres bruits, tels qu'il s'en répand toujours au sujet d'une personnalité contestée, étaient à peine moins dénués de fondement. Nombre de personnes prétendaient que Klingsor aurait perdu l'esprit depuis des mois déjà, et un critique d'art peu clairvoyant a voulu expliquer par cette prétendue folie ce qu'il y a d'ahurissant et d'illuminé dans ses dernières peintures ! La légende enrichie d'anecdotes variées au sujet du goût prononcé de Klingsor pour la boisson est certainement mieux fondée que ces bavardages. Ce penchant existait bel et bien chez lui, et personne n'en parlait plus ouvertement que lui-même. Pendant certaines périodes, et jusqu'aux derniers mois de sa vie, il ne prenait pas seulement plaisir à chopiner très souvent, il trouvait aussi dans l'ivresse un moyen d'assoupir ses douleurs et un remède à une mélancolie parfois difficilement supportable. Li Tai Pe, qui composa les plus belles chansons à boire, était son poète favori. Lorsqu'il était ivre, Klingsor se nommait volontiers lui-même Li Tai Pe, et il appelait Thu Fu l'un de ses amis.

Son œuvre demeure vivante, aussi bien que, dans le petit cercle de ses proches, subsistent la légende de sa vie et le souvenir de son dernier été.

KLINGSOR

La saison s'avançait, un bel été débordant de sève et d'ardeur. Les chaudes journées, si longues qu'elles fussent, se consumaient les unes après les autres comme des bannières enflammées ; aux courtes et étouffantes nuits de lune succédaient des nuits de pluie, brèves et orageuses ; les semaines filaient comme des rêves dans l'éblouissement des images.

Il était passé minuit. Klingsor, rentré d'une promenade nocturne, prenait le frais sur l'étroit balcon de pierre de son atelier. Tout en bas, au-dessous de lui, on devinait l'antique jardin en terrasses, envahi par l'ombre, où se pressaient les cimes fournies des arbres, palmiers, cèdres, châtaigniers, arbres de Judée, hêtres rouges, eucalyptus, entre lesquels grimpaient les lianes et les glycines. Se détachant sur ces frondaisons obscures, les larges feuilles des magnolias luisaient d'un éclat métallique et l'on voyait surgir d'entre elles d'énormes fleurs blanc de neige, encore à demi fermées, aussi grosses que des têtes, pâles comme la lune ou l'ivoire, d'où s'échappait une légère et pénétrante odeur de citron. Une vague musique résonnait au loin, accords étouffés de guitare ou de piano, on n'aurait pu le dire. Dans les basses-cours éclatait soudain le cri d'un paon, deux ou trois fois de suite, déchirant la nuit de son accent bref, agressif et dur, comme si la souffrance de tout le règne animal se concentrait dans cet appel tourmenté qui montait, brutal et clair, hors des profondeurs.

La clarté des étoiles se répandait sur la vallée et ses versants boisés ; au sommet d'une colline, une chapelle toute blanche à la lisière de l'immense forêt semblait une apparition magique, dans sa vétusté solitaire. Lac, montagnes et ciel se confondaient à l'horizon. En chemise sur son balcon, Klingsor appuyait ses bras nus à la balustrade de fer. Avec une pointe de mauvaise humeur, les yeux irrités, il déchiffrait, dans la pâle étendue, les signes écrits par les étoiles et par les légères touches de lumière au pourtour des arbres obscurs. Le cri du paon le rappela à la réalité : c'était de nouveau la nuit, il était tard, il fallait absolument dormir. En admettant qu'il fût possible d'avoir un bon sommeil de six à sept heures plusieurs nuits de suite, il pourrait se remettre, et ses yeux cesseraient de le tourmenter continuellement, son cœur serait plus calme, et ses tempes moins douloureuses. Mais la saison était quasiment achevée, cet été qui avait ressemblé à un rêve insensé, hasardeux, et il se prenait à regretter tous les verres de vin qu'il n'avait pas bus, toutes les œillades auxquelles il n'avait pas répondu, toutes les images qu'il avait laissées fuir et qui ne reviendraient plus jamais.

Il appuya son front et ses yeux endoloris contre la balustrade en fer, trouvant à ce contact un instant de fraîcheur. Dans une année peut-être, et même plus tôt, il serait aveugle, la flamme qui le brûlait intérieurement s'éteindrait. Non, aucun être humain ne supporterait longtemps cette vie dévorante, même pas lui, Klingsor, qui pourtant menait dix existences à la fois. Personne au monde ne pouvait vivre indéfiniment tous feux allumés et tous volcans en activité ; il était impossible à quiconque, au-delà d'une courte période, de vivre nuit et jour à l'état de brasier, livré à l'ardeur d'un travail continu, en proie la nuit à des pensées fulgurantes, ne songeant qu'à jouir de la vie, à créer des formes, sans accorder aucun répit à la lucidité des sens et à la vibration des nerfs, comme si l'âme de l'artiste était un château où l'on ferait de la musique toute la journée, dans toutes les pièces, et où chaque nuit s'allumeraient mille chandelles. Cela ne pourrait pas durer. Ses forces étaient en grande partie épuisées, sa vue bien compromise et son existence à moitié sacrifiée.

Soudain, il se redressa et se mit à rire. Ces impressions, ces pensées et ces craintes, il les connaissait de longue date. Pendant sa jeunesse déjà, comme dans les moments les plus féconds et les plus significatifs de sa carrière, il avait vécu de cette manière-là, brûlant la chandelle par les deux bouts ; tantôt il jubilait, tantôt il déplorait ce gaspillage insensé, cette hâte à se consumer, ce besoin désespéré de vider la coupe d'un seul trait, secrètement angoissé qu'il était par l'idée de la mort. Maintes fois déjà, il avait connu de tels moments et brûlé d'un feu créateur. Parfois, l'approche de la fin s'était fait sentir doucement : il succombait alors à une sorte de torpeur, un peu comme les animaux lorsqu'ils hibernent. D'autres fois, la réaction avait été terrible ; il se sentait ravagé par d'insupportables douleurs, il appelait des médecins, il renonçait tristement à vivre, il capitulait devant son mal, succombant à la faiblesse.

Mais toujours, il avait fini par survivre, et, après des semaines ou des mois de tourments et de prostration, la résurrection s'était produite, une nouvelle flamme avait surgi du foyer souterrain, de nouvelles œuvres plus intenses étaient nées d'un surcroît de force créatrice. Ces intervalles de souffrance et de renoncement morose s'étaient abîmés dans les profondeurs de l'oubli. Cette fois encore, la vie reprendrait le dessus.

Il sourit en pensant à Gina, qu'il avait rencontrée ce soir et dont il avait tendrement évoqué la présence au long du chemin qui le ramenait, solitaire, à la maison, en pleine nuit. Quel charme, quelle vivacité chez cette jeune fille, dans son ardeur inexpérimentée et un peu anxieuse ! Par jeu, il se redisait à lui-même les choses tendres qu'il lui chuchotait à l'oreille : « Gina ! Gina ! Cara Gina ! Carina Gina ! Bella Gina ! » Il rentra dans sa chambre, fit à nouveau de la lumière. volume de poèmes relié en rouge d'un petit ta en désordre ; il venait de penser à une certaine qui lui paraissait indiciblement belle et débor d'amour. Il chercha longtemps, puis trouva enfin :

Ne m'abandonne pas à ma douleur nocturne
toi, ma bien-aimée, mon doux rayon de lune,
ô toi, ma lumière phosphorescente, mon flambeau,
toi mon soleil, toi, ma vie.

Il savourait profondément et buvait à petits coups la sombre liqueur de ces paroles.

Souriant, il allait et venait devant les hautes fenêtres, se récitant des vers, invoquant une lointaine Gina : « ô toi, mon doux rayon de lune », et sa voix devenait grave et tendre.

Puis il ouvrit le portefeuille qu'il avait transporté toute la soirée, après sa longue journée de travail. Il y prit son cahier d'esquisses en couleurs, celui qu'il préférait, en feuilleta les dernières pages, celles d'hier et d'aujourd'hui. On y voyait un pan de montagne, profondément marqué par l'ombre des rochers. Il en avait fait quelque chose qui rappelait d'assez près un visage grimaçant ; la montagne semblait crier, éclater sous l'effort de la douleur. Il y avait aussi la petite fontaine au bassin de pierre en demi-cercle, incrustée au flanc de la montagne sous l'arc d'une grotte pleine d'ombre, près d'un grenadier en fleur, d'un rouge éclatant. Ces notations n'étaient destinées qu'à lui seul ; elles composaient une écriture secrète dont il avait la clé et dont les caractères rapidement tracés, d'une main passionnée, traduisaient ces instants où la nature et l'âme humaine composent un accord d'une sonorité nouvelle.

Puis il examina d'autres esquisses, d'un format plus grand. Sur les feuilles blanches s'étendaient de lumineuses surfaces de peinture à l'aquarelle ; on voyait la maison rouge au milieu d'un bocage, telle la flamme d'un rubis sur du velours vert ; le pont en fer de Castiglia, dont le rouge vif se détachait sur le bleu vert des montagnes ; à côté du pont, la jetée violette, la rue

.. ton rosé ; sur une autre page, la cheminée de la tuilerie comme une fusée rouge sur un fond de feuillages vert clair ; le panneau indicateur bleu, le ciel mauve, avec d'épais nuages en forme de rouleaux. Cette page était bonne, on pouvait la garder. Quant à la porte de l'étable, sa tonalité rouge-brun contre la clarté métallique du ciel était exacte, elle avait de la résonance, mais le travail n'était pas achevé : le soleil avait donné sur la feuille blanche et il en était résulté une intolérable douleur des yeux. Il avait dû se rafraîchir longuement le visage dans un ruisseau. Cependant, ce brun-rouge sur ce bleu virulent était une réussite ; jusqu'à la moindre nuance, rien n'y était faux ni raté. Pour atteindre un tel résultat, on pouvait bien risquer sa vie. C'était à ce prix-là qu'on découvrait les mystères de l'art.

Les formes de la nature, leurs niveaux respectifs, leur épaisseur ou leur ténuité se prêtaient à toutes sortes d'échanges ou d'arrangements nouveaux ; l'artiste était libre de renoncer à tous les procédés platement imitateurs. On pouvait aussi altérer les couleurs naturelles, évidemment, on pouvait les aviver, les assourdir, les transposer de mille manières. Mais, voulait-on traduire poétiquement un sujet par la couleur, il se produisait ceci que les quelques tons posés par le peintre révélaient entre eux exactement les mêmes rapports d'opposition que présentait la nature. Sous cet angle, elle s'imposait au peintre qui procédait alors en naturaliste, même s'il substituait à un ton gris un ton orangé, et un rouge à un noir.

Encore un jour de passé, dont il restait peu de chose : l'esquisse de la tuilerie, l'accord de tonalités rouge-bleu sur l'autre feuille, et peut-être l'ébauche de la fontaine. Si le ciel était couvert demain, il irait à Carabbina dessiner le lavoir couvert où les femmes font la lessive. Peut-être pleuvrait-il de nouveau ; dans ce cas, il resterait chez lui et commencerait la toile du ruisseau. Et maintenant, au lit ! Comme d'habitude, il était plus d'une heure du matin. Dans sa chambre à coucher, il enleva sa chemise, s'aspergea d'eau froide, inondant le carreau rouge autour de lui, se mit au lit, éteignit la lumière. La pâle silhouette du Monte Salute se dessinait dans l'ouverture de la fenêtre ; cent fois, Klingsor, de son lit, en avait contemplé et médité le volume, le profil. D'un ravin boisé tout proche, la chouette lança son cri, évoquant les profondeurs du sommeil et de l'oubli.

Les yeux clos, il pensait à Gina et au lavoir peuplé de femmes. Bon Dieu ! que de choses proposées ! Que de coupes offertes ! On ne trouvait nul objet, sur la terre, qu'un peintre pût se permettre de négliger. Il n'y avait aucune femme, dans le monde, qui ne méritât d'être aimée. Pourquoi le temps existait-il ? Pourquoi les choses venaient-elles toujours stupidement les unes après les autres, et jamais toutes à la fois ? Leur foisonnement pourrait seul vous combler. En vertu de quelle loi était-il à nouveau couché seul dans son lit, comme un veuf ou un vieillard ? Si brève qu'elle fût, la vie ne se montrait pas avare de ses joies, mais on n'y chantait jamais que par instants, et la grande symphonie de l'existence n'éclatait jamais avec l'ensemble de ses voix et de ses instruments.

Il y avait bien longtemps, depuis l'âge de douze ans, que Klingsor avait affaire au problème des dix existences. Enfant, il jouait avec des camarades aux gendarmes et aux voleurs ; chaque voleur disposait de dix vies ; il en perdait une chaque fois qu'il se faisait attraper ou qu'il était atteint par un javelot. Quand il ne restait que six ou trois vies, ou même une seule, on pouvait encore se tirer d'affaire et se libérer, mais, avec la dixième, on risquait de tout perdre. Lui, Klingsor, avait mis son point d'honneur à foncer à travers tous les périls en conservant ses dix existences et il s'était qualifié de lâche lorsque, arrivé au but, il ne lui restait plus que neuf ou sept vies.

Tel était Klingsor dans son enfance, à cet âge où rien ne semble impossible, où les difficultés n'existent pas. En ce temps-là, chacun aimait Klingsor ; il se faisait obéir et disposait de tout. Ensuite, il avait continué sur sa lancée et toujours vécu dix existences à la fois. S'il n'avait pas connu la véritable satisfaction, ni atteint à la plénitude symphonique de son âme, sa propre musique, cependant, n'était jamais devenue une pauvre mélodie à une voix, son instrument avait toujours eu quelques cordes de plus que les autres et son jeu s'était distingué par son ardeur, sa variété, son élan.

Admirable silence du jardin, vivant, comme rythmé par le souffle d'une femme endormie ! Beauté sauvage de ce cri de paon dans la nuit ! Ardeur passionnée d'une âme tour à tour palpitante de joie et meurtrie par la souffrance ! C'était tout de même un privilège de passer l'été sur ces hauteurs de Castagnetta et d'habiter parmi ces nobles ruines d'où le regard embrassait d'immenses forêts de châtaigniers, ondulant au rythme des collines. Et c'était un autre plaisir de quitter ce vieux monde de forêts et de châteaux pour descendre jusqu'à la plaine où sont disposés tant de jouets neufs à regarder et à peindre avec leurs belles couleurs : la fabrique, le chemin de fer, le tram bleu, la colonne d'affichage sur le quai, les paons qui font la roue, les femmes, les curés, les autos.

Ce qui était étonnant, c'était le sentiment irrésistible, à la fois beau et douloureux qui l'attirait, avec une sorte d'avidité sensuelle, vers le moindre signe coloré, la moindre parcelle de vie et qui l'obligeait impérieusement à fixer sur eux son regard pour leur donner une forme, bien qu'il entrevît clairement, sous cette mince charpente, la puérilité et la vanité d'une telle entreprise. La brève nuit d'été s'écoula ainsi dans la fièvre. Une vapeur montait des vallons verdoyants, la sève bouillonnait dans chaque arbre, d'innombrables rêves traversaient le léger sommeil de Klingsor ; son esprit errait à travers un palais de glaces, où les images, multipliées, formaient à chaque instant de nouvelles combinaisons, comme si toutes les étoiles du ciel avaient été secouées à la fois dans un immense cornet à dés.

Un rêve, parmi d'autres, l'enchanta et le frappa tout spécialement. Il était couché dans une forêt, une femme aux cheveux rouges étendue sur lui, une autre, aux cheveux noirs, contre son épaule ; une troisième, agenouillée à ses côtés, lui tenait la main et lui baisait les doigts. Autour de lui, la forêt était peuplée de femmes et de jeunes filles, les unes encore enfants aux longues jambes minces, d'autres dans la fleur de l'âge, d'autres encore en pleine maturité, avec des visages marqués par l'expérience et la fatigue. Toutes ces femmes étaient éprises de lui et prétendaient à son amour. Tout à coup la guerre éclata entre elles comme un incendie ; la femme rouge saisit aux cheveux la noire, la traîna sur le sol, elle-même empoignée à son tour, et toutes se précipitèrent les unes sur les autres, chacune criait, déchirait, mordait, portait des coups, en recevait, au milieu de rires déments, de clameurs enragées et de cris de douleur, toutes ces Furies tordues et nouées en une masse compacte où les griffes plongées en pleine chair faisaient ruisseler le sang.

Klingsor se réveilla pendant quelques minutes, en proie à la tristesse et à l'oppression ; ses yeux grands ouverts étaient fixés sur l'espace clair de la fenêtre. Il voyait encore les visages de ces femmes déchaînées ; il connaissait plusieurs d'entre elles, qu'il pouvait nommer : Nina, Hermine, Élisabeth, Gina, Édith, Bertha. D'une voix blanche, à demi éveillé, il leur dit : « Enfants, arrêtez ! Tout cela n'est que mensonge ! Vous me trompez : ce n'est pas vous qu'il faut déchirer, c'est moi ! »

LOUIS

Louis le Cruel était arrivé à l'improviste. Comme s'il était tombé du ciel, il se trouva soudain chez Klingsor, son vieil ami. Louis était le voyageur impénitent, le personnage à surprises, l'homme qui vivait dans les trains et transportait son atelier dans le sac qu'il avait au dos. Les heures s'écoulèrent, bénies, pendant ces journées : les vents étaient favorables.

Louis et Klingsor allèrent peindre ensemble au mont des Oliviers et à Carthage (1).

— Tu te demandes si toute cette peinture a quelque valeur, en somme ? déclara Louis, couché tout nu dans

(1) Noms donnés par Klingsor à des buts de promenade dans la région où il habite *(N.d.T.)*.

l'herbe, au mont des Oliviers, le dos rougi par les coups de soleil.

— On peint *faute de mieux* (1), tout simplement, mon cher. Si tu avais toujours sur tes genoux la fille dont tu as envie à ce moment-là, si tu trouvais journellement dans ton assiette le potage que tu aimes, tu ne te laisserais pas tourmenter par ce casse-tête enfantin, la peinture ! La nature dispose d'innombrables couleurs et nous en avons réduit l'échelle à une vingtaine. Voilà la peinture. A faire ce métier-là, on n'est jamais content, et il faut encore aider les critiques à vivre. En revanche, une bonne soupe aux poissons, comme on la fait à Marseille, Caro mio, avec un petit bourgogne bien chambré, ensuite une escalope à la milanaise, et, pour le dessert, des poires et du gorgonzola ; enfin, du café turc, voilà des réalités, cher monsieur, voilà des valeurs ! La cuisine est plus que médiocre, ici, dans votre Palestine. Pardieu, ce que j'aimerais, c'est grimper dans un cerisier, j'aurais la gueule pleine de cerises, et juste au-dessus de moi sur l'échelle, il y aurait la fille brune et plantureuse que nous avons croisée ce matin. Klingsor, pose tes pinceaux ! Je t'invite à un bon repas à Laguno. C'est bientôt l'heure.

— Est-ce bien vrai ? demanda Klingsor en clignant de l'œil.

— Tout à fait. Je dois seulement faire un saut à la gare. Pour tout dire, j'ai télégraphié à une amie que j'étais à l'article de la mort : elle arrivera probablement à onze heures.

En riant, Klingsor détacha de la planche l'étude commencée.

— Tu as raison, jeune homme ! Allons à Laguno. Pour commencer, remets ta chemise, Luigi. Les mœurs sont d'une innocence primitive, dans ce pays, mais, par malheur, tu ne peux pas te promener nu en ville.

Ils descendirent jusqu'à la petite ville, allèrent à la gare, cueillirent la belle voyageuse attendue, firent avec elle un excellent repas au restaurant. Pendant les mois de son existence rustique, Klingsor avait oublié jusqu'à

(1) En français dans le texte.

l'existence de certaines délicatesses et il fut tout surpris de les retrouver : truites, jambon saumoné, asperges, Chablis, Dôle du Valais, Bénédictine. Après le déjeuner, ils prirent tous les trois le funiculaire qui grimpait à travers la ville escarpée, en oblique le long des maisons, à la hauteur des fenêtres et des jardins en terrasses. Le trajet fut charmant. Restés à leur place dans le wagon, ils revinrent à leur point de départ, pour faire encore une fois la montée, puis la descente. Le monde apparaissait particulièrement beau et paradoxal, ce jour-là, très coloré, avec quelque chose de précaire et d'incertain, pourtant magnifique. Seul, Klingsor était un peu gêné ; il regardait les choses en s'efforçant de conserver son sang-froid, car il ne voulait pas tomber amoureux de la belle amie de Luigi.

Ils entrèrent dans un autre café, se promenèrent dans un parc presque vide au milieu de la journée, s'étendirent près de l'eau, sous des arbres immenses. De nombreux sujets étaient proposés à l'artiste : maisons pareilles à des joyaux rouges posés sur un vert intense, arbres qui semblaient être des nœuds de serpents ou d'énormes perruques, bleus et rougeâtres.

— Tu as peint des choses charmantes et gaies, Luigi, des choses que j'aime beaucoup : des drapeaux qui flottent au bout d'un mât, des clowns, des cirques. Ce que je préfère à tout, c'est une certaine tache de couleur dans ton tableau des manèges nocturnes. Tu vois ce que je veux dire : au-dessus de l'étendue violette des tentes, à bonne distance de toute l'illumination, haut dans la nuit, un petit drapeau rose clair, si beau, si frais, si perdu, si terriblement seul ! Cela me rappelle un poème de Li Tai Pe ou de Verlaine. Ce petit morceau d'étoffe rose tout simple illustre à lui seul la douleur et la résignation du monde et il donne en même temps la note de tous les sentiments qui s'en moquent ! N'aurais-tu peint que ce fanion-là, ta vie serait justifiée : c'est quelque chose que je place très haut dans ton œuvre.

— Oui, je sais que tu aimes ça.

— Mais toi aussi ! Écoute : si tes toiles ne révélaient pas quelques trouvailles de ce genre, à quoi te serviraient les meilleurs dîners, les vins, les femmes, les cafés ? Tu ne serais qu'un pauvre diable. Mais, au lieu de ça, tu es un veinard, un type qu'on aime et qu'on recherche. Vois-tu, Luigi, il m'arrive souvent de me dire, comme toi, que notre art n'est qu'un succédané qui ne s'obtient pas sans de gros efforts et qui nous fait payer dix fois trop cher la vie, les jouissances instinctives, l'amour que nous lui sacrifions. Et cependant il n'en est rien. La vérité est totalement différente. On surestime les sens, dès l'instant où l'on croit que l'esprit n'a pas d'autre fonction que de les suppléer et de fournir une compensation nécessaire, lorsqu'ils sont défaillants. Les sens n'ont pas la moindre supériorité sur l'esprit, et l'inverse est également vrai. Ils forment un tout, ils se valent. Étreindre une femme ou composer un poème, c'est tout un. Il suffit qu'il y ait l'essentiel, l'amour, l'ardeur, l'émotion, peu importe alors que tu sois un moine du mont Athos ou un viveur parisien.

Louis le regarda longuement d'un air moqueur et lui dit :

— Pourvu qu'on ne t'enlève pas tes illusions, mon vieux !

Ils parcouraient la région en compagnie de la jolie femme. Leur capacité visuelle et leur imagination étaient insurpassables : un simple circuit à travers de petites villes et des villages leur fit voir Rome, le Japon, les mers du Sud ; ils s'amusaient ensuite à effacer ce jeu d'images. Selon leur humeur, ils faisaient s'allumer ou s'éteindre des étoiles au ciel. Pareilles à des sphères lumineuses, leurs pensées montaient dans l'exubérance des nuits ; le monde se muait en bulles de savon, en scènes d'opéra, en fantasmagories joyeuses.

Louis parcourait la contrée à bicyclette et, tel un oiseau, volait de colline en colline, pendant que son ami était à son chevalet. Celui-ci laissait couler bien des journées sans rien faire, puis il allait s'installer dehors et travaillait de nouveau avec acharnement. Louis ne voulait pas travailler. Un beau jour, il partit sans crier gare avec son amie. D'un endroit très éloigné, il écrivit une carte. Klingsor le croyait disparu sans retour, quand il revint à l'improviste. Chapeau de paille sur la tête et chemise ouverte sur la poitrine, il surgit devant eux comme s'il ne les avait jamais quittés. Klingsor trempa ses lèvres, une fois encore, à cette coupe de l'amitié dont le breuvage avait toute la douceur de la jeunesse. Il avait passablement d'amis, beaucoup l'aimaient, il s'était plusieurs fois ouvert à eux dans un élan de cordialité, mais seuls deux amis l'entendirent prononcer encore, cet été-là, les mots qui viennent du cœur et font appel à de vieux souvenirs : Louis, le peintre, et Hermann, le poète, surnommé Thu Fu.

Il arrivait souvent que Louis s'installât en plein champ, à l'ombre d'un poirier ou d'un prunier, et restât sur son pliant sans toucher à ses pinceaux. Absorbé dans ses pensées, il avait devant lui une feuille de papier fixée sur sa planche à dessin et il écrivait, il écrivait longuement des quantités de lettres. Ceux qui écrivent autant sont-ils heureux ? Louis le Nonchalant se donnait beaucoup de mal pour sa correspondance, peinant parfois une heure entière sur la page commencée. Beaucoup de choses qu'il avait gardées pour lui le tourmentaient. Klingsor appréciait ce côté de sa nature, qui lui était tout à fait opposé. Klingsor ne pouvait garder le silence : faire part de ses impressions était pour lui une nécessité. Si les souffrances secrètes de sa vie n'étaient connues que d'un petit nombre, en revanche, il en réservait la confidence à ses proches amis. Il lui arrivait assez souvent d'être d'humeur sombre, tourmenté par l'angoisse, prisonnier des ténèbres, tandis que des ombres démesurées surgies de son passé se projetaient sur sa vie et l'obscurcissaient. A ces moments-là, la présence de Luigi lui faisait du bien, et parfois il lui racontait ses peines.

Mais Louis n'aimait pas constater ces faiblesses. En réclamant sa pitié, elles le mettaient au supplice. Klingsor avait pris l'habitude de mettre son cœur à nu devant son ami, et il comprit trop tard qu'il allait le perdre en agissant ainsi.

De nouveau, Louis commença à parler de départ. Klingsor savait à quoi s'en tenir : Louis tiendrait en place encore trois ou quatre jours, et, soudain, il lui montrerait sa valise toute prête, il partirait et ne reviendrait pas de longtemps. La vie était trop courte, et toute perte s'y révélait irréparable. Voilà qu'il avait inquiété, importuné le seul ami qui comprît parfaitement sa peinture, et dont l'art, proche du sien, était d'égale valeur ; il l'avait contrarié, refroidi par une sotte faiblesse qui le poussait à prendre ses aises avec lui ; il avait cédé au besoin puéril de traiter sans ménagements quelqu'un qu'il aimait, il ne lui avait épargné la révélation d'aucun ennui personnel et s'était dispensé d'avoir avec lui la moindre tenue. Quelle sottise, quel enfantillage ! Klingsor se sentait coupable, mais il était trop tard.

Le dernier jour, ils se promenèrent ensemble par les vallons baignés d'une lumière dorée. Louis était d'excellente humeur, la pensée du départ exaltait son âme de voyageur. Klingsor était à l'unisson ; ils avaient retrouvé le ton ordinaire de leurs causeries, un ton dégagé, rieur, ironique et ne le quittèrent plus. Le soir, ils s'attablèrent dans le jardin d'une auberge. Friture de poisson, riz aux champignons, pêches au marasquin.

— Jusqu'où iras-tu demain ? demanda Klingsor.

— Je ne sais pas.

— Tu vas rejoindre ta belle amie ?

— Oui... Peut-être. Qui sait ? Ne m'en demande pas tant. Pour conclure, nous allons boire encore un bon vin blanc. Je propose le Neuchâtel.

Ils vidèrent la bouteille. Soudain, Louis s'exclama :

— C'est bien le moment que je reparte, vois-tu, vieux phoque ! Souvent, lorsque je suis à côté de toi, en ce moment par exemple, il me vient à l'esprit une crainte idiote. Je me dis que les deux seuls peintres que possède notre chère patrie sont assis là, côte à côte, et alors j'éprouve une pénible sensation dans les genoux, comme si nous étions transformés en statues de bronze, debout tous les deux sur un socle, la main dans la main, tu sais, comme Goethe et Schiller. Eux non plus, ils ne peuvent rien contre cette obligation de ne pas bouger de leur piédestal et de serrer leurs mains de bronze pour l'éternité, imposant peu à peu à l'humanité une image haïssable du destin. C'étaient sûrement des types très remarquables et de charmants copains ; j'ai lu une fois une page de Schiller qui m'a paru hors classe, et pourtant, on a fait de lui une espèce de monstre sacré qui doit toujours paraître aux côtés de son frère siamois ; leurs bustes en plâtre se font pendant sur les bibliothèques où sont rangées leurs œuvres complètes, commentées dans les écoles. C'est effrayant. Imagine, dans cent ans, le professeur expliquant à ses élèves : Klingsor, né en 1877 et son contemporain Louis, surnommé le Goinfre, deux rénovateurs de la peinture, qu'ils ont libérée du naturalisme de la couleur. Si l'on veut être exact, on divisera l'activité de ces deux artistes en trois périodes parfaitement distinctes...

— Non, j'aimerais mieux passer aujourd'hui sous une locomotive...

— Ou plutôt que la locomotive passe sur les professeurs.

— Impossible : il n'existe pas de machine assez puissante. Notre technique ne va pas jusque-là.

Déjà les étoiles se montraient. Soudain, Louis leva son verre et le fit tinter contre celui de son ami.

— Trinquons et buvons jusqu'à la dernière goutte. Après quoi, j'enfourche ma bicyclette ; pas d'adieux interminables ! L'aubergiste est payé. A ta santé, Klingsor !

Ayant trinqué, ils vidèrent leur verre ; dans le jardin, Louis monta sur sa bicyclette, agita son chapeau, disparut. Il n'y avait plus que la nuit, les étoiles. Louis était parti pour la Chine, entré dans la légende. Klingsor sourit tristement. Il aimait bien cet oiseau de passage. Il resta longtemps immobile sur le gravier de la terrasse, à contempler la route déserte qui descendait.

L'EXCURSION A CARENO

Klingsor entreprit de faire à pied le voyage de Careno, en compagnie d'amis venus de Barengo, auxquels s'étaient joints Auguste et Ersilie.

Les promeneurs jouissaient de l'heure matinale, tandis qu'ils cheminaient parmi les spirées au riche parfum et qu'autour d'eux, sur les versants boisés, tremblaient les toiles d'araignées où la rosée perlait encore. Cheminant à travers la forêt déjà ensoleillée, ils descendirent par des sentiers abrupts jusqu'au vallon de Pampambio, où les maisons d'un jaune vif, comme affaissées et à demi mortes, semblaient dormir au long d'une rue plongée dans la torpeur estivale ; près du ruisseau tari, les saules soulevaient à grand-peine leur feuillage argenté au-dessus des prairies brillantes de soleil. Joyeusement bigarrée, la caravane s'étirait sur les petits chemins de campagne roses, le long de la vaporeuse vallée. Vêtus de lin ou de soie, les hommes ajoutaient au paysage une note blanche ou jaune, les femmes, une note blanche ou rose ; le magnifique parasol vert Véronèse d'Ersilie étincelait comme la pierre d'un anneau magique.

De sa voix cordiale, où perçait une pointe de mélancolie, le docteur déplorait l'instabilité des choses humaines :

— C'est une vraie misère, Klingsor, de penser que, dans dix ans, vos magnifiques aquarelles seront toutes passées : les couleurs que vous préférez ne résistent pas au temps.

Et Klingsor :

— C'est vrai, et, chose plus lamentable encore, vos magnifiques cheveux bruns, docteur, seront tout gris dans dix ans. Quelques années de plus, et notre squelette si plein d'entrain sera couché dans quelque fosse, même le vôtre, Ersilie, pourtant si beau et qui semble d'une solidité à toute épreuve. Toujours enfants, nous refusons, à notre âge, d'apprendre la sagesse. Hermann, que dit Li Tai Pe ?

Le poète Hermann s'arrêta pour réciter :

La vie passe comme un éclair
dont la lueur est à peine saisissable ;
dans leur stabilité, terre et ciel persistent indéfiniment,
mais le temps qui vole effleure le visage de l'homme et le change.
Ô toi qui sièges devant une coupe remplie et ne la bois pas,
Dis-moi : qui donc attends-tu ?

— Ce n'est pas ça, objecta Klingsor, je pensais à une autre strophe où il est question d'une chevelure qui était encore noire le matin. Hermann récita aussitôt la strophe :

Ce matin encore, tes cheveux brillaient comme de la soie noire ;
Le soir a fait tomber sur eux la neige.
Celui qui ne veut pas admettre que son corps vivant périsse,
qu'il lève sa coupe à la lune et trinque avec elle !

Klingsor fit entendre son rire un peu voilé.

— Cher Li Tai Pe ! Il pressentait et savait bien des choses. Nous aussi, nous en savons, des choses, et ce sage est notre vieux frère. Les heures d'ivresse que nous vivons aujourd'hui lui plairaient. C'est exactement l'un de ces jours au soir duquel on aimerait mourir comme Li Tai Pe, dans un canot, sur un fleuve tranquille. Vous verrez : aujourd'hui, tout sera merveilleux.

— Qu'est-ce que c'est au juste, cette mort de Li Tai Pe sur un fleuve ? demanda la femme peintre. Mais Ersilie intervint de sa voix bien timbrée :

— Non, ça suffit ! A celui qui ajoutera un seul mot sur ce thème funèbre, je retire mon amitié. *Finisca adesso, brutto Klingsor !* Il s'approcha d'elle en riant :

— Vous avez raison, *bambina !* Si j'articule un mot de plus au sujet de la mort, il vous sera permis de me crever les yeux à coups de parasol. Soyons sérieux : la journée est magnifique, mes chers ! L'oiseau fabuleux a chanté ce matin déjà, je l'ai entendu. La brise qui souffle en ce moment nous vient du pays légendaire où l'enfant céleste éveille les princesses endormies et subtilise à chacun sa raison. Aujourd'hui fleurit une plante merveilleuse : sa fleur bleue ne s'épanouit qu'une fois dans toute l'existence. Celui qui la cueille trouve la félicité.

— Qu'est-ce qu'il veut dire par là ? demanda Ersilie au docteur. Klingsor entendit la question.

— Je pense que cette journée ne reviendra jamais et

que celui qui ne la goûterait pas par tous ses sens ne se la verra jamais offrir une seconde fois dans toute l'éternité. Le soleil ne brillera plus jamais comme aujourd'hui, dans cette constellation particulière, placé sous un certain angle par rapport à Jupiter, à moi, à Auguste et à Ersilie, et relativement à nous tous : jamais cela ne se reproduira, pour des milliers d'années. C'est pourquoi j'aimerais bien, puisque la fortune me sourit, cheminer un peu à votre gauche et tenir votre parasol d'émeraude qui répandra sur mon crâne une clarté opalescente. Mais il faudra vous mettre à l'unisson et me chanter quelque chose de très beau.

Il prit le bras d'Ersilie et, comme il plongeait sous l'ombre bleu et vert, le profil aigu de Klingsor s'adoucit. Il était amoureux de ce parasol dont la couleur intense et douce l'enchantait. Ersilie se mit à chanter :

Il mio papa non vuole
Ch'io spos'un bersaglier (1)

D'autres voix se joignirent à la sienne, et l'on poursuivit en chantant jusqu'à cet endroit de la forêt où le chemin est aussi raide qu'une échelle appliquée au flanc de la montagne, parmi les fougères.

— Cette chanson n'y va pas par quatre chemins, j'aime ça, déclara Klingsor. Le papa est contre les amoureux, comme toujours. Alors ils prennent un couteau bien aiguisé et ils tuent le papa. La place est libre. Ils lui règlent son compte pendant la nuit, sans témoins, sauf la lune qui ne les trahit pas, les étoiles, qui sont muettes, et le bon Dieu, qui saura bien leur pardonner. Voilà qui est bel et bon. Aujourd'hui, l'auteur d'une chanson pareille se ferait lapider.

On gravissait toujours l'étroit sentier, à l'ombre mouvante des châtaigniers que traversait le soleil. Quand Klingsor levait les yeux, il voyait devant lui, à la hauteur de son visage, les mollets graciles de la femme peintre qui transparaissaient en rose à travers ses bas.

(1) *Mon papa ne veut pas*
Que j'épouse un bersaglier.

S'il se retournait, il voyait un dôme couleur turquoise déployé sur des cheveux frisés et noirs : Ersilie et son parasol. Elle était vêtue de soie violette : la seule à porter une couleur sombre.

Près d'une ferme crépie en bleu et jaune orange, des pommes d'été, vertes et acides, jonchaient la prairie. Ils en croquèrent quelques-unes. La femme peintre se mit à raconter avec animation une promenade en bateau sur la Seine, dans le Paris d'avant-guerre.

— Ah ! Paris à ce moment-là, c'était le beau temps ! On ne reverra pas cette merveille. Non, plus jamais.

— Tant mieux ! s'écria Klingsor avec violence, et il secouait furieusement sa tête d'oiseau de proie. Il n'y a rien dans le monde qui doive revenir. A quoi bon ce retour ? Ce sont là des chimères enfantines ! La guerre a répandu une teinte paradisiaque sur tout ce qui existait avant elle, même les choses les plus sottes et les moins nécessaires. Eh bien ! oui, il faisait bon vivre à Paris, à Rome, à Arles. Mais aujourd'hui, et ici même, la vie est-elle moins belle ? Paris est une chose, le paradis en est une autre, et la paix une autre encore, mais le paradis se trouve au sommet de cette montagne : nous y serons dans une heure, comme le malfaiteur auquel il est annoncé : *aujourd'hui même, tu seras avec moi dans le Paradis*.

Ayant débouché du sentier que le soleil, jouant à travers les feuillages, parsemait de taches claires, ils abordèrent la grande route qui conduisait par de nombreux lacets jusqu'à la crête de la montagne. Les yeux préservés par des lunettes fumées, Klingsor marchait le dernier et demeurait souvent en arrière, à observer le mouvement des formes humaines et leurs constellations multicolores. Il s'était abstenu de prendre avec lui aucun matériel, même un carnet d'esquisses, mais il s'arrêtait à tout moment, captivé par quelque spectacle. Sa maigre silhouette se détachait, solitaire et blanche, sur la chaussée rougeâtre, à la lisière du bois d'acacias. L'été exhalait ses souffles ardents, la lumière tombait d'aplomb ; au pied de la montagne, le paysage baignait dans une vapeur richement colorée. Au-dessus des proches collines dont les pentes vertes et rousses contrastaient avec la blancheur des villages, se déployaient des chaînes montagneuses d'un bleu léger, relayées par d'autres chaînes plus pâles qui se succédaient de vallée en vallée, jusqu'à l'horizon où surgissaient, irréelles, les cimes neigeuses aux arêtes de cristal. La forêt d'acacias et de châtaigniers apparaissait dominée par la crête rocheuse et le sommet bosselé du Monte Salute, roux et violet clair. Les êtres étaient encore plus beaux que les choses : sur l'étendue verte, ils se détachaient comme des fleurs. Scarabée géant, le parasol vert émeraude lançait des feux au-dessus de la chevelure noire d'Ersilie ; la femme peintre, gracieuse et vêtue de blanc, montrait un visage rose, et le reste de la bande chatoyait gaiement.

Klingsor ne les quittait pas des yeux, mais sa pensée était avec Gina. Dans une semaine, il la reverrait en ville ; elle travaillait dans un bureau, tapant à la machine à longueur de journée. Il avait rarement l'occasion de la voir, et elle n'était jamais seule. C'est elle qu'il aimait, elle qui, précisément, ne savait rien de lui, ne le connaissait pas, ne le comprenait pas, le regardait seulement comme un drôle d'oiseau, un peintre célèbre, mais bizarre. Chose étrange, son désir se fixait sur elle exclusivement ; aucun autre amour ne l'eût satisfait. Il n'avait pas l'habitude de prendre des chemins détournés pour conquérir une femme, mais il devait bien s'y résoudre avec Gina, s'il voulait passer une heure auprès d'elle, tenir dans les siens ses doigts menus et fuselés, toucher du pied sa chaussure, baiser hâtivement sa nuque. A la réflexion, cet amour lui parut une devinette amusante qu'il se posait à lui-même. Le mot de l'énigme, était-ce le tournant de l'âge ? La vieillesse, déjà ? Cette passion n'était-elle que le tardif rejet, chez un quadragénaire, de la plante qui fleurit vingt ans plus tôt ?

Ayant atteint le sommet, ils découvrirent un nouvel aspect du monde, lorsque le Monte Gennaro se dressa devant eux de toute sa hauteur, construction fantastique toute en pyramides aiguës et en cônes de pierre, sous un soleil oblique qui faisait briller chaque plate-forme comme une plaque d'émail cernée d'ombres violettes. A ces hauteurs, l'air scintillait de vibrations lumineuses ; perdu dans la profondeur, le bras du lac inscrivait en bleu sa surface étroite et longue, déployée comme un frais ruban au cœur des forêts d'un vert intense.

Sur la crête où ils se trouvaient, ils découvrirent un hameau, qui se composait d'une propriété avec une petite demeure et de quatre ou cinq maisons de pierre, peintes en bleu et en rose ; il y avait encore une chapelle, une fontaine et quelques cerisiers. Les promeneurs s'arrêtèrent près de la fontaine, au soleil ; de son côté, Klingsor, franchissant une porte voûtée, pénétra dans l'ombre d'une cour où s'élevaient trois hautes maisons aux façades bleu pâle, percées de quelques fenêtres étroites. L'herbe poussait entre les pavés ; des gravats s'entassaient dans la cour, dont les angles étaient pleins d'orties ; une chèvre allait ici et là. A la vue de l'étranger, une petite fille prit la fuite, mais Klingsor l'attira en lui montrant une tablette de chocolat. Capturée, elle ne bougea plus, et il la cajolait, lui donnait la becquée. Farouche et belle, l'enfant avait une chevelure noire, des yeux noirs de bête craintive, des jambes nues bien moulées, dont la peau brune semblait polie.

— Où habitez-vous ? demanda-t-il. Elle courut à la porte la plus proche, qui s'ouvrit dans le pâté de maisons. Surgissant d'un antre obscur qui rappelait les plus vieux âges, une femme apparut : c'était la mère et elle accepta, elle aussi, un morceau de chocolat. De ses vêtements crasseux, son cou brun se dégageait avec grâce. Son beau visage, ferme et large, était brûlé par le soleil ; elle avait de grands yeux, des lèvres pleines, bien dessinées ; en elle, la suavité s'unissait à la rudesse. Sa physionomie orientale exprimait en toute sérénité les puissances de l'amour et de la maternité. Klingsor se pencha vers elle dans l'intention de la séduire, mais elle se déroba, souriante, et glissa la fillette entre elle et lui. Il reprit son chemin, décidé à revenir un jour. Il voulait peindre cette femme, ou devenir son amant, ne fût-ce que pour une heure, car, à ses yeux, elle incarnait à la fois la mère, l'enfant, l'amante, l'animal, la Madone.

Il fit un long détour avant de rejoindre ses amis, le cœur rempli de songes. Sur le mur de la propriété, dont la maison d'habitation semblait vide et fermée, étaïent encastrés de vieux boulets de canon ; un escalier conduisait capricieusement à travers les bosquets jusqu'à un bois sur une colline au sommet de laquelle on découvrait un monument baroque, le buste d'un personnage habillé à la Wallenstein, avec des cheveux bouclés, une barbe en pointe, ondulée ; des spectres hantaient la montagne en plein midi, le fantastique vous guettait un peu partout, la mélodie des choses changeait de ton, prenait des résonances étranges.

Klingsor but à la fontaine ; un papillon vint se désaltérer aux gouttelettes rejaillies sur le bord du bassin. Le chemin qui longe la crête continue sous les châtaigniers et les noyers, tantôt à l'ombre, tantôt au soleil. A un tournant, surgit une petite chapelle, décrépite et jaune d'ocre, dont la niche s'ornait de figures à demi effacées, peintes sur la paroi : une tête de saint laissait voir encore ses traits d'ange ou d'enfant qui se détachaient sur un fond brun-rouge, par ailleurs tout effrité. Klingsor avait un faible pour ces anciennes peintures, lorsqu'il les rencontrait par hasard ; il aimait ces fresques dégradées par le temps, il aimait voir ces belles œuvres retourner à la poussière originelle.

Il y eut encore des forêts, des vignes, des routes en plein soleil, aveuglantes, puis, après un dernier tournant, ils eurent la surprise de se trouver au but, devant une porte voûtée, pleine d'ombre, au-delà de laquelle une haute église de pierre rouge pointait orgueilleusement son clocher vers le ciel. Devant l'église s'étendait une place ensoleillée et poussiéreuse, coupée de quelques pelouses desséchées dont le gazon craquait sous le pied. Les murs réverbéraient la lumière de midi ; presque invisible à cause du soleil, une statue se dressait en plein ciel à l'extrémité d'une colonne, tandis qu'autour de la place, une balustrade en pierre se découpait sur l'azur infini.

Derrière l'église, l'antique village de Careno, bâti à l'époque des Sarrasins, se blottissait dans l'ombre. Mornes cavernes de pierre brute sous des tuiles brunes décolorées, ses maisons étaient bordées d'obscures ruelles d'une étroitesse de cauchemar. Ici et là, on découvrait de petites places éclatantes de lumière, qui faisaient penser à l'Afrique ou à Nagasaki. La pente boisée domine le village et s'enfonce plus bas en une profondeur vaporeuse et bleutée. Au ciel, naviguaient de gros nuages blancs. « C'est drôle, disait Klingsor, de penser au temps qu'il faut pour connaître un peu le monde ! Sur ce point, je n'étais, moi aussi, qu'un ignorant, à l'époque déjà lointaine où, partant pour l'Asie, je passai dans le train de nuit à une dizaine de kilomètres de Careno. Je partais pour l'Asie, et à ce moment-là, ce voyage s'imposait. Mais tout ce que j'ai trouvé là-bas, je le découvre ici, maintenant : la forêt primitive, la chaleur, de belles créatures qui semblent n'avoir pas de nerfs, le soleil, les sanctuaires. Il nous faut un long apprentissage avant de savoir visiter en une seule journée trois continents. Je les vois réunis devant nous, et je salue ici l'Inde, l'Afrique et le Japon ! »

Ses amis connaissaient une jeune dame qui demeurait près de là, un peu plus haut, et Klingsor se réjouissait beaucoup de cette visite à l'inconnue qu'il appelait la Reine des Montagnes, d'après le titre d'un conte oriental dont le mystère avait captivé son enfance. Impatiente, la caravane envahit le défilé des petites rues qu'emplissait une ombre bleue ; on n'y percevait nulle présence d'homme, de poule ni de chien. Mais, dans la pénombre d'une fenêtre cintrée, Klingsor vit une figure immobile et silencieuse, une belle jeune fille aux yeux sombres avec un foulard rouge sur ses cheveux noirs. Elle glissa un regard vers l'étranger, rencontra le sien, et, le temps de reprendre haleine, ils se fixèrent l'un l'autre, homme et fille, leurs deux mondes séparés se rapprochant pour un instant. Ils échangèrent ce bref sourire entendu qui confirme entre l'homme et la femme l'éternel antagonisme des sexes, vieux comme le monde. Un pas de plus, et l'étranger aurait disparu à l'angle de la maison ; son image irait en rejoindre beaucoup d'autres dans les rêves et la mémoire de la jeune fille. Cependant, l'aiguillon planté dans son cœur toujours affamé, Klingsor hésita une seconde, méditant de revenir sur ses pas. A cet instant, Auguste l'appela, Ersilie commençait à chanter et soudain, le mur d'ombre qu'ils avaient devant eux s'étant abattu, ils se trouvèrent devant une petite place ensoleillée, où deux palais d'un jaune doré, avec d'étroits balcons de pierre, apparurent, plongés dans le silence et l'enchantement de midi. Des boutiques fermées complétaient ce décor qui semblait dressé pour le premier acte d'un opéra.

« L'arrivée à Damas! s'écria le docteur. Où donc habite Fatmé, la perle des femmes ? »

A la surprise générale, la réponse vint du plus petit des deux palais. De l'obscurité fraîche que laissait voir la porte entrouverte du balcon, une note s'échappa, déconcertante, puis une autre, dix fois de suite la même, puis reprise à l'octave, dix fois également ; il n'y avait pas de doute possible : c'était un piano à queue qu'on accordait en plein Damas. C'était là, sûrement, qu'habitait la Dame. L'édifice semblait cependant dépourvu de porte : rien que des murs d'un jaune orangé, avec deux balcons, et, au-dessus, un pignon crépi orné d'une antique peinture : un perroquet entouré de fleurs bleues et rouges. A cet endroit aurait dû se trouver une porte décorée à laquelle on eût frappé trois fois en prononçant la formule de Salomon ; la porte se serait ouverte et le voyageur eût senti s'exhaler les aromates de la Perse, tandis que la Reine des Montagnes serait apparue sur un trône élevé, enveloppée de voiles. A ses pieds, des esclaves accroupies sur les marches ; le perroquet représenté sur la peinture aurait été se percher en jacassant sur l'épaule de la souveraine.

Ils finirent par trouver une petite porte dans une rue latérale. Un mécanisme compliqué déclencha une sonnerie de tous les diables. Par un escalier, ou plutôt par une sorte d'échelle, ils montèrent à l'étage. Comment un piano à queue avait-il pénétré dans cette maison ? Par la fenêtre ? Par le toit ?

Un grand chien noir déboucha en trombe, suivi d'une sorte de lionceau au poil fauve ; il y eut grand tapage dans l'escalier ; là-bas on frappait onze fois le même accord ; une douce lumière s'échappait d'une pièce aux murs roses ; des portes claquèrent. Où était le perroquet ? Soudain la Reine des Montagnes se montra, fleur élancée sur sa tige, ferme et souple, tout habillée de rouge, flamme vivante et symbole de la jeunesse. Au regard de Klingsor, ce nouveau spectacle en éclipsa mille autres. Il eut aussitôt la certitude qu'il ferait le portrait de cette femme. Non pas qu'il songeât à rendre ses traits réels, mais bien plutôt à traduire le rayonnement qui émanait de sa personne, le poème à la résonance douce et âpre que lui suggérait cette blonde amazone dans l'éclat de sa jeunesse et de sa robe de feu. Il l'aurait sous les yeux pendant une heure, peut-être plus longtemps. Il la verrait marcher, s'asseoir, rire et peut-être danser ; il n'était pas exclu qu'il l'entendît chanter. La journée trouvait ici sa consécration, le sens qui lui manquait encore. Ce qui pourrait s'y ajouter serait un don superflu.

Comme toujours, l'événement décisif ne venait pas seul : des signes précurseurs l'avaient annoncé : l'apparition de cette paysanne qui rappelait l'Orient, son regard sensuel et maternel ; puis, la jeune beauté à sa fenêtre, dans le village ; différentes choses enfin.

Une pensée qui le fit tressaillir lui traversa l'esprit : « Si j'avais dix ans de moins, dix brèves années de moins, elle m'aurait eu, celle-là, elle m'aurait capturé et fait marcher au doigt et à l'œil ! Non, tu es trop jeune, petite Reine écarlate, beaucoup trop jeune pour le vieux magicien Klingsor ! Il te contemplera, t'étudiera avec attention, il fera ton portrait, immortalisant ainsi le poème de tes jeunes années ; mais il n'entreprendra aucun pèlerinage pour toi, il ne grimpera sur aucune échelle pour te rejoindre, ne commettra pas de crime en ton nom, ne donnera point de sérénade sous ton charmant balcon. Non, malheureusement pour lui, il ne fera rien de tout cela, le peintre Klingsor, ce vieux bélier. Il ne tombera pas amoureux de toi, ne te regardera pas comme il avait regardé la femme de type oriental et surtout la fille aux cheveux noirs, qui peut-être n'est pas plus jeune que toi. Pour elle, Klingsor n'est pas trop vieux, mais pour toi, oui, Reine des Montagnes, fleur purpurine des sommets, pour toi, je suis trop vieux, mon bel œillet des rochers ! Ainsi, je pourrai d'autant mieux prendre possession de toi par le regard et par l'esprit, fulgurante comète, que tu as depuis longtemps déjà cessé d'exister pour moi. »

A travers des pièces carrelées et des galeries en plein cintre, on accédait à une salle où des bas-reliefs de stuc faisaient briller leur fantaisie baroque au-dessus de grandes portes ; autour de la salle, courait une frise peinte qui déployait sur un fond de couleur sombre une série de figures : dauphins, chevaux blancs, amours roses, qui se mouvaient au gré d'une mer toute peuplée de créatures mythologiques. Cette grande salle était presque vide : il ne s'y trouvait que quelques chaises, et, déposées sur le carreau, les parties du piano à queue qui avait été démonté. Deux portes attiraient le regard vers les petits balcons qui dominaient la place brillamment éclairée comme une scène d'opéra ; angle à angle avec ceux-ci, les balcons du palais voisin avaient belle allure, ornés, eux aussi, de peintures : on y voyait un gros cardinal pareil à un poisson rouge dans une eau pénétrée de lumière.

Sans aller plus loin, on déballa des provisions ; une table fut dressée, on fit apporter du vin blanc d'un cru nordique, breuvage d'une rare vertu pour ouvrir la porte aux évocations de la mémoire. L'accordeur avait pris la fuite, abandonnant à leur mutisme les morceaux épars de l'instrument. Klingsor fixa pensivement son regard sur la structure interne du piano, dont toutes les cordes étaient visibles, puis il referma doucement le couvercle. Ses yeux le faisaient souffrir, mais dans son cœur, ce jour d'été fondait en une seule harmonie le souvenir de la paysanne sarrasine et le rêve de Careno. Il mangea, tendit son verre à la rencontre d'autres verres, se répandit en joyeux propos. Derrière ses gestes et ses discours, quelque chose en lui ne cessait de travailler ; son regard ne lâchait point l'œillet des rochers, investissant de toutes parts cette fleur de feu, comme la rivière entoure le poisson ; son cerveau en pleine activité notait les formes, les rythmes, les mouvements avec la même exactitude que le scribe gravant des chiffres sur une règle de bronze.

Les conversations et les éclats de rire résonnaient dans la salle démeublée. Le docteur riait discrètement et sans malice ; le rire d'Ersilie était profond et chaleureux ; chez Auguste, c'était une sorte d'ébranlement souterrain. Quand elle riait, la femme peintre faisait des roulades comme un oiseau. Le poète dissertait subtilement, Klingsor plaisantait. Observant les convives à la dérobée, la Reine des Montagnes allait de l'un à l'autre, un peu intimidée ; autour d'elle, les dauphins et les chevaux menaient leur ronde. On la voyait tantôt près du piano, tantôt accroupie sur un coussin ; elle coupait les tranches de pain, versait à boire d'un geste maladroit qui trahissait sa jeunesse. Sous le plafond de la salle fraîche, la gaieté se donnait libre cours ; noirs ou bleus, les yeux brillaient ; derrière les hautes portes des balcons flamboyait le soleil de l'après-midi. Le nectar coulait à flots dans les verres et son riche bouquet compensait heureusement la frugalité de ce déjeuner froid. Les hommes suivaient du regard les mouvements de la Reine dont la robe rouge rayonnait, éclatante, à travers la salle. Elle disparut un instant et, quand elle revint, elle avait noué sur sa poitrine un fichu vert. Elle s'esquiva de nouveau et reparut cette fois avec un foulard bleu autour de la tête.

A la fin du repas, las et rassasiés, les invités furent heureux de se mettre en route pour la forêt, où ils s'étendirent dans l'herbe et sur la mousse. Les ombrelles bougeaient, les visages étaient excités sous les chapeaux de paille et le ciel resplendissait. La Reine des Montagnes se coucha sur le gazon dans sa robe rouge vif qui faisait ressortir la naissance de son cou mince et gracile et la délicatesse de ses pieds chaussés de hautes bottines. Assis près d'elle, Klingsor déchiffrait cette nouvelle énigme, l'étudiait, se pénétrait de cette présence, comme il l'avait fait jadis pour la Reine des Montagnes, lorsqu'il lisait le conte qui avait enchanté son enfance.

Repos et somnolence alternaient avec la causerie ; on s'amusait à chasser les fourmis ; on croyait entendre glisser un serpent ; des écales de châtaignes restaient prises dans les cheveux des femmes. On évoqua ceux qui n'étaient pas là, et qu'on eût aimé voir en ce moment ; ils n'étaient pas nombreux : on regretta surtout l'absence de Louis le Cruel le compagnon de Klingsor, le peintre des manèges et des cirques, dont l'esprit fantaisiste planait sur ce cercle d'amis.

L'après-midi passa comme une année au paradis. Les adieux se firent gaiement. Klingsor emportait la vision de tout un monde : la Reine, la forêt, le palais avec la salle des dauphins, les deux chiens, le perroquet. Comme il dévalait de la montagne, entouré de ses amis, il sentit renaître en lui cet entrain, cet enthousiasme qu'il ne connaissait que rarement, les jours où il renonçait délibérément au travail. Avec Ersilie, Hermann et la femme peintre, il dansait sur la route ensoleillée, entonnait des chansons, s'égayait comme un enfant à des histoires drôles et à des jeux de mots, riait de bon cœur. Ayant pris les devants au pas de course, il alla se mettre en embuscade pour effrayer les autres.

Si vite que l'on eût marché, le soleil déclinait plus rapidement encore, et à Palazetto déjà il sombra derrière la montagne ; en bas, dans la vallée, la nuit tombait. Ils se trompèrent de chemin et descendirent trop loin, aussi la faim et la fatigue les obligèrent à modifier les plans qu'ils avaient faits pour la soirée : promenade à travers les blés jusqu'à Barengo, friture de poisson à l'auberge du village, au bord du lac.

— Chers amis, déclara Klingsor qui s'était assis sur un mur au bord du chemin, notre première idée était excellente et un bon dîner chez les pêcheurs ou au Monte d'Oro m'agréerait parfaitement. Mais nous n'irons pas si loin, moi du moins. Je suis fatigué et j'ai l'estomac creux. Si je fais un pas de plus, ce sera pour me diriger vers le prochain *grotto* qui certes n'est pas éloigné. On y trouve du pain et du vin : c'est tout ce qu'il nous faut. Qui vient avec moi ?

L'ayant tous suivi, ils découvrirent le *grotto* sur le versant abrupt de la forêt : une terrasse étroite avec des bancs de pierre et des tables sous les feuillages. De la cave taillée dans le roc, l'aubergiste rapporta du vin blanc bien frais. A part ça, on ne servait que des rations de pain. Ils s'attablèrent en silence et commencèrent à manger, heureux de se reposer enfin. Derrière les hauts fûts des arbres, la montagne bleue noircit, la route prit une couleur blafarde ; plus bas, dans la pénombre, on entendait rouler une voiture, aboyer un chien. Aux étoiles qui se levaient, répondaient sur la terre les lumières qui s'allumaient ici et là, confusément. Klingsor se sentait heureux et reposé ; il contemplait la nuit tout en mangeant force tranches de pain noir et en buvant l'une après l'autre les rasades qu'il se versait dans sa tasse bleue. Quand il eut satisfait son appétit, il se reprit à bavarder et à chanter, se balançant au rythme des chansons, badinant avec les femmes dont il humait l'odorante chevelure. Le vin lui parut bon. Persuasif comme un vieux séducteur qu'il était, il réduisait aussitôt à néant toute proposition de poursuivre la route, sirotait son vin, offrait à boire, trinquait de grand cœur avec chacun, commandait de nouvelles chopines.

Des tasses bleues en terre cuite, ces témoins d'autrefois, s'échappaient lentement des sortilèges colorés qui transformaient le monde et faisaient danser les lumières. Sur cette plate-forme, ils se sentaient comme sur une balançoire au-dessus du monde et de l'abîme ténébreux, tels des oiseaux dans une cage dorée, face aux étoiles, sans patrie ni pesanteur. Ces oiseaux-là chantaient des mélopées exotiques, l'ivresse de leurs âmes s'envolait sur les ailes de la fantaisie à travers la nuit, le ciel et la forêt, dans l'ambiguïté magique du cosmos. Les étoiles et la lune, les arbres et la montagne répondaient à ces incantations, Goethe et Hafiz étaient assis près d'eux ; on respirait les chauds effluves de l'Égypte et la secrète essence de l'Hellade ; Mozart souriait ; Hugo Wolf jouait du piano dans cette nuit de folie.

Un bruit terrible éclata soudain, en même temps qu'une clarté fulgurante déchirait la nuit : au-dessous d'eux, au cœur de la terre, un train s'enfonçait en pleine montagne, toutes fenêtres allumées, tandis que, des hauteurs du ciel, tintaient les cloches d'une église invisible. Une moitié de lune aux aguets derrière les nuages glissa un regard sur la table, fit jouer son reflet dans le vin rouge, effleura la bouche et les yeux d'une femme qui surgirent des ténèbres, poursuivit sous les étoiles ses jeux de magicienne. Louis le Cruel, c'est-à-dire son esprit, était assis sur un banc, solitaire, et il écrivait des lettres. Roi de la nuit, Klingsor, couronne en tête, adossé à un siège de pierre, dirigeait la danse du monde, battait la mesure, faisait paraître la lune au ciel, disparaître le train dans la montagne, où il s'était englouti comme une constellation se couche à l'horizon. Où était la Reine des Montagnes ? N'était-ce pas le piano qui résonnait en pleine forêt, mêlant ses accords à l'aboiement lointain du petit lion méfiant ? Et elle, ne venait-elle pas de nouer sur sa tête un nouveau foulard bleu ? Holà, vieux monde, veille à ne pas t'écrouler ! Toi forêt, jusqu'ici et pas plus loin ! Et vous, noires montagnes, là-bas est votre royaume, gardez la mesure ! Étoiles, vous êtes bleues et rouges comme dans la chanson : « Tes yeux rouges et ta bouche bleue... »

La peinture était certes une belle chose, un jeu magnifique, aimé des enfants sages, mais c'était encore une autre affaire, et plus grave, de diriger le chœur des étoiles, d'accorder au rythme du monde ses propres pulsations, les impressions colorées de sa propre rétine, et d'abandonner au vent nocturne les mouvements contradictoires de l'âme. Disparais, montagne sombre ! Deviens nuage, envole-toi vers la Perse, répands-toi en pluie sur l'Uganda ! Accours ici, esprit de Shakespeare, et chante-nous, ivrogne et fou, cette chanson de la pluie qui ne cesse de tomber !

Klingsor mit un baiser sur une main de femme, s'appuya contre une gorge qui respirait doucement. Sous la table, quelqu'une, il ne savait laquelle, lui faisait du pied. Il se sentait environné de tendresse et la vieille magie le touchait d'une façon nouvelle. Il se sentait jeune encore, la mort n'était pas pour demain ; des forces de séduction rayonnaient encore de son être. Non, elles n'avaient pas cessé de l'aimer, ces braves petites femmes tourmentées, elles comptaient toujours sur lui !

Il s'exalta encore, puis, d'une voix légèrement chantante, il se mit à raconter une merveilleuse épopée, l'histoire d'un amour ou plutôt d'un voyage dans les mers du Sud, en compagnie de Gauguin et de Robinson. C'est au cours de ce voyage qu'il avait découvert l'île aux Perroquets et fondé l'État libre des îles Fortunées. Sous les feux du couchant, étincelaient des milliers de perroquets dont la queue au plumage bleu se reflétait dans l'eau verte de la baie. Lorsqu'il avait proclamé sa libre République, Klingsor avait été salué par un tonnerre d'acclamations où les cris des perroquets se mêlaient aux clameurs des grands singes, accourus en foule. Ayant confié au cacatoès blanc le soin de former un cabinet, il avait bu à la santé du revêche calao un vin de palme dans de pesantes écorces de coco. O lune de jadis, lune des nuits sacrées qui brillait sur la cabane de roseaux ! Elle s'appelait Kil Kalia, la sauvage princesse à la peau brune. On la voyait se promener à travers la forêt de bananiers, où ses membres élancés brillaient comme des rayons de miel, sous les feuilles géantes, pleines de sève. Ses yeux étaient doux comme ceux du chevreuil, son échine aussi flexible et vigoureuse que celle du félin, ses chevilles nerveuses toujours prêtes à bondir avaient la souplesse du chat. Kil Kalia, toi qui personnifies l'innocence et la passion primitive des enfants du Sud-Est, combien de nuits as-tu passées, étendue auprès de Klingsor ? Chacune de ces nuits semblait nouvelle, dépassait la précédente en volupté, en intimité ; ô ! inoubliables fêtes de l'Esprit de la Terre, lorsque les vierges de l'île aux Perroquets dansèrent en l'honneur de la divinité !

La nuit au front d'argent déployait sa voûte étincelante au-dessus des îles englobant Robinson et Klingsor, ainsi que son histoire et ceux qui l'écoutaient. La montagne s'incurvait comme un ventre ou un sein tendre et vivant sur lequel reposent les forêts, les maisons et marchent les hommes ; entourée de brume, la lune se hâtait de gravir l'hémisphère céleste, suivie par la danse silencieuse et folle des étoiles. On voyait se former des chaînes de constellations, câble étincelant de quelque funiculaire de paradis. La forêt primitive, source de vie, s'assombrissait ; l'humus des premiers âges exhalait des souffles de pourriture et de germination. Des serpents et des crocodiles y rampaient, mêlés au courant ininterrompu des êtres créés.

— Je vais me remettre à l'ouvrage, déclara Klingsor, et dès demain. Mais je ne peindrai plus ces maisons, ces gens, ces arbres que vous connaissez. Je ferai des crocodiles, des étoiles de mer, des dragons, des serpents pourprés ; mon thème, ce sera le monde en devenir, en mutation perpétuelle, le monde où toute créature aspire ardemment à devenir homme ou étoile, à travers les naissances et les décompositions successives qui attestent l'universelle présence de Dieu et de la mort.

Comme il prononçait ces paroles à voix basse, en ce moment de grâce et de recueillement, la voix d'Ersilie s'éleva, vibrante et claire ; elle chantait l'air du *bel mazzo di fiori,* dont les notes roulaient en un flot paisible jusqu'à Klingsor, qui pensa entendre la voix d'une île perdue dans l'océan de la solitude et de la durée. Il retourna sa tasse vide et ne se versa plus à boire. Il écoutait. C'était la voix d'un enfant, ou d'une mère. Et lui-même, en cette minute, était-il un égaré, un scélérat plongé dans la fange, un gueux, une crapule, ou bien était-il un petit enfant plein d'innocence ?

— Ersilie, dit-il avec respect, tu es notre bonne étoile.

S'agrippant aux branches et aux racines, ils descendirent la pente abrupte à travers la forêt, en pleine nuit, cherchant à tâtons le chemin du retour. Ayant atteint la lisière, ils prirent à travers champs (la moisson était faite). Par un sentier, ils pénétrèrent dans une plantation de maïs où la clarté de la lune jouait sur les feuilles brillantes, puis ils longèrent des vignobles, dont ils voyaient disparaître les rangées de ceps, à mesure qu'ils avançaient. De sa voix un peu enrouée, Klingsor chantonnait des mélodies allemandes ou malaises, avec ou sans paroles, donnant libre cours aux sentiments qui le comblaient. De même un vieux mur, le soir venu, rayonne de la splendeur solaire dont il s'est imprégné pendant le jour.

La troupe des promeneurs perdait ici et là l'un de ses pèlerins qui prenait congé puis disparaissait par les petits sentiers dans l'ombre des vignes. Chacun regagnait son foyer, seul sous la voûte du ciel. En souhaitant bonne nuit à Klingsor, une femme l'embrassa, posant sur sa bouche des lèvres ardentes. Comme des vagues successivement effacées, ils disparurent l'un après l'autre jusqu'au dernier. Quand Klingsor, demeuré seul, gravit l'escalier de son logis, il chantait encore, à la gloire de Dieu et de lui-même, en l'honneur de Li Tai Pe et du bon vin de Pampambio. Pareil à une idole, il se sentait reposer sur les nuées du consentement universel.

« En mon être intime, disait sa chanson, je suis comme une sphère d'or, comme la coupole d'une cathédrale : à l'intérieur, on s'agenouille, on prie ; la figure de Dieu rayonne sur la paroi ; une vieille fresque montre le Sauveur en croix et le cœur saignant de Marie. Et nous saignons aussi, nous autres fous, qui sommes des astres ou des comètes. Des glaives innombrables nous traversent la poitrine. Je t'aime, femme blonde ou noire, j'aime tous les êtres, même les philistins. Vous êtes tous de pauvres diables comme moi, de pauvres enfants, des demi-dieux manqués, comme cet ivrogne de Klingsor. Salut à toi, vie bien-aimée ! Salut à toi, mort bien venue ! »

KLINGSOR A ÉDITH

Étoile aimée au ciel d'été !

Ta lettre si vraie et si bonne m'apporte un douloureux message d'amour, l'écho d'une souffrance et d'un reproche éternels. Tu as raison de me faire connaître et de t'avouer à toi-même chacun de tes sentiments, mais ne va pas dire qu'il en est de mesquins ou d'indignes ! Ils ont chacun leur valeur, même la haine, même l'envie, la jalousie et la cruauté. Qu'ils soient misérables, élevés ou magnanimes, c'est d'eux tous que nous vivons, et le moindre d'entre eux auquel nous ne rendons pas justice est une étoile qui s'éteint à notre ciel.

Quant à Gina, je ne sais pas si je l'aime. J'en doute fort. Je ne ferais pour elle aucun sacrifice. Au fond, j'ignore si je suis capable d'amour. Le désir, je sais ce que c'est. Il m'arrive de me chercher moi-même à travers d'autres êtres, de percevoir en eux mon propre écho, d'attendre qu'ils me servent de miroir. Je recherche volontiers le plaisir, et tout cela n'est pas sans ressemblance avec l'amour. Nous errons tous deux, toi et moi, dans le jardin de notre sensibilité, où rien ne croît de toute sa hauteur en un monde mauvais, dont nous tirons vengeance chacun à notre manière, mais dans le respect réciproque de nos rêves, car nous apprécions tous les deux ce vin-là pour sa couleur intense et son bouquet.

Être au clair sur ses sentiments, sur la portée et la conséquence de ses actes, c'est là une qualité réservée aux êtres équilibrés qui croient à la vie et n'entreprennent aucune démarche qu'ils pourraient désavouer par la suite. Je n'ai pas la chance d'être de ce nombre ; mes sentiments et mes actes trahissent toujours en moi l'homme qui ne croit pas au lendemain et qui, chaque matin, pense qu'il va vivre sa dernière journée.

Chère et gracieuse amie, j'essaie, sans y réussir, de t'exprimer ma pensée. Une fois dites, nos pensées cessent de vivre. Ne leur donnons pas la mort ! Je suis profondément touché de ta compréhension : tu me fais sentir notre parenté. Je ne sais sous quelle forme inscrire au livre de la vie nos sentiments : amour, volupté, gratitude, compassion, tendresse maternelle ou filiale. Tantôt je regarde toute femme d'un œil averti de vieux libertin, tantôt je suis devant elle comme un enfant. Parfois, la femme la plus réservée est celle qui m'attire davantage ; à d'autres moments, c'est la plus provocante. Tout objet que je puis aimer est beau à mes yeux, sacré, intégralement bénéfique. Je ne m'inquiète pas de savoir pour combien de temps, ni dans quelle mesure il en est ainsi. Tu n'es pas la seule que j'aime, tu le sais, et Gina n'est pas davantage mon unique amour ; demain, après-demain, j'aimerai d'autres femmes dont je ferai le portrait, mais je ne regretterai jamais aucun amour, ni aucune des actions sages ou folles que j'aurai accomplies à son propos. Il se peut que je t'aime parce que je te sais proche de moi. D'autres femmes, je les aime parce qu'elles sont très différentes de moi.

Il est tard. La lune brille sur le Monte Salute. Riante est la vie, riante est la mort ! Brûle cette lettre idiote et jette au feu

ton Klingsor.

HARMONIES D'UN MONDE FINISSANT

On était arrivé au dernier jour de juillet, mois préféré de Klingsor ; les grandes festivités de Li Tai Pe étaient consommées et ne reviendraient plus. Au jardin, l'or des tournesols s'élevait glorieusement vers l'azur. En compagnie du fidèle Thu Fu, Klingsor, ce jour-là, faisait un pèlerinage à travers une région qu'il aimait : la banlieue brûlée par le soleil, là où les rues poussiéreuses sont bordées de grands arbres, où le rivage sablonneux est couvert de cabanes peintes en rouge et en orangé ; près des embarcadères, des camions attendent ; au long des murs violets remue tout un peuple misérable et bariolé. Au soir de cette journée, Klingsor était installé à la limite d'un de ces faubourgs et s'était mis à peindre les tentes multicolores et les roulottes d'une foire. Accroupi sur l'herbe rare et desséchée d'un talus au bord de la route, il était complètement absorbé par les tons vifs des tentes et s'efforçait de rendre le mauve décoloré d'un pan de toile, le vert vif et le rouge des pesantes roulottes, les rayures bleues et blanches des perches d'échafaudage. Il plongeait furieusement son pinceau dans le cadmium ou le cobalt aux fraîches tonalités, il étirait par touches fluides la laque de garance à travers l'or et le vert du ciel. Dans une heure ou même avant, il faudrait s'arrêter, la nuit viendrait. Demain, le mois d'août commençait déjà, ce mois fiévreux qui mêle dans sa coupe l'amertume et la crainte de la mort. La faux était aiguisée, les jours décroissaient ; cachée sous les feuillages brunissants, la mort ricanait. Couleurs, surpassez-vous ! Pars en guerre, cadmium éclatant ! Déploie ta splendeur voluptueuse, garance, et toi, éclate de rire, jaune citron ! A nous deux, bleu sombre des lointaines montagnes, vert sourd et mat des arbres ! Pauvres arbres, quelle lassitude fait pencher vos branches d'un mouvement si résigné ? Vous avez pénétré en moi, douces images ; je vous donne l'apparence de la durée et de l'immortalité, moi, l'être le plus éphémère de tous, le plus incroyant, le plus triste, le plus vulnérable à l'angoisse de la mort. Juillet consumé, août le sera vite à son tour, et tout à coup, dans la rosée du matin, le spectre géant surgira hors des feuillages jaunis et nous glacera d'effroi. Un jour prochain les souffles de novembre vont balayer la forêt ; on frémira d'entendre ricaner le spectre et de sentir la chair se détacher de nos os, tandis que le chacal hurle dans la solitude et que le vautour lance son cri rauque et maudit. Quelque détestable gazette de la capitale publierait bientôt la photographie de Klingsor avec ces lignes : « Peintre remarquable, expressionniste, maître de la couleur, mort le seize de ce mois. »

Travaillé par ces pensées, il étendit avec rage une bande bleu de Prusse sous la tonalité verte de la roulotte. L'amertume dont il débordait se traduisait par une touche violemment appuyée en jaune de chrome sur l'arête d'une borne. Son désespoir combla de vermillon une surface encore intacte dont il supprima la provocante blancheur. Son travail n'était qu'une lutte sanglante contre l'anéantissement ; ses appels au dieu sans pitié se transmuaient en des tonalités vert clair et jaune de Naples. Sa plainte lui dictait le ton bleu dont il relevait le vert éteint des feuillages, et sa supplication illuminait d'un feu plus intérieur le ciel vespéral. Chargée de couleurs pures, intensément lumineuses, sa palette était tout ensemble sa consolation, sa forteresse, son arsenal, son livre de prières et la plate-forme d'où il faisait feu contre la malemort. La couleur pourpre exprimait le refus de mourir et le vermillon se riait de la décomposition. Il était bien armé, et ses forces d'attaque, même réduites, ne manquaient ni d'éclat ni de vaillance : les coups portaient. Certes, ils ne servaient à rien, mais le tir avait du bon, il vous rendait heureux, il rassurait, il témoignait pour la vie, il la faisait triompher !

Thu Fu était allé voir son ami, dont le château magique se trouvait là-bas, entre une fabrique et le quai marchand. Il revenait justement avec cet ami, l'astrologue arménien. Klingsor, qui avait fini de peindre, poussa un soupir de soulagement lorsqu'il vit les deux têtes se pencher vers lui, la blonde chevelure de Thu Fu, la barbe noire et la bouche aux dents blanches du mage qui souriait. Avec eux, apparut également l'Ombre noire, allongée, dont les yeux sont enfoncés profondément dans les orbites. Bienvenue aussi à l'Ombre, cette chère compagne !

— Sais-tu quel jour nous sommes ? demanda Klingsor à son ami.

— Oui, le dernier jour de juillet.

— En faisant aujourd'hui un horoscope, déclara l'Arménien, j'ai constaté que la soirée aurait quelque chose à me révéler. Saturne se trouve dans une étrange position, Mars est neutre, Jupiter domine. Li Tai Pe, n'êtes-vous pas né en juillet ?

— Oui, le deux de ce mois.

— Je m'en doutais. Vos astres, cher ami, présentent une confusion que vous êtes seul à pouvoir débrouiller. Je vois autour de vous un nuage lourd de promesses qui n'est pas loin d'éclater. Les étoiles qui président à votre destin se présentent d'une manière insolite, vous devez le sentir.

Li emballait son attirail. Le monde qu'il venait de peindre était éteint ; le ciel avait perdu ses tons d'or et d'émeraude, le bleu du drapeau avait disparu, le jaune splendide était fané, sans vie. Le peintre avait faim et soif, sa gorge était sèche.

— Mes amis, dit-il d'un ton cordial, nous passerons la soirée ensemble. C'est bien la dernière fois que nous serons réunis, nous quatre, si j'en crois, non pas ce que disent les astres, mais ce qui est écrit au fond de moi. La lune de juillet s'est couchée, les dernières heures de ce mois jettent une lueur assourdie, et, dans les profondeurs, la déesse Mère fait entendre son appel. Le monde n'a jamais été si beau, ni mon art si brillant ; je vois trembler des lueurs d'orage à travers la nuit chaude et j'entends les harmonies d'un monde finissant. Ma voix se joindra au chœur de l'universelle angoisse. Restons ici, nous partagerons le pain et le vin.

A côté du manège dont on venait de retirer la bâche

et que l'on préparait pour la soirée, quelques tables étaient disposées sous les arbres ; une servante boiteuse allait et venait devant une petite auberge tapie dans l'ombre. C'est là qu'ils s'assirent, à une table formée d'une simple planche. On leur apporta du pain et du vin qu'ils versèrent dans des bols de terre cuite ; des ampoules électriques rougeoyaient parmi les feuillages ; l'orgue du manège se mit à jouer et déversa brusquement dans la nuit sa musique entrecoupée et stridente.

— Je viderai ce soir trois cents coupes ! proclama Li Tai Pe, et il but à la santé de l'Ombre : « Je te salue, Ombre, soldat de plomb toujours au garde-à-vous ! Et salut à vous, mes amis, salut aussi aux lumières électriques, aux lampes à arc, aux paillettes étincelantes de ce manège ! Ah, si seulement Louis, cet oiseau de passage, était avec nous ! Peut-être nous a-t-il devancés au ciel, peut-être reviendra-t-il demain, ce vieux chacal, et je n'y serai plus ; il rira bien, et sa première idée sera de planter sur ma tombe des lampes à arc et des oriflammes ! »

Sans mot dire, le mage alla chercher une autre cruche de vin, puis, avec un sourire qui découvrait ses dents blanches entre des lèvres rouges :

— La mélancolie, dit-il en regardant Klingsor, est une chose dont on doit se débarrasser. Rien de plus simple. C'est l'affaire d'une heure, d'une petite heure de concentration pendant laquelle on serre les dents ; après quoi, on en a fini avec elle, une fois pour toutes.

Klingsor fixa d'un œil aigu ces dents étincelantes, qui, un beau jour, en une heure d'extrême intensité, avaient si tenacement mordu la mélancolie qu'elle en était morte, étranglée. Pourrait-il accomplir, lui aussi, ce que l'astrologue avait fait pour lui-même ? Il entrevit, charmé, ce lointain paradis : une existence délivrée de l'angoisse et de la mélancolie ! Ce bonheur-là, il n'y atteindrait pas, c'était certain. D'autres voies lui étaient prescrites, sous le regard dominateur de Saturne, et la sérénité n'était pas dans ses cordes, Dieu le savait !

— A chacun son étoile, répondit lentement Klingsor, à chacun sa croyance. Pour moi, je crois en une seule réalité : le déclin de toute chose. Notre attelage roule au-dessus d'un précipice et les chevaux prennent peur. Nous tous, nous devons mourir, nous devons renaître à une vie nouvelle : le tournant décisif approche. Partout, le même phénomène est visible : la Grande Guerre, la grande mutation de l'art, l'effondrement des États occidentaux. Chez nous, en Europe, tout ce que nous possédions d'excellent et qui était notre bien propre, tout cela n'existe plus : notre belle raison s'est tournée en folie, notre argent n'est plus que du papier, nos machines sont surtout bonnes à donner la mort et à faire explosion, notre art n'est qu'un suicide. Faire naufrage, mes amis, voilà ce qui nous attend ; Tsing Tsé donne le ton.

L'Arménien versa à boire.

— Comme vous l'entendrez, dit-il. On peut vous donner raison, ou tort : ce n'est qu'un jeu d'enfant. La chute dans l'abîme est une chose qui n'existe pas. Pour qu'elle fût possible, de même que son contraire, l'échappée hors de l'abîme, il faudrait qu'il y eût un haut et un bas. Or, le haut et le bas sont une invention de notre cerveau, ce laboratoire de toutes les illusions connues : noir et blanc, mort et vie, bien et mal. Il suffit d'une heure d'ardente concentration, les dents serrées, pour se soustraire à l'empire de ces fantasmes.

Klingsor trouvait la voix sympathique.

— Je pensais à nous, répondit-il, à nous autres habitants de la vieille Europe, que depuis deux mille ans nous croyons être le cerveau du monde. C'est elle qui disparaît. Crois-tu donc, mage, que je ne vois pas clair dans ton jeu ? Tu es un messager de l'Orient, et ton message s'adresse aussi à moi ; je ne serais pas étonné que tu fusses un espion, quelque officier supérieur déguisé en astrologue. Si tu es ici, c'est que cette partie du monde est proche de sa fin, c'est que tu flaires dans nos parages sa ruine imminente. Mais c'est de bon cœur que nous la subirons, vois-tu, c'est de plein gré que nous allons à la mort, nous ne nous défendons pas.

— Tu pourrais aussi bien dire : c'est de bon cœur que nous naissons à la vie..., déclara l'Asiatique en riant. Ce qui te semble être une mort m'apparaît peut-être comme une naissance. Les deux points de vue se valent.

Si l'on s'imagine la terre comme un disque solidement fixé sous la voûte du ciel, on découvre partout des choses qui surgissent à la lumière et d'autres qui s'enfoncent dans les ténèbres du néant. C'est là une vision très répandue et la plupart des hommes y croient ferme ! Mais les étoiles ne connaissent ni haut ni bas.

— N'y a-t-il pas des étoiles disparues ? s'écria Thu Fu.

— Pour nous, oui, mais à nos yeux seulement.

Serviable et souriant, l'Arménien ne manquait pas de verser à chacun sa rasade. Dès que la cruche était vide, il se levait pour la faire remplir de nouveau. Les orgues du manège se déchaînaient toujours.

— Faisons un tour de ce côté, c'est si joli, proposa Thu Fu.

Ils allèrent se poster près de la barrière peinte, les yeux fixés sur le manège en folie que des grappes d'enfants regardaient tournoyer, éblouis par le flamboiement des paillettes et des miroirs. Un instant, Klingsor perçut vivement, et il s'en amusa, le caractère primitif et sauvage de cette machine pivotante à musique, que surchargeaient des images criardes, des glaces, des faisceaux de colonnes en carton-pâte. Ce truquage évoquait les sorciers et les chamans, les rites d'une magie vieille comme le monde ; tout ce clinquant barbare ne valait pas davantage que la cuiller en fer-blanc qui brille comme un petit poisson aux yeux du brochet, capturé par cet appât.

Il fallait que tous les enfants fissent un tour de manège ; Thu Fu leur distribua de l'argent et l'Ombre les invitait tous. Ils formaient une masse compacte, s'accrochaient à eux, les suppliaient, les remerciaient. Une jolie fille blonde d'une douzaine d'années recueillit assez de piécettes pour ne pas manquer un seul tour. Sous l'éclat des lumières, le vent faisait voler sa jupe courte, découvrant ses jambes au galbe encore enfantin. Un petit garçon pleurait, d'autres se battaient. Près de l'orgue, les Tziganes faisaient claquer leur fouet, accéléraient la cadence, vous rendaient fous. Longtemps les quatre amis demeurèrent en plein vacarme, à contempler le spectacle.

Quand ils revinrent s'asseoir sous les feuillages,

l'Arménien au clair sourire remplit de vin les bols, comme s'il faisait une offrande aux divinités infernales. « Trois cents coupes seront vidées ce soir », chantait Klingsor ; son crâne brûlé par le soleil avait des reflets cuivrés et son rire sonnait bien haut, mais sur son cœur le chagrin pesait lourdement. Il trinqua avec ses amis, glorifiant sur le mode Tsing Tsé les puissances qui nous entraînent à la mort. L'orgue du manège tonitruait. En son être intime, Klingsor était anxieux, il n'acceptait pas de mourir, il haïssait la mort.

Soudain, un cliquetis métallique déchira la nuit, musique endiablée et stridente qui se superposait à l'autre et sortait de l'auberge. Au rez-de-chaussée, à côté de la cheminée dont le linteau était garni d'une rangée de bouteilles, on avait mis en marche un piano mécanique qui commença à cracher furieusement ses notes, à la manière d'une mitrailleuse. Des sons atrocement faux sortaient de l'instrument ; tel un rouleau compresseur, le rythme écrasait la mélodie en de hurlantes dissonances. La jeunesse se pressait dans la salle claire et tumultueuse où garçons et filles dansaient ; parmi eux, il y avait la servante boiteuse et Thu Fu. Celui-ci dansait avec la fillette blonde et Klingsor regarda tournoyer doucement sa courte robe d'été autour de ses jambes graciles. Thu Fu souriait amoureusement.

Ceux qui venaient du jardin s'étaient assis au coin de la cheminée, tout près du piano mécanique, au cœur du bruit. Klingsor voyait en couleurs les sons et il entendait résonner les couleurs. Le mage prit quelques bouteilles sur la cheminée, les déboucha, versa à boire. Son sourire éclairait son beau visage brun. La musique remplissait la salle basse de son vacarme assourdissant. Dans la rangée des vieilles bouteilles qui s'alignaient à portée de la main, l'Arménien agrandit peu à peu la brèche, comme un pilleur de temples qui subtilise l'un après l'autre les vases sacrés d'un autel.

— Tu es un grand artiste, murmura l'astrologue à l'oreille de Klingsor, tout en remplissant son bol. Tu es l'un des plus grands artistes de ce temps. Tu as bien le droit de t'appeler Li Tai Pe. Mais, Li Tai, tu es un homme traqué, un pauvre diable tourmenté, plein d'angoisse. Tu as entonné la chanson de l'universel déclin et tu restes à fredonner dans ta maison en flammes, où tu as toi-même allumé l'incendie. Tu t'en trouves fort mal, Li Tai Pe, et même si tu vidais chaque jour trois cents coupes et trinquais avec la lune, tu n'en éprouverais aucun bien. Ne veux-tu pas t'accorder un répit ? Ne veux-tu pas te décider à vivre, à durer ?

Klingsor but une gorgée et dit de sa voix légèrement rauque :

— Peut-on détourner le destin ? Existe-t-il un libre arbitre ? Toi, l'astrologue, peux-tu modifier le cours des astres qui me concernent ?

— Non, certes, je ne peux que l'interpréter. Toi seul peux le diriger. Il existe une libre volonté. Elle s'appelle magie.

— Pourquoi me livrer à la magie, moi qui suis un praticien de l'art ? Est-ce qu'il n'a pas le même pouvoir ?

— Tout peut servir et rien ne peut servir. La magie dissipe les illusions. Elle nous libère de la plus pernicieuse de toutes, celle que nous appelons *le temps*.

— L'art ne fait-il pas la même chose ?

— Il s'y essaie. Les peintures de cet été que tu as dans ton portefeuille te suffisent-elles ? Ont-elles supprimé le temps ? L'approche de l'automne et de l'hiver ne te cause-t-elle aucune appréhension ?

Klingsor soupira sans répondre et continua à boire en silence. Le mage versait le vin sans mot dire. Le piano mécanique se déchaînait ; parmi le flot des danseurs, le visage de Thu Fu souriait aux anges. Le mois de juillet touchait à sa fin.

Klingsor se mit à jouer avec les bouteilles vides qu'il disposait en cercle sur la table.

— Voici nos batteries, s'écria-t-il, avec ces canons-là, nous tirons à boulets rouges contre le temps, et le voilà foutu, contre la mort et la misère, et elles se rendent. J'ai aussi ouvert le feu sur la mort avec mes couleurs : le vert qui lance des flammes, le cinabre qui explose, la douce laque de garance. Je lui ai souvent tiré dans le crâne et giclé la céruse et l'outremer au creux des orbites ; plus d'une fois, elle a pris la fuite sous mes coups. Je n'ai pas fini de la mettre en joue, je la vaincrai, je serai plus malin qu'elle. Voyez notre Arménien : à chaque vieux flacon qu'il débouche, c'est le soleil qui fait feu dans nos veines, où il décharge l'ardeur des étés révolus. L'Arménien nous aide à tirer sur la mort et il ne dispose contre elle d'aucune autre arme que ses bouteilles.

Le mage rompit le pain, en prit une bouchée.

— Je n'ai besoin d'aucune arme pour me défendre contre la mort, car la mort n'existe pas. Mais une chose existe : la peur de la mort. On peut en guérir, il y a un remède. Vaincre l'angoisse est l'affaire d'une heure. Mais Li Tai Pe ne veut rien entendre. C'est un fait, il aime la mort, il chérit l'anxiété qu'elle lui inspire, il cultive son chagrin, sa détresse. L'angoisse est seule à lui révéler l'étendue de ses dons et l'amitié que nous avons pour lui.

D'un air malicieux, il trinqua ; ses dents brillaient, sa physionomie se faisait de plus en plus enjouée, comme si la souffrance lui était parfaitement étrangère. Personne ne lui répliqua. Klingsor pointait contre la mort son artillerie de bouteilles. Devant les portes ouvertes de la salle débordante de présences humaines, de vin et de musique, l'Ombre se profilait, immense. Elle secouait doucement les branches noires de l'acacia ; enveloppée de ténèbres, elle se tenait aux aguets dans le jardin. Elle remplissait le monde extérieur ; il n'y avait plus que l'espace exigu de cette salle en tumulte où on luttât encore avec vaillance et brio contre l'assiégeant sinistre qui gémissait derrière la vitre.

Narquois, le mage parcourait la table du regard, remplissait les bols. Klingsor en avait brisé plusieurs, que le mage avait remplacés. Celui-ci avait bu énor mément, mais il se tenait assis bien droit, comme Klingsor.

— Buvons donc, Li, dit-il, insinuant et taquin. A n'en pas douter, tu as un penchant pour la mort, tu ne demandes qu'à t'abîmer en elle, cette perspective te sourit. N'est-ce pas là ce que tu disais ? Ou bien me suis-je mépris, et alors, en fin de compte, tu m'aurais trompé, tu te serais fait des illusions sur toi-même ? Buvons donc, Li, descendons au gouffre commun !

La colère envahit soudain l'âme de Klingsor. Il se leva, se dressa de toute sa hauteur, ce vieil épervier au dur profil, cracha dans son vin, saisit sa tasse pleine et la lança par terre. Le vin rouge aspergea le plancher, les amis de Klingsor pâlirent, d'autres buveurs riaient.

Sans un mot, le magicien alla chercher une autre tasse, la remplit en souriant, l'offrit à Li Tai, dont le visage s'éclaira, lui aussi. Sur ses traits ravagés, ce sourire passa comme un rayon de lune.

— Mes enfants, s'écria Klingsor, laissons discourir cet étranger ! Il connaît plus d'un tour, ce vieux renard sorti de quelque tanière bien cachée. En dépit de toute sa science, il ne nous comprend pas. Il est trop vieux pour comprendre les enfants, trop sage pour comprendre les fous. Nous qui sommes près de mourir, nous en savons plus que lui sur la mort. Nous sommes des humains, non pas des étoiles. Regardez ma main, qui lève devant vous ce petit bol bleu rempli de vin ! Elle a de multiples pouvoirs, cette main, cette main bronzée. Elle a tenu bien des pinceaux, arraché à l'obscurité de nouveaux aspects du monde et les a proposés au regard des hommes. Cette main brune a caressé bien des femmes, elle a séduit maintes filles, elle a été baisée d'innombrables fois, des larmes sont tombées sur elle et Thu Fu lui a consacré un poème. Cette main tant aimée, elle sera bientôt, mes amis, pleine de terre et de vermine et aucun de vous ne consentirait à la toucher. Eh bien, c'est justement pour cela que je l'aime. J'ai de l'amitié pour ma main, pour mes yeux, pour mon ventre à la peau blanche et souple, et cette amitié mêle à sa profonde tendresse l'ironie et le regret, parce que tout cela est voué à une prompte flétrissure et doit se putréfier bientôt. Même pour toi, l'Ombre, vieux soldat de plomb sur la tombe d'Andersen, il n'en va pas autrement, chère compagne ! Trinque avec moi, à la santé de nos précieuses carcasses !

Ils trinquèrent : l'Ombre souriait obscurément du fond de ses orbites creuses, et soudain quelque chose traversa brusquement la salle, comme un coup de vent ou un esprit. A l'improviste, le piano mécanique fut frappé de mutisme, le vacarme s'éteignit, les danseurs refluèrent hors de la salle, engloutis par l'obscurité à la lueur de quelques lampes qui restaient allumées. Klingsor fixait les portes béantes et noires. Il vit la Mort dans le jardin, il respira son odeur, pareille à celle des gouttes de pluie sur les feuillages, au bord des routes. Ayant repoussé la tasse où il buvait, Li se leva de sa chaise, sortit lentement, s'enfonça sous les frondaisons nocturnes, tandis que des éclairs de chaleur tremblaient au-dessus de sa tête. Le cœur lui pesait comme une dalle sur une tombe.

SOIRÉE D'AOÛT

Comme le soir venait, Klingsor, qui avait passé cet après-midi de soleil et de vent à peindre près de Manuzzo et de Veglia, parvint, très fatigué, à Canvetto, petit village endormi dans la forêt qui domine Veglia. Il héla une vieille aubergiste qui sortait justement et qui lui apporta un bol de vin. S'étant assis sur une souche de noyer devant la porte, il ouvrit son sac, y trouva encore un morceau de fromage et quelques prunes, dont il fit son repas du soir. La vieille s'assit près de lui, chenue, courbée, édentée ; tandis qu'elle parlait, Klingsor voyait remuer les plis de son cou. Sous ses paupières ridées, son regard était devenu fixe.

Elle se mit à débiter toutes sortes d'histoires sur son hameau et sa famille, évoquant la guerre, le renchérissement de la vie, l'état des cultures, le prix du vin et du lait, les petits-fils qu'elle avait perdus, les fils qui avaient quitté le pays. Les différentes circonstances et péripéties de cette modeste vie de paysans furent ainsi étalées au grand jour, en toute simplicité, dans leur indigence et leur âpre beauté : joies, soucis, angoisses, la vie, enfin. Klingsor mangeait, buvait, se reposait, écoutait, s'informait des enfants et du bétail, du curé et de l'évêque ; il remercia la femme pour son misérable vin, lui offrit une dernière prune, serra sa main en lui souhaitant bonne nuit et se dirigea, canne en main et sac au dos, vers la pente encore ensoleillée de la forêt, pour regagner son gîte.

C'était l'heure tardive et dorée où le jour resplendit encore, et où la lune commence à luire ; les premières chauves-souris voletaient dans une atmosphère toute vibrante de colorations vertes. La lisière de la forêt apparaissait doucement éclairée par le soleil déclinant ; des châtaigniers se détachaient en clair sur l'ombre noire. D'une maisonnette aux murs jaunes se dégageait subtilement la lumière absorbée pendant le jour et qui brillait avec la douceur de la topaze. A travers les prés, les vignes et les bois, les sentiers dessinaient des lignes roses et violettes ; ici et là, on voyait déjà la branche jaunie d'un acacia ; au-dessus des montagnes d'un bleu velouté, le ciel, au couchant, mêlait l'or et le vert.

Ah ! si seulement il avait eu la force de travailler pendant ce dernier quart d'heure d'une journée où le plein été concentrait ses prodiges ! Toute chose était en ce moment d'une indicible beauté ; la paix, la générosité du monde étaient sans limites, partout éclatait la présence de Dieu !

Klingsor s'assit dans l'herbe fraîche ; par habitude, il prit son crayon, puis laissa retomber sa main, d'un geste désabusé. A bout de forces, il promena ses doigts sur l'herbe sèche, palpant la terre dure qui se détachait en morceaux. Encore un peu de temps, combien ? et ce jeu passionnant qu'il aimait prendrait fin. Encore un peu de temps, et la terre recouvrirait sa main, sa bouche et ses yeux. Thu Fu lui avait envoyé récemment un poème qu'il avait appris par cœur et qu'il se récita lentement :

L'arbre de ma vie
se dénude feuille à feuille ;
ô monde bigarré qui délires
tu dégoûtes les cœurs,
tu nous rebutes, nous fatigues
à force d'ivresse.
Ce qui brille aujourd'hui
sera vite englouti.

Bientôt frémira le vent
sur ma tombe brune.
Vers le petit enfant
la mère s'est penchée.
Je veux revoir ses yeux,
leur regard est mon étoile ;
tout disparaît et s'efface,
tout meurt et ne veut que mourir ;
seule la Mère est éternelle
d'où nous tirons notre origine ;
elle écrit notre nom
sur les souffles de l'air,
d'un doigt subtil, en se jouant.

Non, il n'y avait rien à redire à cela. De combien de vies Klingsor disposait-il encore, sur les dix qu'il avait reçues en partage ? En restait-il trois, ou deux ? Il suffisait qu'il y en eût deux pour qu'il vécût sur un autre registre que celui des gens vulgaires et des bourgeois. Quelle besogne il avait abattue ! En avait-il contemplé, des choses ! Et quelle consommation de toiles et de papier ! Quelles amours et quelles haines n'avait-il pas suscitées ! Son art et sa personne avaient fait scandale ; grâce à lui, un souffle de fraîcheur avait passé sur le monde. Des femmes, il en avait aimé beaucoup ; des traditions et des lieux de culte, il en avait démoli pas mal, leur substituant avec audace de nouvelles valeurs. Imposante était la série des coupes qu'il avait vidées et déjà longue la suite des jours et des nuits étoilées dont il avait respiré l'atmosphère, sous différents soleils ou dans les eaux de nombreux pays.

Maintenant, il était assis à cette place, qu'elle fût pour lui l'Italie, l'Inde ou la Chine ; le vent d'été jouait parmi les cimes des châtaigniers ; le monde était d'une plénitude sans défaut. Qu'il peignît encore cent toiles ou seulement dix, qu'il vécût encore une vingtaine d'étés ou que celui-ci fût le dernier, la chose était sans importance. Il se sentait las, terriblement las. Rien ne dure ; tout ce qui vit consent à mourir. Cher Thu Fu !

Il était temps de rentrer. Lorsqu'il ouvrirait sa porte, le courant d'air venant de la fenêtre du balcon le ferait chanceler. Une fois installé sous la lampe, il déballerait ses esquisses. Le sous-bois jaune de chrome et bleu de Chine serait peut-être acceptable, il en pourrait faire un tableau, une fois ou l'autre. Maintenant, debout. C'est l'heure !

Il ne bougea pas, cependant ; le vent soulevait ses cheveux, gonflait sa veste de toile tachée de peinture. A cette heure crépusculaire, il se sentait à la fois heureux et torturé. La brise soufflait doucement ; dans le jour finissant, des chauves-souris tournoyaient, molles et silencieuses. Toute chose s'apprête à mourir et s'en va sans regret. Seule demeure la Mère Nature.

Il songea à dormir sur l'herbe, au moins une heure : il faisait bon, chaud. La tête appuyée contre son sac, il contempla le ciel. La beauté du monde le comblait jusqu'à la satiété, à l'épuisement.

Des pas résonnèrent sur le sentier : chaussé de socques, quelqu'un descendait de la montagne. Entre les fougères et les genêts, la silhouette d'une femme se montra. A cette heure, on ne distinguait plus la couleur de ses vêtements ; elle approchait d'un pas robuste et décidé. Klingsor se leva d'un bond et lui cria bonsoir. Un peu effrayée, elle s'arrêta un instant, Klingsor la dévisageait. Cette femme ne lui était pas inconnue : où l'avait-il rencontrée ? Elle était brune et jolie ; ses belles dents brillaient par éclairs.

— Eh ! Par ici ! dit-il en lui tendant la main.

Il devinait l'existence d'un lien entre elle et lui : elle lui rappelait quelque chose.

— Est-ce qu'on ne s'est pas déjà vu ?

— Par la Madone ! Vous êtes le peintre de Castagnetta ! Vous ne m'avez pas oubliée ?

Il se rappelait. C'était une paysanne du Val Taverne ; au cours de cet été plein d'ombres et de délires, il avait passé quelques heures à peindre près de sa maison, il avait puisé de l'eau à la fontaine, fait la sieste à l'ombre d'un figuier et finalement reçu d'elle un bol de vin et un baiser.

— Vous n'êtes plus jamais revenu, se plaignit-elle. Pourtant, vous me l'aviez bien promis.

Quelque chose d'espiègle et de provocant vibrait dans sa voix. Klingsor s'anima.

— Ecco ! Quelle bonne idée d'être venue jusqu'à moi ! J'ai vraiment de la chance, juste au moment où je me sentais si triste et solitaire !

— Triste ? Ne me racontez pas d'histoires, monsieur, vous êtes un farceur, il n'y a pas un mot de vrai dans ce que vous dites. C'est bon, il faut que je m'en aille.

— Dans ce cas, je t'accompagne.

— Ce n'est pas votre chemin, et puis, c'est inutile. Qu'est-ce qui pourrait bien m'arriver ?

— A toi, rien, mais à moi ? Un autre aurait toute facilité de survenir, de te plaire, de faire route avec toi, de t'embrasser sur la bouche, la nuque, la gorge et il prendrait ainsi ma place. Non, cela ne se peut pas. Il avait posé sa main sur sa nuque et la tenait ferme.

— Mon étoile, mon trésor, ma petite prune juteuse, mords-moi, sinon je te mange !

Il l'embrassa sur ses lèvres entrouvertes, tandis qu'elle se ployait, riante, en arrière ; elle résistait, argumentait tout en cédant, elle rendait les baisers, secouait la tête, riait, tentait de se dégager. Il la maintenait contre lui, appliquant ses lèvres sur les siennes, la main sur sa gorge ; ses cheveux sentaient l'été, le foin, les genêts, la fougère, les mûres. Reprenant souffle un instant, il pencha la tête en arrière et vit au ciel pâlissant la première étoile, petite et blanche. La femme se taisait, son visage était devenu grave, elle soupirait ; ayant posé ses mains sur les mains de Klingsor, elle les appliqua plus fort contre sa gorge. Il s'inclina vers elle, passant le bras sous ses genoux qui ne résistèrent point et il la coucha dans l'herbe.

— M'aimes-tu ? demanda-t-elle comme une petite fille. *Povera me !*

Ils burent la coupe. Le vent caressait sa chevelure, emportant ses soupirs. Avant de prendre congé, il fouilla dans son sac et dans les poches de son veston, en quête de quelque objet à lui donner. Il trouva une petite boîte en argent, encore à demi pleine de tabac à cigarettes. L'ayant vidée, il la lui donna.

— Non, ce n'est pas un cadeau, certainement pas ! lui

assura-t-il, ce n'est qu'un souvenir, afin que tu ne m'oublies pas.

— Je ne t'oublierai pas, répondit-elle, puis : reviendras-tu me voir ? Il devint pensif. Longuement, il l'embrassa sur les paupières.

— Je reviendrai, dit-il.

Immobile, il écouta encore un moment les semelles de bois marteler les cailloux du sentier ; leur bruit variait selon qu'elle traversait les prairies, la forêt, ou qu'elle marchait sur les rochers et les racines. Le silence retomba. Le bois était tout noir, un vent tiède soufflait sur la campagne invisible. On respirait une amère et persistante odeur d'automne, exhalée par quelque champignon ou quelque fougère fanée.

Klingsor ne pouvait se résoudre à prendre le chemin de la maison. A quoi bon escalader cette montagne pour retrouver chez lui tous ses tableaux ? Il s'étendit sur l'herbe, regarda les étoiles et finit par s'endormir. Son sommeil se prolongea tard dans la nuit. Un cri d'animal, peut-être un coup de vent ou la froide rosée le réveilla. Il reprit le sentier qui montait vers Castagnetta, et retrouva sa maison, sa porte, sa chambre. Sur la table, il y avait des lettres et des fleurs : des amis avaient espéré le voir.

En dépit de sa fatigue, il obéit à l'ancienne et tyrannique habitude de déballer ses affaires, si tard qu'il pût être, afin d'examiner sous la lampe les esquisses du jour. Le sous-bois lui donnait satisfaction ; les herbes et les pierres étaient d'un coloris brillant et frais : ce coin de forêt enchantait le regard comme une chambre pleine de trésors. Il avait eu raison de s'en tenir au jaune de chrome, à l'orangé et au bleu, sans recourir au cinabre vert. Il contempla longuement cette page.

A quoi bon ? Que signifiaient ces feuilles chamarrées de couleurs ? Pourquoi tant d'efforts et de sueur ? A quoi pouvait aboutir cette brève ivresse de la création ? Au salut ? Au repos ? A la paix ? Existaient-ils seulement ? Épuisé, il tomba sur son lit, à moitié dévêtu, éteignit la lumière, attendit le sommeil en chantonnant les vers de Thu Fu :

Bientôt frémira le vent
Sur ma tombe brune.

KLINGSOR A LOUIS LE CRUEL

Caro Luigi,

Il y a longtemps qu'on ne sait plus rien de toi. Es-tu toujours vivant sous le soleil ? Le vautour ronge-t-il déjà tes os ?

As-tu jamais essayé d'introduire une aiguille à tricoter dans le mouvement d'une pendule qui ne marche plus ? Je l'ai fait, un jour, et j'ai eu la surprise de déchaîner soudain le diable dans la mécanique : le temps d'arrêt s'est débobiné en un furieux cliquetis, les aiguilles faisaient la course autour du cadran, elles tournaient comme des folles, avec un bruit inquiétant, *prestissimo,* jusqu'à la seconde où la mécanique s'arrêta, à bout de course, aussi soudainement qu'elle avait démarré, et la pendule rendit l'âme. Eh bien ! chez nous, la fuite du temps est tout aussi rapide. Le soleil et la lune se hâtent dans le ciel comme des fous furieux, les jours se donnent la chasse, le temps s'écoule comme du sable par le trou d'un sac. J'espère que la fin ne sera pas moins soudaine et que ce monde et sa soûlerie disparaîtront à jamais plutôt que de retomber dans le train-train de l'existence bourgeoise.

Mes journées sont trop remplies pour que je puisse penser à quoi que ce soit (ce que j'écris là me fait rire, surtout si je lis ma phrase à haute voix), mais le soir, je pense souvent à toi. Le plus souvent, je passe la soirée dans l'une des nombreuses caves de la forêt voisine, où je bois mon habituel vin rouge, en général médiocre, mais qui me réconforte et m'aide à trouver le sommeil. Il m'est arrivé de m'endormir à la table même du *grotto,* et j'ai prouvé, à la face des indigènes ricanants, que ma neurasthénie n'est pas trop avancée. Parfois, je rencontre là-bas des amis et des jeunes filles, et nos doigts s'exercent au modelage de la chair féminine, tout en parlant chapeaux, souliers à hauts talons et peinture. Par chance, il arrive que la température monte : alors la nuit entière se passe en rires et en vacarme, et les gens ont la bonne surprise de découvrir que Klingsor sait aussi s'amuser. Une très jolie femme qui vient ici régulièrement me demande chaque fois de tes nouvelles, sur un ton passionné.

Tel que nous le pratiquons tous les deux, notre art, dirait un professeur, s'attache encore trop étroitement à l'objet (ce serait une idée assez subtile d'en faire une sorte de rébus). Notre écriture atteste une certaine liberté qui, déjà, scandalise le bourgeois : néanmoins, notre peinture représente des objets « réels », des hommes, des arbres, des foires, des chemins de fer, des paysages. Par là même, nous sommes encore soumis à une convention. Le bourgeois qualifie de « réelle » la chose que tout le monde, ou du moins la plupart des gens perçoivent et décrivent de la même manière. J'ai l'intention, dès que l'été sera fini, de peindre uniquement des choses imaginaires, surtout des images de rêves, pendant un certain temps. Cela rejoint en partie ton idée, je veux dire cet élément de joyeuse folie et de surprise que l'on retrouve dans les aventures de Collofino, le chasseur de lièvres, telles qu'on les voit sculptées à la cathédrale de Cologne. Bien que mes jours soient comptés, je le sens bien, et qu'en somme je n'aie pas un désir irrésistible d'ajouter des années et des œuvres à ma vie, j'aimerais cependant tirer encore quelques fusées qui éblouiraient le monde. Un marchand de tableaux m'a écrit une petite lettre pour me dire à quel point il admirait mes dernières peintures : c'est une seconde jeunesse, selon ses propres termes. Il n'a pas tout à fait tort. Somme toute, c'est seulement cette année que j'ai commencé à savoir peindre, me semble-t-il. Ce que je suis en train de vivre, c'est moins un printemps qu'une explosion ; la réserve de dynamite encore cachée en moi me stupéfie. Par malheur, il n'est guère possible d'alimenter un calorifère avec de la dynamite.

Cher Louis, ce n'est pas la première fois que je me réjouis secrètement de nous savoir, nous les vieux débauchés, assez pudiques pour nous lancer à la tête nos verres plutôt que de laisser rien paraître des sentiments que nous avons l'un pour l'autre. Puissions-nous rester fidèles à cette vertu, vieux hérisson !

Ces jours derniers, nous avons eu un banquet d'anniversaire, pain et vin, au café de Barengo, que tu connais ; nous avons entonné des chants romains qui résonnaient magnifiquement sous la voûte de la forêt, à minuit. Peu de chose suffit au bonheur de l'homme vieillissant, dont les pieds commencent à se refroidir : huit à dix heures de travail quotidien, un litre de vin du Piémont, une demi-livre de pain, une cigarette Virginie, deux ou trois amies, et, bien entendu, de la chaleur et du beau temps. C'est justement ce que nous avons : le soleil est radieux et mon crâne est cuit comme celui d'une momie.

Il y a des jours où j'ai l'impression que ma vie et mes travaux viennent de commencer ; à d'autres moments, il me semble avoir derrière moi quatre-vingts années de labeur opiniâtre qui me donnent le droit de me reposer et de faire relâche. Pour chacun, il y a une fin, mon vieux, pour moi comme pour toi. Qu'est-ce que j'écris là, bon Dieu ? On voit que je ne suis pas dans mon assiette. J'ai l'humeur noire, certains jours ; je souffre beaucoup des yeux et le souvenir d'une lecture vieille de plusieurs années me poursuit : il s'agit d'une étude sur le décollement de la rétine.

Quand je regarde, par cette porte-fenêtre que tu connais, le paysage étagé sur les pentes, je me rends compte qu'il va falloir travailler encore un bon moment. Je ne puis dire à quel point le monde m'apparaît beau et divers ; par cette large ouverture verdoyante, il m'appelle jour et nuit, ses voix résonnent à mon oreille comme autant de commandements, de sorte qu'à toute occasion je cours dehors afin d'y prélever pour moi quelque image, si fragmentaire qu'elle soit. Un été sec a merveilleusement éclairci les tons de la campagne qui tournent au rougeâtre ; contre toute prévision, j'ai employé de nouveau le rouge d'Angleterre et la terre de Sienne. Les visions de l'automne nous attendent : les chaumes, les vendanges, la récolte du maïs, les feuillages cuivrés. Une fois de plus, je participerai à tout cela, je vais en tirer quelques centaines d'études. Et puis, je sens que je reprendrai une fois encore le chemin qui mène au plus profond de moi-même ; comme je l'avais fait à une certaine période de ma jeunesse, je peindrai des choses tirées de ma seule mémoire et de mon imagination ; je ferai des poèmes et tisserai des songes.

Un célèbre peintre parisien répondait ceci à un jeune artiste qui lui demandait conseil : « Jeune homme, si vous voulez devenir peintre, n'oubliez pas que la première des choses est une bonne nourriture. En second lieu, veillez à votre digestion, c'est important ; arrangez-vous pour aller à selle régulièrement. Tertio, ayez toujours à disposition une jolie petite amie ! »

On aurait tout lieu de croire qu'ayant appris, moi aussi, ces règles si élémentaires de l'art, il ne pourrait m'arriver rien de fâcheux sur ce plan-là. Eh bien, cette année, c'est une vraie malédiction : tout va de travers chez moi, en ce qui concerne d'aussi simples questions. Je mange peu et mal ; certains jours, du pain seulement et je dois songer parfois à mon estomac (la plus vaine des songeries, je t'assure) ; enfin, il me manque une véritable petite amie. J'ai affaire à quatre ou cinq femmes qui m'épuisent aussi souvent qu'elles me laissent sur ma faim. Il manque une pièce à ma pendule ; depuis que j'ai tisonné dans le mouvement avec une aiguille, elle marche de nouveau, mais à une allure diabolique et son bruit de ferraille ne m'inspire aucune confiance. Ah ! Que la vie est simple, lorsqu'on est en bonne santé ! C'est la première fois que je t'écris aussi longuement, depuis l'époque lointaine de nos discussions sur la peinture. Je vais conclure, il est bientôt cinq heures du matin, la belle clarté du jour apparaît.

Je te salue
ton Klingsor

P.-S. Je me souviens à l'instant que tu avais admiré un petit tableau de moi, le plus chinois que j'aie fait, celui où l'on voit une cabane, un chemin dont la terre est rouge, des arbres vert Véronèse aux fines dentelures, et, à l'arrière-plan, une ville qui ressemble à quelque jouet d'enfant. Je ne peux te l'envoyer tout de suite, car je ne connais pas ton adresse actuelle. Mais la chose t'appartient, je voulais t'en informer, quoi qu'il arrive.

⁂

Poème envoyé par Klingsor à son ami Thu Fu et composé pendant qu'il travaillait à son autoportrait.

La nuit, je m'assieds, ivre, au bois tempétueux ;
Les branchages sifflants sont mordus par l'automne ;
Mon flacon vide en main, l'aubergiste bougonne
Et s'en va quérir du vin vieux.

Un jour, un seul à vivre, et la faux bruissante
Aux mains du spectre aura tranché ma triste chair.
Longuement j'ai senti la pâle mort dans l'air
Vapeur délétère obsédante.

Ma chanson la défie aux heures de la nuit,
Incantation d'ivresse au cœur des forêts mortes ;
Tant que vont ma complainte et mon verre, qu'importe
La mort, le temps qui fuit ?

Œuvrant beaucoup, souffrant non moins au long des [voies
Où je marchais, voici qu'à l'auberge, ce soir,
Je sens la faux brillante, enivré sans espoir,
Frôlant déjà mon col qui ploie.

L'AUTOPORTRAIT

Au début de septembre, après plusieurs semaines d'une sécheresse exceptionnelle, la pluie tomba pendant quelques jours. C'est à ce moment-là que Klingsor, installé derrière les hauts vitrages de son atelier, dans son *palazzo* de Castagnetta, peignit son propre portrait, aujourd'hui au musée de Francfort.

D'une beauté extraordinaire, magique, ce tableau, le dernier ouvrage qu'il ait complètement achevé, apparaît comme le sommet, le couronnement d'une saison de travail acharné, durant laquelle son génie brûla d'une ardeur inouïe. L'impression générale fut que toute personne ayant rencontré Klingsor ne manquerait pas de le reconnaître à l'instant, bien qu'il ne fût jamais arrivé qu'un portrait s'éloignât à ce point de toute ressemblance naturelle.

On peut considérer cette peinture à des points de vue très différents, comme d'ailleurs toutes les dernières œuvres de Klingsor. Beaucoup de gens, et en particulier ceux qui n'ont pas connu le peintre, admirent avant tout, dans son autoportrait, le concert des tonalités, une sorte de tissage dont la bigarrure compose un merveilleux accord, plein de noblesse et de sérénité. D'autres y découvrent une ultime tentative, audacieuse et désespérée, d'échapper à la tyrannie du monde objectif : la face est traitée à la lumière d'un paysage, les cheveux font penser à des frondaisons et à l'écorce des arbres, les orbites à des failles dans le rocher, ils prétendent que le rapport avec la nature est ici le même que lorsqu'une crête de montagne nous rappelle un visage, ou telle branche d'arbre une main ou une jambe : la ressemblance n'existe que de loin, à l'état de suggestion. En revanche, de nombreux admirateurs ne voient dans cette œuvre que l'objet précis qu'elle représente : le visage de Klingsor, analysé et interprété par lui-même avec une impitoyable lucidité, bref, une confession formidable, un dévoilement total, d'une vérité criante qui bouleverse et terrifie.

D'autres encore, et parmi eux quelques-uns de ses adversaires les plus acharnés, considèrent simplement ce portrait comme le produit et le témoignage de sa démence occasionnelle. Comparant l'œuvre avec l'original au moyen de photographies, ils découvrent dans la déformation et l'exagération des traits par le peintre, les signes de dégénérescences héréditaires qui remontent à l'homme primitif et à l'animal. Certains détracteurs insistent sur le caractère idolâtrique et monstrueux de ce tableau ; ils y reconnaissent l'expression d'une idée fixe, l'adoration de soi-même, la glorification blasphématoire du moi, la folie des grandeurs tournée en religion. On peut admettre toutes ces manières de voir ; il en existe certainement beaucoup d'autres.

Durant la période où il fit son portrait, Klingsor ne sortit de chez lui que le soir pour se rendre à l'auberge ; il se nourrissait de pain et de fruits que la propriétaire lui apportait, ne se rasait pas, et, avec ses yeux enfoncés sous un front brûlé de soleil et sa tenue négligée, il avait quelque chose d'assez effrayant. Il peignait assis, sans se référer à son modèle ; de temps à autre, presque uniquement à l'occasion d'une pause, il s'approchait du grand miroir ancien, décoré de guirlandes de roses peintes, qui était accroché à la paroi nord de son atelier, tendait le cou, dégageait la tête, écarquillait les yeux, faisait quelques grimaces. Le grand miroir aux décorations naïves lui révélait une multitude de visages dissimulés derrière le sien ; on les retrouve dans son portrait : des physionomies d'enfant, doucement étonnées, des tempes juvéniles aux reflets de rêve et de ferveur, des yeux goguenards de buveur, une bouche où le dessin des lèvres évoquait la soif, la souffrance, l'insatisfaction, la luxure, la détresse d'un *enfant perdu* (1). Mais, dans son ensemble, la tête s'édifiait majestueusement, non sans brutalité ; c'était le chef d'un dieu primitif habitant les forêts, de quelque Jéhovah orgueilleux et jaloux, espèce d'épouvantail divin auquel sont consacrées les prémices et sacrifiées les vierges. C'étaient là quelques-uns de ses visages. Il y avait encore celui de l'homme déclinant, qui se penche vers l'abîme et accepte sa propre chute : de la mousse semblait pousser sur son crâne, ses dents gâtées s'alignaient de travers, des rides sillonnaient sa peau fanée et ces rides présentaient des escarres et des taches.

Quelques amis du peintre admirent son portrait sous cet angle particulier. Voilà l'être humain, disent-ils, *ecce homo,* le représentant typique de notre civilisation

(1) En français dans le texte *(N.d.T.)*.

déclinante, la créature fatiguée, avide, brutale, enfantine et raffinée, l'Européen en voie de liquidation et qui ne demande qu'à disparaître. Chez ce décadent, toute aspiration s'exténue en subtilité, tous les vices attaquent journellement l'organisme, toute perspective de mort soulève l'enthousiasme ! Un tel homme est capable de n'importe quel progrès ou de n'importe quelle régression ; l'ardeur et la lassitude l'envahissent avec un égal succès ; livré au destin et à la douleur comme le drogué à son poison, il vit dans la solitude, intérieurement miné, sans âge à force de vieillesse, unissant en un seul personnage Faust et les Karamazoff, l'animal et le sage ; son dépouillement total lui enlève toute ambition, lui épargne les tristesses de l'homme dégrisé et ne lui laisse qu'une peur enfantine de mourir, ainsi qu'un découragement bien propre à faire accepter la mort.

Par-delà tous ces visages, à une profondeur plus grande encore, se dessinaient vaguement d'autres figures plus distantes, plus primitives, où revivait le monde qui précéda l'apparition de l'homme : des formes animales, végétales, minérales, comme si le dernier être humain sur la terre voyait défiler en rêve, à l'instant de mourir, toutes les structures naturelles du passé le plus lointain, depuis l'origine du monde.

Pendant ces journées d'exaltation créatrice, Klingsor vécut dans une sorte d'extase. La nuit venue, il commençait par vider quelques bouteilles, puis il allait se poster devant le vieux miroir, chandelle en main, scrutant ses traits de buveur au ricanement triste. Un soir qu'il avait chez lui une amie, couchée sur le divan de son atelier, il jeta un coup d'œil au miroir, par-dessus l'épaule de la femme qu'il tenait nue entre ses bras, et il aperçut, à côté de la chevelure dénouée, son propre visage décomposé, ses paupières rougies, sa grimace de voluptueux dégoûté de la volupté. Il voulut faire revenir la femme le lendemain, mais, saisie d'horreur, elle ne reparut pas.

Il dormait peu, la nuit. Il se réveillait souvent après des rêves angoissés, le visage en sueur, mortellement fatigué, sautait de son lit malgré tout, fixait son regard sur la glace de l'armoire où il repérait chaque détail de cette région dévastée qu'était sa face, plein d'amertume et de haine, ou souriant avec une joie maligne. Au cours d'un rêve, il s'était vu livré aux mains du bourreau qui plantait des aiguilles dans ses yeux et lui arrachait le nez avec un crochet. Klingsor crayonna au fusain, sur la couverture d'un livre, cette tête de supplicié. Cette page unique a été retrouvée après sa mort. Pendant une crise de névralgie faciale, il se tint, crispé, au dossier d'une chaise, devant son miroir ; la douleur le faisait grimacer, crier, tandis qu'il observait, sur sa face contractée, le tressaillement des muscles et qu'il ravalait ses larmes.

Ce n'est pas seulement ses traits, ni ses visages innombrables que cette œuvre nous révèle ; le peintre ne s'est pas contenté de faire revivre sa personne, ses yeux, ses lèvres, sa bouche douloureuse, son front semblable à un éclat de rocher, ses mains pareilles à des racines, ses doigts convulsifs, son air de mépris à l'égard de tout ce qui est rationnel, sa façon de regarder la mort. Il est allé plus loin, il a transporté dans cette œuvre sa vie entière, ses amours, sa foi, son désespoir, en une écriture volontairement surchargée, où s'accumulent tous les motifs et s'exprime une sensibilité frémissante. Autour de la figure centrale tournoient des volées de femmes nues, oiseaux d'orage emportés par le vent, grappes de chair sacrifiées à l'idole Klingsor ; on voit aussi un adolescent à l'expression désespérée, des temples et des forêts à l'horizon, un dieu antique et barbu dont la carrure égale la stupidité, la gorge d'une femme poignardée, des papillons qui montrent sur leurs ailes des visages humains ; tout au fond, un fantôme apparaît en grisaille, sur le bord extrême du monde où commence le chaos : c'est la Mort qui transperce d'une lance aussi petite qu'une aiguille le cerveau de Klingsor.

Quand il avait travaillé plusieurs heures de suite, il se sentait pris de malaise, se levait, courait d'une chambre à l'autre, agité, chancelant, laissait les portes ouvertes aux courants d'air, tirait brusquement de l'armoire quelques bouteilles, sortait des livres de son étagère, arrachait les tapis des tables, se couchait par terre pour lire, se penchait hors de la fenêtre pour respirer profondément, partait en quête de vieux journaux et de photographies, dispersait sur le plancher, les tables, les lits, et les chaises des quantités de papiers, de reproductions, de livres et de lettres. Le fœhn qui soufflait par la fenêtre ouverte semait une triste confusion dans toute cette paperasse. En remuant de vieilles affaires, il tomba sur une photographie de lui à l'âge de quatre ans, vêtu d'un costume d'été en toile blanche ; sous ses cheveux d'un blond clair, l'enfant avait une expression à la fois tendre et obstinée. Il mit aussi la main sur des photographies qui représentaient ses parents, à l'époque de leurs fiançailles. Ces souvenirs le faisaient rêver ; il éprouvait une impression faite d'enchantement et de trouble, il se sentait sollicité de mille manières par son passé, qu'il finissait par rejeter en bloc pour aller reprendre sa place devant le panneau de bois sur lequel il peignait. Il accentuait alors, dans son portrait, les sillons de son visage ravagé, donnait une plus grande dimension au monument de sa vie ; il voulait communiquer plus de puissance au caractère éternel de chaque être, faire mieux sentir sa tragique instabilité, rendre avec plus de grâce sa valeur symbolique, avec plus d'âpreté le sentiment de sa condamnation à la pourriture.

Après ces assauts de travail, il lâchait soudain ses pinceaux, s'élançait à travers la maison avec la rapidité d'un cerf aux abois. Il exultait, pénétré par l'ivresse créatrice qui éclatait en lui comme un orage d'été, puis la douleur le terrassait à nouveau, lui lançait à la figure les débris de son existence. Il lui arrivait de prier devant son portrait, et de lui cracher dessus. La folie s'emparait de lui, comme de tout créateur. Mais sa déraison créatrice lui faisait accomplir, avec la clairvoyance d'un somnambule, les gestes précis que réclamait son œuvre. Il sentait vivement une chose et il y croyait : c'est que la lutte sans merci pour l'achèvement de cette peinture ne mettait pas en jeu le seul talent d'un individu qui s'expliquait avec le monde, mais bien la condition humaine, la vérité universelle, les lois de la nécessité. Il se rendait compte qu'il était à nouveau confronté à une tâche imposée par le destin, et que l'angoisse et les dérobades précédentes, de même que ses ivresses et ses délires, ne traduisaient en somme rien d'autre que la peur de s'atteler à cette besogne et le désir de l'esquiver. Maintenant, il n'y avait plus d'angoisse ni de fuite ; il allait de l'avant, il rendait coup pour coup, la victoire et la mort l'attendaient. Il allait vaincre et se sentait disparaître ; dans sa souffrance, il avait un rire de triomphe, il s'ouvrait un chemin à la force du poignet, il donnait la mort et la recevait, il donnait la vie et s'ouvrait à elle.

Un peintre français ayant demandé à voir Klingsor, la propriétaire introduisit le visiteur dans l'antichambre, pièce encombrée où le désordre et la poussière régnaient tristement. La figure et les manches maculées de peinture, le teint gris et la barbe non faite, Klingsor survint brusquement et traversa la pièce à grands pas. L'étranger lui transmit des messages de Paris et de Genève et lui exprima ses propres sentiments de vénération. Klingsor arpentait la chambre comme s'il n'eût rien entendu. Embarrassé, le visiteur se tut et fit un mouvement vers la porte, mais Klingsor s'approcha de lui, posa sur son épaule une main couverte de peinture et le regarda dans les yeux :

— Merci, dit-il avec lenteur et difficulté, merci, cher ami. Quand je travaille, je ne peux pas converser. D'ailleurs, on parle trop, en toute occasion. Ne m'en veuillez pas et saluez mes amis ; dites-leur que je les aime toujours. A ces mots, il disparut de nouveau dans l'autre chambre.

Au soir de cette dure journée où il avait senti le fouet du destin, il déposa le portrait achevé dans la cuisine vide et inutilisée et ferma la porte à clé. Il ne montra son œuvre à personne. Ensuite, il prit du véronal et dormit un jour et une nuit d'affilée. Puis il fit sa toilette, se rasa, changea de linge et d'habits et se rendit en ville pour acheter des fruits et des cigarettes qu'il se proposait d'offrir à Gina.

TABLE

Achevé d'imprimer en août 1987
sur les presses de l'Imprimerie Bussière
à Saint-Amand (Cher)

— N° d'édit. 2441. — N° d'imp. 1462. —
Dépôt légal : août 1987
Imprimé en France